新潮文庫

ギャンブラーが多すぎる

ドナルド・E・ウェストレイク
木村二郎訳

新潮社版

11643

本書を肩書きの付いた男
ジョー・ゴールドバーグに捧《ささ》げる

ギャンブラーが多すぎる

主要登場人物

チェット・コンウェイ……タクシー運転手
トミー・マッケイ…………競馬のノミ屋
ルイーズ……………………トミーの妻
アビゲイル（アビー）……　〃　妹
ソロモン・ナポリ…………ギャングの親玉
ラルフ・コルヴァッチオ…ナポリの手下
ウォルター・ドローブル…ナポリの反対勢力の親玉
フランク・ターボック……ドローブルの手下
ジェリー・アレン…………ポーカー仲間
ダグ・ホールマン…………　〃
シッド・ファルコ…………　〃
レオ・モーゲンタリザー…　〃
フレッド・ステル…………　〃
コーラ………………………フレッドの妻
アーニー・ゴルダーマン…刑事

1

賭《か》けてもいいが、おれがこんなにしゃべり上手でなければ、これから話す出来事はまったく起こらなかったはずだ。しゃべり上手だということはいつもおれの問題だが、おれの問題は何かほかのことだと言い張る連中もいる。しかし、人生はギャンブルだというのがおれの口癖だし、世の中でしゃべり上手な人間のみんながみんな連邦議会にいるわけじゃない。

おれが今いるところはニューヨーク・シティーのタクシーの中だ。おれみたいなしゃべり上手な人間がどうしてタクシーを運転しているんだと、客がたびたび訊《き》くので、おれはたいてい短くて愛想のよい答えを返している。しかし、その答えは実際にすべてを物語っているわけじゃない。じつのところ、おれがしゃべり上手なのは、正規の高等教育ではなく読書のおかげなのだ。そのため、おれが就く職種は限られてくる。それに、タクシー運転手の仕事は自分の好きな勤務時間を選ぶことができる。競馬場が閉《し》まっているときは日勤で、開《あ》いているときは夜勤を選ぶ。とくに興味のあるカード・ゲームがどこかであると、夜勤に出なくても、誰も気にしない。金がなくなると、金ができるまで好きなだけ長時間働ける。

それに、タクシーを運転するのはみんなが考えるよりもずっと楽しいのだ。一日中あらゆる人間を相手に商売しているわけだが、個別に相手にするのは一度に一人か二人だけだ。客は一度に一人か二人がベストだ。それに、こういう景気なので、普段は高い階級の客を相手にしている。弁護士やビジネスマン、俳優、ヨーロッパからの旅行客、そういう類《たぐ》いの人間と話をすることになる。多くの美人を乗せることもあり、ときどきかなり親しげな会話を交わして、まれにデイトを申し込むこともある。例えば、去年付き合った女性リタがそうだ。しばらくは真剣な交際に思えたが、それもアクエダクト競馬場が開いたのに、彼女がおれと一緒に競馬場へ行きたがらなかったときまでのことだ。彼女がギャンブルを嫌がっていたからだが、おかしなことに、彼女は株屋の下で働いていたのだ。彼女はおれに株式投資をずっと勧め続けた。「航空宇宙産業が今安値よ」とかそういうようなことをよく言った。すると、おれは競馬を知ってるが、株式市場を知らないから、株よりも馬に金を賭けるんだと言う。すると、彼女は腹を立てて、競馬と株式市場は同じじゃないわと言い張るので、おれはもちろん同じだよと言って、類似点を挙げる。すると、彼女はますます腹を立てて、そんな比較は間違いだと主張する。おれたちの将来には見込みがないとあきらめるまで、そういうやり取りが何度も続き、彼女は彼女の道を歩み、おれはおれの道を歩むことになった。これから話す出来事が起こるまで、彼女はおれが付き合った最後の女性だ。

これから話す出来事は、おれがケネディ空港からニューヨークのマンハッタンまでタクシーに客を乗せたことから始まる。その客がおれをこの騒動に巻き込んだのだ。そのとき以来、おれはその客に二度と会ったことがなく、彼は故意ではなく、間接的におれを巻き込んだのだが、巻き込んだことに変わりはない。

彼は赤ら顔の大柄な男で、年齢は五十前後だろう。本当にくさい葉巻を吸い、高価なスーツケースを二個持っていた。そして、十四丁目以南のフィフス・アヴェニューにある住所へ向かわせた。ドアマンつきのアパートメントだ。時節は一月で、三日前から吹雪が接近してくると予報しているが、まだ現われていない。それに、彼はどこか暖かいところから戻ってきたばかりなので、当然のことながら、ニューヨーク・シティーの天気が話題になり、どう対処すべきなのか話し合った。おれはいくつかの冗談を言い、造詣《ぞうけい》の深いコメントを述べ、政治に関するきわどい皮肉を差しはさみ、自動車業界をうまくやりこめてやり、街の大気汚染問題を簡潔に分析した。一言で言うと、おれはこの上なくしゃべり上手だったのだ。

彼の住所に着くと、料金メーターは六ドル九十五セントを示していた。おれがタクシーをおりて、トランクからスーツケースを取り出すあいだ、アパートメントのドアマンが後部ドアをあけたまま、押さえていた。客はタクシーをおりて、おれに十ドル札を渡した。おれはポケットから釣り銭を出して渡した。そして、おれと客は歩道にじっと立っていた。スーツケースが二人の一方に並び、ドアマンがもう一方にいた。客は何か考え事をしているかのように、にこにこと笑っている。そして、やっとこう言った。「ここでわたしはきみにチップを渡すわけだね？」

「普通はそうです」おれは言った。タクシーの外は寒かった。

彼はうなずいて、「きみのすぐ横の助手席に新聞があったね」と言った。「《テレグラフ》だったかな？」

「ええ。ありました」おれは言った。「いや、今もあります」

「きみは競馬狂かね？」

「おれはいちかばちか賭けてみるほうでしてね」おれは言った。

彼はうなずいた。「あの六ドル九十五セントのうち、いくらきみのポケットにはいるんだね？」

「五十一パーセントです」おれは言った。

「三ドル五十四セントだよ」彼はおれよりも先に言った。「よし。わたしはきみが気に入った。ここまで楽しいドライヴだったので、チップがわりにいい情報をあげよう。その三ドル五十四セントをパープル・ペキュニアに賭けたら、最低で八十一ドル四十二セントは戻ってくるよ」

おれは理解できないような顔をしていたのだろう。何も言わなかった。

「礼は言わなくてもいいよ」彼は謙虚に言って、にこっと笑い、うなずくと、むこうを向いた。ドアマンがスーツケースをつかみあげた。

「言うつもりはないです」おれはそう言ったが、彼には聞こえていなかったと思う。いろいろな理由でチップをもらえない場合がときどきある。おれの哲学は、哲学的に考えてみるべきだということだ。本当に多額のチップをもらう場合もあるので、結局は釣り合いが取れる。それで、おれはただ肩をすくめて、暖かいタクシーの車内に戻り、本当に多額のチップを払う客を捜しに出た。

それが朝の九時頃だった。十一時半頃にイレヴンス・アヴェニューにあるいつもの食堂に行き、ダイエットをすることになっているのに、コーヒーとデニッシュを注文した。ずっとタクシーの車内ですわっていると、少し太る傾向があるので、ときどきいくらかやせようと努めている。しかし、そのうちに、腹がすき始めてくるが、ちゃんとした食事を摂《と》る時間をかけたくないので、コーヒーとデニッシュの食事をさっさとすませるためにその食堂に立ち寄ることになる。当然のことなのだ。

とにかく、食堂に持ってきた新聞に目を通していると、目がパープル・ペキュニアという馬の名前の上でとまった。あの客がチップのかわりに勝ち馬情報をくれた馬の名前だ。彼が花のペチュニアと言ったとばかり思っていたが、馬の名前は風変わりなペキュニアだ。その馬はアメリカ南東部のフロリダ州で走っていて、過去の成績から判断すると、レースのスタートと同じ日にフィニッシュできれば運がいいと言えるだろう。

ふん、たいしたネタだぜ。

しかし、よく考えてみることにした。マンハッタンへ向かうあいだ、あの男がずっと友好的だったこと、彼が金を持っていそうなこと、そしてタクシー・メーター料金の五十一パーセントを即座に計算したことを思い出した。ひょっとしたら、彼の言ったことに耳を傾けるべきかもしれない。

数字を思い出した。三ドル五十四セントはおれの取り分で、八十一ドル四十二セントはおれがその取り分全部を賭けたときに手にはいる金額だ。最低で八十一ドル四十二セントだ。

《テレグラフ》の欄外のスペースで複雑な割り算をした。きっちりと二十二対一、つまり二十三倍のオッズだ。一セントの位まで合っている。

頭の中であんなに速く計算できる人間は、自分の言っていることがわかっているはずだ。おれはそう自分に言い聞かせた。彼は金には困っていないようだ。それに、おれにガセネタを教えて、何の得があるんだ？

競馬ギャンブラーやほかのギャンブラーが早くから学ぶことは、自分の勘に賭けろということだ。〝勘が閃《ひらめ》いたら大きく賭けろ〟とは、ポーカー狂が言うことだ。そして、突然、おれの勘が閃いた。おれの客は——どこか暖かいところから飛行機で戻ってきたばかりだということを忘れるなよ——自分の言っていることがわかっていて、パープル・ペキュニアは楽々と一着になり、内部情報を知る数少ない人間が掛け金の二十二倍の配当金を持ち帰るだろうと、勘でわかった。最低で二十二倍だ。

とにかく、そういう金があれば、ありがたい。定期的に開いているポーカー・ゲームで、五週間ほど泣きたくなるほど負けが続いている。そんなふうに負けが続くときには、勝つまで待つしかないことはわかっているが、それまで借用書をたくさん撒《ま》き散らしている。今は六人ほどの連中がポケットにおれの借用書を持っていて、その一つは七十五ドルなので、正直なところ、おれは心配し始めている。もしポーカーのツキが戻ってこなければ、どうしていいのかわからない。

　それで、このパープル・ペキュニアにいくらかの金を賭けて、この情報がガセでなければ、冗談ではなく、本当におれの苦境を救ってくれる。唯一《ゆいいつ》の問題は、いくら賭ければいいのか、万一、外れた場合に備えてだよ、万一。

　その判断はトミーに任せるべきだと思われる。トミー・マッケイはおれのノミ屋だ。とにかく、ツケで賭けるしかないので、彼が許してくれる限りの額を賭けてもいい。

　コーヒーとデニッシュの食事をすませて、勘定を払い、奥の電話ブースにはいった。トミーは自分のアパートメントで仕事をしているので、そこに電話をかけると、奥さんが出た。「もしもし、ミセズ・マッケイ」おれは言った。「トミーはいますか？　おれはチェットです」

「どなた？」

「チェット。チェット・コンウェイです」

「あらっ、チェスターね。ちょっと待って」

「チェットですよ」おれはチェスターと呼ばれるのは嫌なんだ。

　奥さんはすでに受話器を下に置いていた。待つあいだ、いろいろと考えたり、考え直したりしてると、トミーが電話に出た。彼の声は奥さんと同じくらいに調子が高かったが、もっと鼻にかかっている。おれは言った。「トミー、おれはツケでいくら賭けられるかな？」

「わからんな」彼が言った。「あんた、今はわしにいくらの借りがあるんだね？」

「十五ドル」

彼はためらってから言った。「あんたには五十ドルまで貸せる。あんたは大丈夫だと信じている」

また考え直して、頭の中が曇った。あと三十五ドルの借りか？　パープル・ペキュニアが一着にならなければどうしよう？

構うもんか。勘が閃いたら、大きく賭けろ。「三十五ドルをな」おれは言った。「パープル・ペキュニアに賭ける。一着ではいるほうに」

「パープル・ペチュニアかね？」

「いや、ペキュニアだよ。ペキュニア」おれは目の前の競馬新聞にあるオッズを読みあげた。

短い沈黙が流れてから、トミーが言った。「本当にそんなに賭けたいのかね？」

「勘が閃いたんだ」おれは言った。

「あんたの金だからな」トミーが言った。それは真実に近い。

そのあと、おれはすごく神経質になった。仕事に戻ると、ミッドタウンの交通状況さえ気になり始めた。タクシーの中は外から隔離されているので、いつもはけっしてそういうことはない。おれは急いでいない。仕事中なのだ。車の流れに乗ろう、気楽に行こう、長生きしよう。しかし、おれはパープル・ペキュニアに賭けたあの三十五ドルのことですごく神経質になり、そのことでほかのドライヴァーに対して苛立《いらだ》った。空港の一つに行く客をずっと待ったが、一人も現われなかった。交通渋滞の真只中《まっただなか》を通り抜ける短い距離の客だけだ。エイス・アヴェニューと五十三丁目の角。そして、パーク・アヴェニューと三十丁目の角。そして、マディスン・アヴェニューと五十一丁目の角。そして、ペンシルヴェニア駅。そういう客ばかりだ。

おれはダッシュボードにトランジスター・ラジオを置いているので、午後に競馬の結果を聞いた。四時十分前にパープル・ペキュニアの情報が流れた。一着ではいったという。

そのとき、タクシーに年配の女性を乗せていた。〈ボンウィット・テラー〉で買った百個ほどの包みを持っていて、窓の外を見ながら、ずっとこう言い続けていた。

「見てごらん。見てごらん。あの黒人を見てごらん。フィフス・アヴェニューの面《つら》よごしだね。あいつが楽しそうに歩いてるのを見てごらん。あいつらは南部にずっととどまってるべきなのよ。別のやつはネクタイをしめてるわよ！」十セントのチップしかくれないケチな客だったが、別に気にはならなかった。

その客は東六十丁目台のタウンハウスの前でおりた。おれは非番ランプをつけて、電話ブースへ向かった。あのケチな客がくれた十セント玉を使って、トミーに電話をかけると、彼が出た。「あんたから連絡があると思ってたよ。たいした勘だね」

確かに。二十二対一のオッズでは、あの勘は八百五ドルをもたらしてくれるのだ。

おれは言った。「いくらのオッズだい？」

「二十七対一だ」

「二十七だって？」

「そのとおりだ」

「いくらになる？」

「九百八十だ」トミーが言った。「あんたはわしに五十の借りがあるから、九百三十だ」

九百と三十ドルだ。千ドル近いじゃないか！　おれは金持ちになったぞ！

おれは言った。「六時頃そっちへ行くが、いいかい？」

「もちろんだ」トミーが言った。

五時前にタクシーを返すことはできないので、ミッドタウンの渋滞を避けるためにアップタウンへ向かった。当然のことながら、パンナム・ビルディングへ行きたい人間にとめられた。そんなこんなの事態が次々に起こって、イレヴンス・アヴェニューのタクシー会社のガレージに戻って退社できたのは、五時二十分すぎだった。そのすぐあとに、自分自身がタクシーの客になり、生まれて初めてタクシーを拾って、ナインスとテンス・アヴェニューのあいだの西四十六丁目にあるトミーのアパートメントへ向かった。ビルディング入口のベルを鳴らしたが、ちょうど一人の女性がベビーカーを押しながら出てくるところだったので、階下ドアの電子錠が外れるときのブザーの音を待つ必要はなかった。その女性が出ていくまで、階下ドアを開けたままつかんでいて、そのあとエレヴェーターに乗ったときも、ブザーの音は聞こえなかった。

しかし、トミーはベルの音を聞いたはずだ。四階へあがると、彼の玄関ドアが少しあいていたからだ。おれはドアを大きく押しあけて、中にはいった。「トミー？　おれだよ、チェットだ」

返事がない。

廊下の明かりはついていた。玄関ドアを少しあけたまま、廊下を進みながら、廊下に面した部屋を順番にのぞいた。キッチン……バスルーム……ベッドルーム。三部屋とも明かりがついていて、誰もいない。リヴィングルームは廊下の突き当たりにあった。

リヴィングルームにはいると、トミーは両腕を広げたまま敷物の上で仰向けに倒れていた。そこらじゅう血だらけだった。まるで高射砲で胸を撃たれたように見えた。

「なんてこった」おれは言った。

2

おれがキッチンの電話で警察に通報しようとしているときに、トミーの奥さんが両腕に食料品の袋を抱えながら、はいってきた。彼女は瘦身短軀《そうしんたんく》の女性で、鼻の先は尖《とが》り、普段は不満げな表情を浮かべている。

彼女はキッチンの入口まで来て、おれを見ると言った。「何があったの？」

「事故なんです」事故ではないことはわかっているが、ほかに何と言っていいのか考えつかなかった。ちょうどそのとき、警察につながったので、おれは送話口に話しかけた。「通報することがあるんですが……ちょっと待ってくださいませんか？」

警官が言った。「何を通報したいんですか？」

おれは送話口を手でふさぎ、トミーの奥さんに言った。「リヴィングルームには行かないように」

彼女はリヴィングルームのほうに目を向け、顔をしかめてから、キッチンの中にはいってきて、袋をカウンターの上に置いた「どうして?」

警官が言った。「もしもし?　もしもし?」

「ちょっと待って」おれは送話口に言ってから、トミーの奥さんに言った。「トミーがそこにいるんですが、調子が悪そうなんです」

彼女は廊下のほうへ素早く一歩下がった。「トミーがどうしたの?」

「行っちゃ駄目です」おれは言った。「絶対に」

「どうしたのよ、チェスター」彼女が言った。「お願いだから、教えてちょうだい」

警官がまだおれの耳元でまくしたてている。おれはトミーの奥さんに言った。「トミーが死んでるんです」それから警官に言った。「殺人事件を通報したいんですが」

彼女はリヴィングルームのほうへ走っていった。警官はおれの名前と住所を尋ねている。おれは言った。「ねえ、わたしには時間があまりないんですよ。住所は西四十六丁目四百十七番地、4C号室です」

「あなたの名前は?」

トミーの奥さんが金切り声をあげ始めた。

「ここにヒステリーを起こした女性がいるんです」おれは言った。

「失礼」まるで外国語の単語であるかのように、警官が言った。「あなたの名前を知りたいんですよ」

トミーの奥さんがまた金切り声をあげた。

「聞こえてますか？」おれはそう言うと、受話器をキッチンの入口のほうへ向けてから、手前に戻した。「聞こえましたか？」

「ええ、聞こえました」警官が言った。「あなたの名前を教えてくださいよ。現場に巡査を行かせますから」

「そうしてください」おれは言った。トミーの奥さんが狂気じみた目つきでキッチンに駆け込んできた。その手は赤かった。そして、力一杯金切り声をあげた。「何があったのよ？」

「わたしの名前はチェスター・コンウェイです」おれは言った。

警官が言った。「何ですか、さっきのは？」

トミーの奥さんがおれのジャケットの前をつかんだ。前をジッパーで開閉するそのジャケットは色がダークブルーで、ポケットが二つついている。冬に一日じゅうタクシーを運転するときは心地よい。「あなた、何をしたのよ？」彼女が金切り声をあげた。

おれは警官に言った。「ちょっと待ってくださいよ」おれが電話を下に置くと、トミーの奥さんが上体を近づけてきて、おれの顔をにらみつけた。両手をおれの胸に当てて、うしろに突いた。おれは一歩あとずさって言った。「落ち着いてくださいよ。頼みますから。通報しないといけないんです」

突然、彼女は手を放し、受話器をつかみあげると、電話口で叫んだ。「電話を切ってちょうだい！　警察にかけたいのよ！」

「今の相手が警察なんですよ」おれは言った。

彼女は受話器を爪《つめ》でコツコツたたき始めた。「切ってよ！」と叫んだ。「切ってよ、緊急事態なんだから！」

「これから奥さんをひっぱたきますからね」おれはそう言うと、彼女の腕をつかんで、彼女の注意を引こうとした。「もしもし？　ねえ、これから奥さんの頬っぺたをひっぱたきますよ。奥さんがヒステリーを起こしてますのでね。でも、ひっぱたきたくはないんです、そんなことはしたくないんですよ」

彼女は乱暴に受話器を振り始め、腕を伸ばしたまま、それを絞め殺すかのように、握りしめた。「どうして……電話を……切って……くれないの？」

おれは彼女のもう片方の腕を引っ張った。「この電話の相手が警察なんですって」おれは言った。「警察なんです」

彼女が突然電話器を放りあげると、それは壁に当たった。彼女はおれの手を振りほどくと、キッチンからアパートメントの外に走り出た。「助けて！」廊下から彼女の声が聞こえた。「助けて！　警察を呼んで！」

　おれは電話機をつかみあげた。「あれは奥さんです」おれは言った。「ヒステリーを起こしてます。急いで警官を寄越してください」

「了解」警官が言った。「そちらの名前は聞きましたよね」

「ええ」おれは言った「チェスター・コンウェイです」おれは綴《つづ》りを教えた。

　警官が言った。「ありがとうございます」すると、彼はおれの名前と住所を復唱したので、おれは「そのとおりです」と言った。彼は「警官を今すぐ現場に向かわせます」と言った。おれは電話を切ると、トミーの奥さんが握った受話器の部分が血で汚れていることに気づいた。それで、おれの手も血で汚れた。赤く、ねばねばする。無意識にジャケットで手の血を拭《ぬぐ》ったので、ジャケットの前身頃も赤く、ねばねばした。

　両肩に毛を生やした、アンダーシャツ姿の大柄な男が、手に金槌《かなづち》を持って、キッチンにはいってきた。激怒し、覚悟を決め、怯《おび》えている様子だ。「ここで何があったんだ？」

「人が殺されたんだ」おれは言った。その男はおれを非難しているように感じていたし、男の金槌が恐ろしかった。そして、電話を示して言った。「警察がやって来るところだ」

男は床の上を見まわした。「誰が殺されたんだ？」

「ここに住んでいる男だ」おれは言った。「トミー・マッケイ。リヴィングルームにいる」

男はリヴィングルームへ行くかのように、あとずさりしたが、突然顔に悪賢そうな表情を浮かべて言った。

「わかった」おれは言った。「おまえはどこにも行くな」

「そうしてろ」男はキッチンの時計をちらっと見てから、おれに目を戻した。「五分待ってやろう」

「本当に呼んだんだ」おれは言った。

花柄のドレスを着た非常に太った女が男のうしろに現われ、男の両肩に両手を置いて、肩越しにおれを見た「何なの、ハリー？」女が言った。「この人、誰なの？」

「大丈夫だ」ハリーが言った。「すべて収拾済みだ」

「この人のジャケットについてるのは何なの、ハリー？」女が尋ねた。

「血です」おれは言った。

ゴングをたたいたあとのように、静寂が突然残響で満ちた。ハリーが息を呑《の》み込む音がはっきりと聞こえた。ごくん。彼の目がさらに輝き、金槌をさらにきつく握った。

おれたちはそこにずっと突っ立っていた。

3

警察が到着すると、みんなが一斉にしゃべり出した。警察はまずハリーの話を聞いた。一番近くにいたのかもしれないし、金槌を持っていたからかもしれないし、彼の妻が一緒に話をしていたからかもしれない。彼の話が終わると、「奥さんと金槌と一緒にむかいにある自分の部屋に戻って、そこにいる未亡人の面倒を見てください」と警察は言った。あとで立ち寄りますからと。ハリーと妻は善良な市民としての役割を立派に果たしたという誇らしい気分に浸りながら立ち去った。そして、警察はおれのほうを向いた。

「わたしはやってません」おれは言った。

警官たちは驚いた表情のあと、疑わしい表情を浮かべた。「誰もあなたがやったとは言ってませんよ」その一人が指摘した。

「あの男は金槌をわたしに突きつけたんです」おれは言った。「わたしがやったと、あの男は思ってましたよ」

「どうしてそう思ったんですか？」

「わかりません。わたしがやったとトミーの奥さんがあの男に言ったのかも」

「奥さんがどうしてそんなことを言うんでしょう？」

「ヒステリーを起こしたからです」おれは言った。「それに、奥さんがそんなことを言ったのかさえもわかりません」そして、自分の手を見た。「そして、わたしの手にも」

警官たちはおれのジャケットと手を見て、少し強張《こわば》った。しかし、話し役の警官がさっきと同じ柔らかな声で言った。「どうしてそうなったんですか？」

「トミーの奥さんがわたしをつかんだんですよ」おれは言った。「そのときに、わたしのジャケットに血がついたんです。奥さんはトミーの様子を見に、リヴィングルームへ行き、トミーか何かに手を触れたんでしょう。そのあと、わたしに血をつけたんです」

「あなたの手の血は？」

「受話器からついたんです」おれは指さした。「奥さんは受話器をつかんでいました」

「通報したのは奥さんですか？」

「いいえ、わたしです」

「あなたですか。ミセズ・マッケイは誰に電話をしたんですか？」

「誰にも。奥さんはヒステリーを起こして、サッ……いや、警察に電話をかけようとしたんですが、わたしがすでに警察に話をしてたんですよ。それで、ちょっとややこしいことになったんです」

「なるほど」二人は目を見合わせ、話し役の警官が言った。「死体はどこですか？」

「リヴィングルームです」おれはその方向を指さした。「廊下の突きあたりです」

「案内してください」

　おれはそこに行きたくなかった。「そのう、すぐそこに……」と言いかけたが、警官たちの考えていることがわかった。おれから目を離したくないのだ。「なるほど」おれは言った。「いいですよ」

　おれが先頭に立ち、廊下を通って、リヴィングルームへ行った。トミーは床の上で目玉焼のように仰向けになっていたが、手足を広げたまま、まだそこに倒れていた。黄身はつぶれていた。

　そういうふうに考えたことを今は反省している。

おれが脇《わき》にどくと、警官たちは死体を見た。その一人がおれに言った。「あなたの電話を借りますよ」

「どうぞ」おれは言った。「わたしの電話じゃないですがね」

電話機は通りに面した窓のそばにあった。寡黙《かもく》そうなほうの警官がその電話口へ行き、電話をかけているあいだ、もう一人がおれに言った。「どうしてあの電話機を使わなかったんですか？　どうしてキッチンの電話を使ったんですか？」

「トミーの死体と同じ部屋にいたくなかったんです」おれはトミーをまともに見ていなかったが、目の隅からまだ見えていた。「今もいたくないです」

　その警官が言った。「吐きそうですか？」

「いいえ、大丈夫です」

　彼は廊下のほうを指さした。「しばらくあそこで待っていてください」

「いいですよ」おれはそこへ行き、玄関口のほうを見ながら、待った。うしろでは警官たちがひそひそ声で話しあったり、電話で話したりしている。おれはその話の内容に興味がなかった。

　二、三分たってから、おれと聞き役の警官はむかいにあるハリーのアパートメントへ行った。ハリーはおれが自由に歩きまわっているのを見て、驚いた様子だった。まるで何らかの理解しがたい方法で侮辱されたかのように、いくらか憤慨しているようだ。トミーの奥さんはその込み合った暖かすぎるリヴィングルームの非常に凸凹したソファで横になっていた。片方の前腕で顔をおおっていたので、両手の血を洗い流したことがわかった。

警官がコーヒーテーブルにすわり、柔らかな声で言った。「ミセズ・マッケイ？」

彼の顔が見えるように、彼女は腕を動かさずに言った。「何なの？」

「二、三の質問をしてもよろしいか？」彼の声はさっきよりもずっと柔らかだった。死体のそばにおける非常に素敵な態度だ。

おれはハリーに言った。「バスルームを借りてもいいかな？」

ハリーは瞬間的に不快感を露《あらわ》にした表情の顔をしかめた。そして、警官に言った。「いいんですか？」

警官が職務質問を邪魔されて苛立ちながら、肩越しに振り返った。「いいよ、いいよ」と言って、トミーの奥さんへ目を戻した。

おれがそのアパートメントの客になったので、ハリーの奥さんは非常に丁寧にバスルームに案内してくれた。おれは血のついていないほうの手でドアをしめ、洗面台の水道水を流して両手を洗った。そのあと、洗面タオルでジャケットの前身頃の血を拭《ふ》き取ろうとした。かなりうまく拭き取れたので、タオルをすすぎ、両手を乾かしてから、リヴィングルームに戻った。

そこの警官は一人だけではなかった。そこには三人の私服警官がいた。三人とも頭に帽子をかぶり、オーヴァーコートのポケットに手を突っ込んでいる。その三人がおれを見ると、制服警官が言った。「死体の発見者です」

私服警官の一人が言った。「おれが話す」彼はポケットから手を出すと、こっちに近づきながら言った「あんたがチェスター・コンウェイだね？」

「ええ」おれは言った。部屋の隅では、ハリーとその奥さんが二人で一脚の肘《ひじ》かけ椅《い》子《す》にすわって、目をぱちくりさせながら、前で繰り広げられる成り行きを熱心に見ていた。その夫婦は参加者の役割を喜んで放棄して、本来の見物人に戻っていた。

「わたしはゴルダーマン刑事です」その私服警官が言った。「一緒に来てください」

おれが目の前では質問——もしくは尋問——されないので、ハリーとその妻ががっかりしていることを感じながら、おれはゴルダーマンのあとに続き、むかいにあるトミーのアパートメントにはいった。そこのベッドルームにはいると、リヴィングルームからつぶやき声が聞こえた。そこにたくさんの人間がいて、いろいろな活動をしているように聞こえた。

ゴルダーマンが手に手帳を持ちながら言った。「よし、チェスター、話してくれ」

おれは話した。四時にトミーに電話したこと、六時に行くと言ったこと、ここに着いたとき階下ドアのブザーの音を聞かずにビルディングにはいったこと、アパートメントの入口ドアがあいていたこと、トミーの死体を見つけて警察に通報を始めたら奥さんが帰ってきて現場が大騒ぎになったこと。話し終えると、彼が言った。「マッケイはあんたの友人なんだね？」

「そのとおりです」おれは言った「気の合った友人です」

「どうしてきょう来たんだね？」

「ただ寄っただけです」おれは言った。「仕事の帰りにときどき寄ることがあるんです」

「あんたは何をしてるんだ？」

「タクシー運転手です」

「あんたの許可証を見せてくれるか？」

「いいですよ」

おれがタクシー運転許可証を見せると、彼はおれの顔と許可証の写真を見比べてから、礼を言いながらそれを返してくれた。「何者かがあんたの友人にこんなことをする理由に心当たりはあるかね？」

「いいえ」おれは言った。「ありません」

「きょうの午後彼に電話をしたとき、声が怯えていたとか、どこか変わっていたとか感じなかったかね？」

「いいえ。いつもと変わったところは感じませんでしたよ」

「あんたが六時にここへ来ることは、誰の考えなんだ？」

そこで問題が起こった。おれとトミーの関係が客とノミ屋の関係だと警官に教えるべきではないと思ったからだ。しかし、おれは嘘《うそ》をつくときに神経質になる。それで、肩をすくめて言った。「覚えてませんね。たぶんわたしでしょう。そのあと、二人でそう決めたんです」

「ほかの誰かもここに来るはずだったのか？」

「知る限り、それはありません」

「ふうむ」彼は考えているようだったが、一分ほどしてから言った。「トミーが奥さんとうまくやっていたのかどうか知ってるかね？」

「うまくやってましたよ」おれは言った。「知る限りね」

「口論をしていたのかどうか、知ってるかね？」

「わたしのいる前ではそんなことはありませんでしたね」

彼はうなずいてから言った。「あんたの自宅の住所は？」

「クイーンズ区ジャメイカ地区百六十九番プレース八千三百四十四番地です」

彼は手帳に書きとめた。「たぶん近いうちに連絡することになるだろう」

「もう帰ってもいいってことですか？」

「いいよ」そして、彼はむこうを向くと、まるでおれが存在しなくなったかのように、ベッドルームから出ていった。

おれはそのあとに続いた。彼は右に曲がり、リヴィングルームへ向かった。おれは逆の方向へ向かった。通りに出ると、外はさっきよりもずっと寒く感じた。エイス・アヴェニューまで歩いて、家に帰ろうと、地下鉄に乗った。地下鉄の座席にすわって、いろいろなことを考えた。ウッドヘイヴン・ブルヴァード駅に着くまで、自分の九百三十ドルをまだ手に入れていないことには気がつかなかった。

4

おれの親父《おやじ》はまたダイニングルームのテーブルじゅうに紙を撒き散らしていた。加算機を出し、ボールペンをあちこちに置き、くしゃくしゃに丸めた何枚もの紙片を椅子のまわりの床に放り投げている。深く考えながら、顔を掻《か》くときは、鼻かあご先か額を掻く傾向がある。そのときにボールペンを手に持っていることをときおり忘れるので、ダイニングルームのテーブルでの計算が終わると、その顔はドル紙幣の肖像画のように見える。長さ一インチぐらいの青いジグザグ線が顔じゅうに引かれているからだ。

「遅くなってしまったよ」おれは指摘した。「もう七時すぎだ」

親父は頭の中が数字でいっぱいのときにするピント外れの目でおれを見た。そして、おれにボールペンを向けながら言った。「問題はおまえが子どもをつくるかどうかだ」

「すぐには無理だよ」おれは言った。「何かディナーの用意をしたのかい?」

「おまえが結婚してくれたら」親父が言った。「わしがいろいろと計算するのもずっと簡単になるだろうに」

「うん、そうだね」おれは言った。「そのうちに結婚するだろうよ。ディナーはどうなの？」

親父はおれをにらんだ。つまり、おれが親父の思考の流れを乱したというわけだ。

「ディナーだと？　何時だ？」

「七時すぎだよ」

親父は顔をしかめて、懐中時計を取り出すと、眉《まゆ》をひそめながら、それを見た。

「おまえ、帰りが遅かったな」と言った。「どこへ行ってたんだ？」

「話せば長くなる」おれは言った。「ディナーは食べたのかい？」

「これに熱中しておったんだ」親父は両手で散らかった何枚もの計算用紙を漠然と示した。「きょうまた別の保険屋が来よった」

「新しい保険屋かい？」

「だが、言うことは同じだ」親父はそう言うと、うんざりして、ボールペンをテーブルに放った。「数字はまだわしに逆らってやがる」

「でもね」おれは言った。「連中にはコンピューターがあるんだよ」そして、キッチンへ行って、七面鳥の即席ディナーを二つ取り出すと、オーヴンに入れて、ガスに点火した。

親父はおれのあとからキッチンにはいってきていた。「そのうちに連中は間違いを犯すだろうよ」と言った。「誰でも間違いを犯す」

「コンピューターは犯さない」おれは言った。

「誰でもだ」親父が言った。「連中が犯したときには、わしには準備ができている」

いつかそのうちに保険会社に打ち勝てると親父は考えている。年月が流れるにつれ、保険会社は、どんどん複雑になっていく保険パッケージを提供することで、ほかの保険会社と競っている。これを拡充したり、あれを重複させたり、残りを条件づけたりして、そのパッケージはだんだんややこしくて理解不能になっていく。もちろん、パッケージがどういうものにせよ、勝算は保険会社のほうにある。保険会社はラスヴェガスのカジノと同じように、金を儲《もう》けるために営業をしているので、胴元のほうが優位である。ただ遅かれ早かれ、保険会社の一つが欠点のあるパッケージを売るだろうと、親父は確信している。保険会社さえも数字計算の意味することについていけなくなる段階に、複雑さが達するだろうと。そして、契約者が勝つためには、契約期間中に死亡する必要がない保険をどこかの保険会社が販売するだろうとも。親父の趣味はそういう保険商品を捜すことなのだ。それはまだ現われていないし、現われるだろうともおれは思っていないが、親父はルーレットを好む男のように、信念と頑固さを持ち合わせている。それに、おれが家に帰ると、親父と計算用紙と加算機をダイニングルームのテーブルのまわりで見つける確率は五割以上だ。

じつのところ、それはほとんど害のない趣味だし、親父はそのことで頭がいっぱいになっている。親父は今、六十三歳で、五十八歳のときに航空機製造会社——そこの給与労務課で勤務していたのだが——から無理矢理に退職させられた。親父がこの保険関係の趣味を持っていなければ、何をしでかすかわからない。お袋は親父が退職した年に亡《な》くなり、当然のことながら、親父は一人でフロリダ州フォートローダーデイルに行きたくはなかった。それで、おれと親父は家で一緒に住むことになったのだ。それがかなりうまくいっている。おれが生まれたとき、両親は二人とも三十四歳で、おれはひとりっ子だ。それで、非常に若かったときの両親のことをおれはよく知らない。あまり陽気で、賑《にぎ》やかな家庭ではなかったので、今の状況はかつての状況とそれほど変わらない。ただお袋がいなくなり、おれだけが働きに出ているだけのことだ。

とにかく、ディナーができるのを待つあいだ、おれはその日の出来事を親父に話した。ときどき、親父は頭を片方に傾け、横目でおれを見て言った。「まさか作り話じゃないだろうな、チェスター？」

「作り話じゃないよ」おれはそう言って、話を続けた。そして、「それで、結局おれは九百三十ドルを手に入れなかったわけだ」と言って、話を終えた。

「たいした金額だな」親父が言った。

「確かに」おれは言って、「トミーが死んだ今となっては、誰から金を受け取ればいいのかわからない」

「その金をもらうのに、おまえはどこへ行けばいいのかな？」親父が言った。

「だから、そう言ってるんだよ」おれは言った。

親父は頭をあげて、においを嗅《か》いだ。「ディナーはもうできたかな？」

おれは時計を見た。「あと五分だよ。とにかく、あした、トミーの奥さんに電話をかけて、訊《き》いてみるよ。奥さんは知ってるはずだ」

「何を訊くんだ？」

「おれの金を受け取りに、どこへ行けばいいんだって」おれは言った。

親父がうなずいた。「なるほど」

おれたちはそのまま話を続け、ディナーを食べた。

5

翌朝、おれは遅く起きて、午後まで働きに出ないことに決めた。正午頃にトミーの奥さんに電話をかけると、彼女は二つ目のベルで電話に出た。おれは言った。「ハロー、ミセズ・マッケイ？　チェットです」

「誰？」

「チェットです」おれは言った。「ほらっ、チェット・コンウェイですよ」

「そう」少なくとも、彼女はおれをチェスターと呼ばなかった。「何の用なの？」

おれは言った。「申し訳ありませんがね、ミセズ・マッケイ、こういうときにあなたを煩《わずら》わすべきではないことはわかっています。わたしも普通の状況にいるわけではないんですが、じつのところ、わたしはたった今、お金に困っているような状況なんですよ」

「何のこと？」彼女は苛立っているようだった。

　おれは言った。「そのう、じつはですね、ミセズ・マッケイ。きのうそちらへ行ったのは、わたしの賭《か》けた馬が一着ではいったので、配当金を受け取るためだったんですけど、当然のことながら、受け取れませんでした。それで、わたしのお金を受け取るために会うべき人の連絡先を教えてくださいませんか？」

「何ですって？　何の用なのよ？」彼女はまるでおれが眠っている彼女を起こしてしまったか何かのような声を出し、おれが何の話をしているのか理解できなかった。

　おれは言った。「わたしのお金を受け取るためにどこへ行けばいいのか知りたいんですよ、ミセズ・マッケイ」

「どうしてわたしが知ってなきゃいけないのよ？」

「そのう……」おれは途方に暮れた。一、二秒もたついてから言った。「トミーのボスが誰なのか知らないんですか？」

「トミーの何ですって？」

「ミセズ・マッケイ、トミーは誰かの下で働いていたはずです。彼は組織か誰かの下で働いていたはずなんです。彼がたった一人でノミ屋を運営しているはずはありませんから」

「何の話をしてるのかわからないわ」

おれは言った。「電話で訊いてるからですか？　ねえ、あとで寄ってもいいですか？　家におられますか？」

「このことは忘れたほうがいいわよ」彼女が言った。「忘れなさい」

「忘れなさいって、どういう意味ですか？　千ドル近いお金なんですから！」

突然、別の声が電話のむこうから聞こえた。男の声だ。「誰だ？」

警官だ。警官のはずだ。おれは言った。「じゃあ、あとでミセズ・マッケイと話します」そして、電話を切った。彼女がおれに何も話したくなかったのはそういう理由だったのだ。

連絡先を突きとめるのに、あとどのくらいかかるのだろう？　あと二日もしたら、おれはその金が必要になる。

おれが午後の二時頃まで家でぶらぶらしたあと、やっと仕事に出かける気力が出てきた。地下鉄の中でおれのことを《デイリー・ニューズ》で読んだ。『ノミ屋の他殺死体、アパートメントで発見さる』という見出しの新聞記事によると、トミーはよく知られた私営馬券業者《ブックメイカー》で、逮捕歴が多いとある。トミーはダムダム弾で背中を三度撃たれたらしい。ダムダム弾とは、先端に切り込みがはいっているので、何かに当たると先端が広がる弾丸のことだ。だから、弾丸が反対側から飛び出したトミーの胸がぐしゃぐしゃにつぶれたのだ。そして、死体を発見したのは、『クイーンズ区ジャメイカ地区百六十九番プレース八千三百四十四番地在住のチェスター・コンウェイ氏で、コンウェイ氏は死亡した被害者の友人だと述べた』と報じている。

それを読んで、少し妙な気持ちになった。少々ギャンブルをして、ときどきブックメイカーを通して金を賭けることと、殺害されたノミ屋の友人としておれ自身のことを報じた《デイリー・ニューズ》の記事を読むこととは別の話だ。突然、自分がマフィアのギャングスターか何かになったような気がした。新聞でおれのことを読んでいる友人たちのことを想像して、当惑すると同時に――認めたくはないのだが――秘《ひそ》かに嬉《うれ》しかった。おれたちみんなは、誰も知らない芝居がかった秘密の人格を望んでいる。それがスーパーマンやバットマンやローン・レンジャーが創造された理由だが、《デイリー・ニューズ》はほのめかすことで無料でおれにそういう秘密の人格を与えてくれた。突然、おれは放置されたような倉庫にはいる秘密の入口とか、アパートメント自体の壁の中に作られた知られざる通路とか、真夜中の密会とか、仮面をつけながら本名を明かさない人たちを知っているような類《たぐ》いの男になってしまった。そう思うと、自分たちが読んでいる《デイリー・ニューズ》の記事に出てくるまさにその人物が自分たちの中に混じっていることをほとんど知らない乗客に囲まれながら、地下鉄の座席にすわっているおれ自身がやけに特別な存在のように感じた。クイーンズ区ジャメイカ地区百六十九番プレース八千三百四十四番地在住のどこにもいそうなチェスター・コンウェイなのに。

タクシー会社のガレージにいる誰も新聞を読んでいないのか、関連性に気づいていないのか、もしかしたら、ただ非常に冷静なのかもしれない。とにかく、誰も何も言わないので、おれは出勤帳にサインをすると、自分のタクシーを借り出して、ガレージを出た。

まず最初に向かったのは、トミーのアパートメントだった。ガレージから見えないところに来ると、すぐに『非番』のライトをつけた。四十六丁目へまっすぐ向かった。その前には警察車輛《しゃりょう》が一台もとまっていなかったので、消火栓のそばに駐車した。ニューヨーク市内の消火栓のそばには空いている駐車スペースはなく、最後のスペースは一九四八年になくなってしまったが、消火栓のそばに短時間停車しているタクシーは普通見逃してもらえる。おれはビルディングの入口へ行き、ベルを鳴らしたが、誰も応《こた》えなかった。それで、タクシーに戻り、やっと仕事を始めた。

ミッドタウンのホテルを二軒まわると、すぐにケネディ空港へ行く客に当たった。残念ながら、そのあとはマンハッタンに戻る別の客を乗せるしかない。おれはそうしてから、午後の残りと夕方は街じゅうで客を乗せた。

夜の七時頃にもう一度トミーのアパートメントへ行ったが、まだ誰もいなかった。十一時頃三度目に行ったときも、誰もいなかった。

真夜中を少し過ぎたあと、タクシーを会社に戻して、地下鉄で家へ向かった。一時ちょっと前に家に着くと、おれの帰りが遅いときに親父がつけておいてくれるキッチンの電灯が見えた。フロント・ポーチまで行って、玄関ドアの前で立ちどまり、鍵《かぎ》を取り出すために手をポケットに入れると、誰かが何か堅いものをおれの背中に押しつけた。そして、その誰かがやけに穏やかな猫なで声で言った。「おとなしくしろ」

6

おれはおとなしくした。その場に突っ立ったまま、鼻先から一フィート前のドアに顔を向けて、体のどこも動かしもしなかった。すると、堅いものがおれの背中から離れてから、手がおれの体じゅうを軽くたたいた。それが終わると、声が言った。「いい子だ。さて、うしろを向いて、歩道まで歩け」

うしろを向くと、かさばった冬服を着て黒い帽子をかぶった二人の大柄な男がおれのそばでポーチに立っているのが見えた。おれは二人のあいだにはいり、ポーチのステップをおりて、歩道まで歩いた。二人がうしろにいて、おれのあとからついてくる気配を感じた。

歩道に着くと、「右に曲がって角のほうへ向かえ」と二人が命じたので、おれは従った。角の手前で黒っぽいシヴォレーが縁石脇に駐車していた。「後部座席にすわれ」と二人が命じたので、おれは従った。おれは怯えていた。その二人が誰なのか、何の用なのか、わからなかった。考えられることは、二人の命令に従うことだけだ。その一人がおれのあとから後部座席にすわり、後部ドアをしめた。そして、拳銃《けんじゅう》を出すと、それは角の街灯から来る小さな明かりを反射し、その男の膝《ひざ》の上で暗く邪悪にきらめいた。おれは反対側のドアのできるだけ近くにすわって、不信の目でその拳銃を見つめた。拳銃だって？　おれを撃つためか？　おれを誰だと思っているんだろう？

おれは何か言いたかった。何かの間違いだと伝えたかったが、怖かった。音を立てたら、どんな音でもいいから、とにかく音を立てたら、その音は呪縛《じゅばく》を解き、殺戮《さつりく》と破壊の合図になるということを確信していた。

ニューヨーク・シティーじゅうでタクシーを運転して長い時間を、とくに夜の長い時間を過ごしたら、遅かれ早かれ、タクシー運転手を相手にする暴力事件のことを考える。そして、もし誰かがタクシーの中で拳銃かナイフを突きつけて、金を奪おうとしたら、どうするべきかと考える。ずっと前に、おれはヒーローではないし、口答えはしないことに決めた。手に拳銃かナイフを持っているやつは、おれにとってはボスだ。古い諺《ことわざ》に、〝いい鉄砲は的を選ぶ〟というのがなかったっけ？　いや、〝打ち手を選ぶ〟だったかな？

あるとき、同じタクシー会社で働く運転手がうしろに乗せた男にナイフを突きつけられたが、うしろを向いて、その男のナイフを奪い取り、近くの警官に引き渡したらしい。そいつのダッシュボードに掲げられた運転許可証には、警察署がその運転手にいかに感謝しているかを告示する特別警察表彰のゴム印が押されていた。しかし、おれはそいつの顔を見て、何を考えていたんだろうと思った。ナイフを持った賊は金をほしがっている麻薬常用者で、この運転手はそのとき十八ドルしか持ち合わせていなかった。十八ドルだぞ。正直に言って、おれの命は十八ドルとゴム印以上の値打ちがあると思う。

命か。急に、こいつらはトミーを殺した連中だろうかと思った。おれを殺すつもりなのだろうか？

もしかしたら、誰もパープル・ペキュニアに賭けるはずがなかったのかもしれない。あの駄馬に賭けた部外者たちを全員殺しているのかもしれない。いや、そんなはずはない。何の意味もなさない。直感で賭ける連中や馬名で賭ける連中のことを考えてみろ。「ねえ、この馬を見てよ、ハリー、パープル・ペキュニアだって！　可愛《かわい》いじゃない、ハリー？　これに二ドル賭けましょうよ、ハリー！　ねえ、いいじゃないの、ハリー！」

しかし、この二人はトミーを殺した男たちかもしれない。しかも、まったく別の理由で殺したのかもしれない。やつらが殺したのか、もしくはなぜおれがやつらの問題に巻き込まれたのか知らないが、なぜなのかは知りたくない。もしかしたら、トミーもなぜなのか知らなかったのかもしれない。

二人目の男が前部ドアをあけて運転席にすわると、室内灯が点《とも》り、後部座席でおれの横にすわっている男の顔が初めて見えた。映画の中のサディスティックな若いナチス親衛隊員のように見えた。金髪で女性たちににこっと笑いかけ、丁重だが、顔には少しあばたがある。そして、蝶々《ちょうちょう》を見ている蝶々収集家のように、おれの顔を凝視している。その男の特徴を覚えることなく、すぐに目をそらした。男の特徴を覚える必要も覚えたい願望もなかったからだ。前を向くと、運転役の男の帽子と襟のあいだに黒い髪が見えた。二人目の男について知りたいのは、それだけだ。

車はおれの家の近くから遠ざかると、すぐに知らない地区にはいり、そこを抜け、先に進んだ。どこの高速道路にも乗らず、一般道路にとどまり、しばらく高架鉄道のガード下を走った。ときには、なんとなく見覚えのあるところを通ったが、確かではない。ときおり別の車が他人事《ひとごと》には関わらずに、この車を追い抜き、乗客のいないバスが車内を食堂のように明るく灯《とも》しながら走り抜けたが、ほとんどの場合まわりの通りは暗くて人気《ひとけ》がなかった。

雪片がひらひら一片ずつ降り始めた。レースのように平べったく、地面のどこかへ急いで落ちようともしない。もしかしたら、四日遅れの大雪が降ってくるのかもしれない。今は一月半ばで、今年の冬はまだ交通を渋滞させたり、住民に心臓発作を起こさせたりするような、規模の大きなひどい吹雪を一度も経験していない。

我に返ると、吹雪のあいだニューヨークじゅうにタクシーを走らせるのは意味がないのに、あしたは仕事ができるのだろうかと考えていた。そして、そんなことを考えるのは馬《ば》鹿《か》げていると気づいた。あしたは仕事ができないかもしれないが、それは天気のせいではない。

逃げるべきだろうか？　車が赤信号でとまったとき、車から跳びおりるべきだろうか？　街灯の下でジグザグに走りながら、あいている酒場か、この男たちがあきらめて立ち去るまで隠れて待っていられるところを捜すべきだろうか？

いや、駄目だ。おれが手を伸ばして、近くのドア・ハンドルをつかむとすれば、おそらくそれがこの地球上で最後にする行動になるだろう。それに、この二人がおれを片道のドライヴにつれて行く可能性が高いが、最期《さいご》の瞬間を早める必要はない。

そのうえ、こいつらがおれを殺したいと思っていることを、どうやって確かめられるのだ？　わずかな慰めの可能性をつかもうとしながら、自分にこう言い聞かせた。もし、こいつらがおれを殺したいのなら、おれの家の前で殺して、何の問題もなく自分たちの用事に戻ることができただろう。もしおれをどこかへつれて行くのなら、何か別の考えがあるはずだ。

もしかしたら、おれを拷問死《ごうもんし》させたいのかもしれない。

どうして、今そんなことを考える必要があるんだ？

ほかのことを考えようと、そのままそこにすわっていると、車は特徴のない暗い通りから別の暗い通りへと走り続けたが、突然、ある通りの途中で右に曲がった。灰色のコンクリート・ブロックで作られた壁の真ん中に、ガレージの入口が現われた。ガレージの中は真っ暗で、車は中にはいって、とまった。うしろで、ガレージのドアががらがらとしまる音が聞こえた。その音がやむと、突然明かりがついた。

ここは駐車ガレージだ。鼻先が低く、目が四つある黒塗りの自動車が何列も並び、おれに冷たい目を向けた。オリーヴ色に塗られた鉄製の柱が低い天井を支えていて、天井には五、六個の蛍光灯が距離をかなり離して設置されていて、照明は不充分だった。影や薄暗い場所は霧のようにあちらこちらに散在しているようだ。

誰も見当たらない。ドライヴァーが車をおりて、おれの横のドアをあけた。もう一人が言った。「ゆっくりとおりろ」

おれはゆっくりとおり、その男があとからおりた。ドライヴァーがまっすぐ前を指さし、おれはまっすぐ前に歩いた。幅の広い通路で、左右に自動車が整列している。車がヘッドライトを消したまま、お互いに向かい合い、おれは左右から鞭打《むちう》ち刑の試練を受けるかのように、そのあいだを歩いた。見つめられているかのように、視線を感じたが、目ではなく車のヘッドライトだとはわかっている。どうしようもないことだが、そのうちの一台が突然命を宿し、ヘッドライトを四個とも輝かせ、エンジンを響かせ、競馬コースの蟻《あり》を踏みつぶすかのように、駐車スペースから飛び出してくる光景が頭に浮かび、自分自身を怯えさせてしまった。前方だけを向き、ときおり目をしばたたきながら、背中を丸めて歩いたが、そこの車はずっと静かにしていた。

　突き当たりに壁があり、オリーヴ色の鉄製階段が壁に沿って右上に向かっていた。そこに近づくと、「その階段をのぼれ」と命じられた。

おれは階段をのぼった。三人の足はステップを踏むたびに、複雑で鈍いリズムを響かせた。ロバート・ミッチャムのことを思った。ロバート・ミッチャムならどうする？　こういう状況ではどうするだろう？

　問題にならない。ロバート・ミッチャムなら、蛇のような素早さで体を回転させ、近くのチンピラのあごを蹴《け》り、手すりを跳び越えて、ガレージの床におりるだろう。一方、蹴られたチンピラのほうは、うしろ向きに倒れてもう一人にぶつかり、二人一緒に階段を転げ落ち、しばらく動けなくなる。そのあいだ、ミッチャムはドアまで走って、そのガレージから出ていき、首尾よく逃げ延びる。もしくは、チンピラの車に乗り込むと、イグニッションに差したままのキーを捻《ひね》り、トップスピードでバック走行しながら、しまったままのガレージ・ドアを突き抜けてから、ギアの歯を擦り減らしながら走り去り、首尾よく逃げ延びて、ついでに連中の車を手に入れる。

しかし、もしおれがそういうふうに体を回転し、拳銃を持った男がロバート・ミッチャムなら、どうなる？　その男はどうする？　簡単だ。蹴りあげた脚をかわして、おれの頭を撃つだろう。

おれはとぼとぼと階段をのぼった。

のぼりつめたところは長い廊下で、両側に窓が並んでいた。左側の窓からはアスファルト舗装《ほそう》の荷《に》捌《さば》きエリアを見おろせて、頭上のどこかからフラッドライトが照らしていた。右側の壁の窓はドアの窓と交互に連なり、ドアの向こうは真っ暗な事務所や収納室に続いている。例外は廊下の突き当たりにある部屋で、黄色い明かりがそこから廊下の床に斜めに差し込んでいる。何の音も聞こえない。

階段をのぼりつめたところで立ちどまったが、背中の中央に置かれた男の手がおれを前に突いた。やさしくもなく、手荒くもなかった。おれは黄色い明かりへ向かって廊下を歩いた。

ドアがあいたままの事務所だった。中には、ヴェルヴェットの襟のついたオーヴァーコートを着た大柄な男が、みすぼらしい木製デスクのうしろにすわり、象牙《ぞうげ》製の小型パイプで紙巻き煙草《たばこ》を喫《す》っている。頭部は体と比べて大きすぎるように思えた。大きな四角い塊の前面を残して、全体を黒い毛皮がおおっているようだ。その男の顔が、白いエナメルで修整したかのように、少し光った。毛深いあごひげがまわりの肌に押しつけられて、頑丈なあごは青ずんでいた。デスクから半ば体をそらす形ですわったまま、黒いヴェルヴェットの帽子をあみだかぶりにして、前腕をデスク天板に散らばった何枚かの紙の上に置いていた。まるで、ここは本当は彼自身のオフィスではないし、彼はこのみすぼらしいオフィスより格上で、この目的のためにどこかの可哀想《かわいそう》な親戚《しんせき》から借りてきただけだとほのめかしているようだ。

ドア口で立ちどまると、彼はおれを上から下まで見た。その目は薄い青色で、表情がなく、瞬《まばた》きもしない。まるで、それが彼自身の目ではなく、本物の目は表向きの目の奥に隠れていて、おれに見返すチャンスを与えずに、表向きの目を通しておれを見ているようだ。

背中に置かれた男の手がおれを部屋の中に突き入れた。おれはデスクの手前で立ちどまり、そこにすわっている男の顔を見た。ほかの二人はおれのうしろの見えないところにじっと立っている。墓穴を土で埋めたあとにその上をシャヴェルで最後にたたくように、ドアが小さくカチッとしまる音がうしろで聞こえた。

デスクの男は口から煙草と小型パイプを離し、それでデスクのそばの木製椅子を示した。「すわれ」その声はハスキーだが、感情がなく、実際には威《い》嚇《かく》的ではなかった。

おれはすわった。どうしたらいいのかわからず、両手を両膝の上にのせた。その男の目を——男の目の奥の目を——見て、自分の瞬きを抑制できればいいのにと願った。

彼はデスクの上に散らばっている紙の一枚をちらっと見ながら言った。「いつからナポリの下で働いてるんだ？」

おれは言った。「誰だって？」

おれの顔をまた見たときの彼の顔に、やっと表情が浮かんだ。ユーモラスな名言が陰気になったという表情だ。「おれの時間を無駄にするなよ、おまえ」と言った。「おまえが誰なのか知ってるんだぞ」

「おれはチェスター・コンウェイだ」この事態の原因が人違いかもしれないという希

望を突然抱いた。

いや、人違いではなかった。「知ってる」彼が言った。「そして、おまえはソロモン・ナポリの下で働いている」

おれは首を横に振って、「もう一人、チェスター・コンウェイがいるのかもしれない」と言った。「ニューヨーク全五区の電話帳を調べたかい？　数年前におれは何本もの間違い電話を……」

彼は両手でデスクの表面をたたいた。それほど大きくはなかったが、おれを黙らせるのには充分だった。「おまえはアーヴィング・ファルコと親しくしている」

「アーヴィング・ファルコね」おれは繰り返して、どこでその名前を聞いたのか思い出そうとした。「そうか！　シッド・ファルコだ！　あいつとはポーカー・ゲーム仲間だ」

「アーヴィング・ファルコだ」彼が訂正した。

おれはうなずいた。急に不条理にも嬉しくなった。ついに理解できる関連性がわかったのだ。何も変わらなかったし、何の説明もつかなかったが、少なくとも会話に加わることができた。「そいつだ」と言った。「だが、おれたちがあいつをシッドと呼ぶのは、ある映画の中で……」

「だが、そいつの名前はアーヴィングだ」彼は今にも癇癪《かんしゃく》を起こしそうな顔をした。

「そうだ」おれは言った。

「よし」彼が言った。「それで、アーヴィング・ファルコはソロモン・ナポリの下で働いている」

「あんたがそう言うのならね。おれはあいつをよく知らない。ポーカー・ゲームのときに会うだけで、あまり話を……」

彼はおれを指さした。「それで、おまえはソロモン・ナポリの下で働いている」

「いや、違う」おれは言った。「本当だ。おれはタクシー運転手で、〈V・S・ゴス・サーヴィス会社〉で働いているんだ。それはイレヴンス・アヴェニューの……」

「それは知っている」彼が言った。「おれたちはおまえのことはすべて知っている。おまえがまともな仕事に就いていることも知っているし、毎週カード・ゲームで給料の二倍の金を取られていることも知っている。それに、おまえは競馬もやるし……」

「おっと、待ってくれよ」おれは言った。「おれはいつも負けるわけじゃない。カード・ゲームでツキがずっとまわってこないだけだが、そんなことは誰にでも……」

「黙れ」彼が言った。

おれは黙った。

「知りたいことは」彼が言った。「おまえがナポリのために何をしてるかってことだけだ」そして、自分の腕時計を見る格好をした。それはきらきらと輝いている大きな代物《しろもの》で、分厚い黄金製のバンドがついている。「十秒やろう」

「その男の下で働いてはいない」おれは言った。若い金髪のナチ親衛隊員が右側からおれの視界にはいった。

誰も何も言わなかった。全員が腕時計を見ている大柄な男の顔を見た。しばらくして、彼は首を横に振って腕を下におろすと、親衛隊員のほうを見て言った。「こいつを片づけろ」

「おれはナポリという名前のやつの下で働いていない」おれは半狂乱になった。親衛隊員が近づいてきて、おれの右腕をつかんだ。そして、もう一人の男がおれの背後からやって来て、左腕をつかんだ。二人でおれを椅子から持ちあげた。「おれはナポリという名前の男なんか一人も知らないんだよ！」おれは叫んだ。「神に誓ってもいい！」

二人は、爪先《つまさき》しか床につかないぐらいまでおれを高く持ちあげた。そして、素早く入口ドアのほうへ歩かせた。おれはこんなことが実際に自分に起こるとは信じられずに、ずっとわめき続けた。

ドア口を通り抜けたとき、デスクの男がソフトな声で「オーケイ」と言っただけで、おれはどなるのをやめた。

すぐさま、二人の男がおれの体を半回転させて、椅子に戻し、またすわらせた。両上腕は痛むし、声はしゃがれるし、神経はすり減るし、髪がたぶん白くなったと思うが、生きていた。息を呑《の》み、何度も瞬きして、デスクの男を見た。

彼は大きくうなずいた。「おまえを信じよう」と言った。「おれたちはおまえのことを調べたし、おまえがファルコと一緒にカード・ゲームをした場所も見たし、確かめるべきだと考えたんだ。すると、おまえは本当にナポリの下で働いてないんだな」

「働いてませんよ」おれは今度は丁寧に言った。

「そいつはいい」彼が言った。「ルイーズは現状をどう受けとめているのか知ってるか？」

おれはまた沈んだ気持ちを味わった。また元に戻ったぞ、と思った。そして、恐る恐る言った。「申し訳ないですが、誰のことでしょう？」

彼は鋭い目でおれの顔を見て、まるで今度はおれが思慮深い理由もなく嘘をついているかのように顔をしかめた。「おいおい」

「申し訳ないです」おれは本心から言った。「あなたとはどんな問題も起こしたくありませんが、ルイーズという人は一人も知りません」

彼は椅子の背にもたれ、まるでおれがみだらな事実を認めたかのように、ほくそ笑んだ。「するとおまえは彼女とよろしくやっているわけだな？　そういうことだな？」

おれは言った。「申し訳ないですが、そんなことはありませんよ。今のところはガールフレンドがいません。ルイーズという名前の女の子と付き合ったことはありません。高校のときにあるかもしれませんが、覚えてないんです」

彼のにやにや顔がだんだんしかめ面《つら》に変化していった。長いあいだおれの顔を観察してから言った。「筋が通らないな」

「申し訳ないです」おれは言った。おれの両肩はだんだん丸まって、盛りあがった。ここから出る頃には、たぶん両肩は耳をおおうほど盛りあがり、二度と耳が聞こえなくなるだろう。

彼が言った。「おまえはマッケイのアパートメントへ行くほどあいつのことをよく知っているのに、あいつの女房のファーストネームも知らないのか。それは筋が通らないな」

「ルイーズがトミーの奥さんの名前だって？」突然、おれはさっきの二倍ほど神経質になった。トミーの奥さんの名前を知っているべきだったのに、これから言おうとしていることが何にせよ、嘘に聞こえるからだ。

デスクの男は大きくうなずき、「そうだ」と言った。「あいつの女房のことだ。会ったことがないのか？」

「いや、ありますよ」おれは言った。「おれがあそこへ行ったとき、ときどき奥さんがドアをあけてくれますし、電話をしたとき、奥さんが出ますから。でも、おしゃべりをしたことはないし、会話なんかありませんでした」

「『これが女房のルイーズだ』とマッケイは言わなかったのか？」

おれは首を横に振って、「普段」と言った。「おれはアパートメントの中にもはいらないんですよ。トミーに金を渡すか、トミーがいくらか渡してくれて、それでおしまいです。二度ほど中にはいったとき、奥さんは留守でした。それに、トミーは紹介してくれなかったんです。おれはただの客だったのでね。おれとトミーとはそれ以外で会うことは一度もありませんでした」

彼は疑い深そうだったが、百パーセント信じていないわけではないように見えた。

彼がさっき言ったことのほかの部分を突然思い出して、おれは言った。「ねえ！」

その三人は跳びあがると、驚きとともに用心深くて危険そうな表情を浮かべた。

おれはさらに背中を丸めて、「申し訳ない」と言った。「あなたがさっき言ったことを考えてただけですよ」

その三人がリラックスした。

「おれがトミーの奥さんとよろしくやっているという話ですよ。それは不可能です。奥さんはそれほど……つまり、奥さんとおれは……それは無理な……」

「オーケイ」突然彼は疲れて愛想をつかしたように見えた。「おまえはシロだ」

「ええ、もちろんですよ」おれはほかの三人を見まわした。「それを知りたかったんですか？　おれがトミーを殺したと思ってたんですか？」

三人はわざわざ答えなかった。デスクの男が言った。「こいつを家まで送っていけ」なんて素敵な台詞《せりふ》だろう！

親衛隊員がおれに言った。「立て」

「いいよ」誰かが気を変えないうちにそこから出たいと思って、おれは素早く立ちあがった。数秒前までは、そこから出られるとは思っていなかった。

今度は二人はおれの腕をつかまなかった。おれは自分でドアへ向かったが、ドアを抜けたとき、デスクの男が言った。「待て」

走って逃げるか？　いや。おれはうしろを向いて、三人の顔を見た。デスクの男が言った。「サツには話すなよ。このことを」

「ええ」おれが言った。「もちろんですよ。つまり、何もなかったわけでしょ？　サツに何て言えばいいんですか？」

おれは無意味なことをぺらぺらしゃべった。やめろと自分に言い聞かせて、ドアのほうに向き直り、廊下を歩いて、階段をおり、車の列のあいだを抜け、シヴォレーへ向かった。誰にも命じられずに、その後部座席にすわった。ダッシュボードを見ると、そこにキーがささっているのに気づいた。ロバート・ミッチャムは何でも知っているのかもしれない。

　すると、二人の男が乗り込んできた。来るときと同じ席にすわった。車のうしろで駐車ガレージのドアが上にがらがらとあがった。車はバックで外に出て、おれを家まで送ってくれた。今では生活道路が空《す》いていて、帰りのドライヴは短く感じた。

　雪が盛んに降っている。まだだらだらゆっくりと降っているが、雪片が多くなり、積もり始めた。薄い白い雪片が菓子職人の粉砂糖のように黒い道路の表面をおおった。

　家の前で、二人はおれをおろした。「ありがとう」二人が親切に家まで送ってくれたかのように、おりるときにおれは言った。それが馬鹿馬鹿しく思えて、車のドアをばたんときつくしめすぎたのではないかと心配して、車がのんびりと去り始めたときに、素早く家の中にはいった。

普段のおれはビール派だが、親父はジャック・ダニエル派だ。今はジャック・ダニエルを飲む時間だ。二つの角氷といくらかのテネシー・ウィスキーをゼリーグラスに入れて、数分のあいだ静かにすわったまま、ちびりちびり飲んでいると、巻きすぎた主要ゼンマイバネが少しずつゆっくりと緊張を解きほぐし始めた。

安全な場所で一人きりになってよくよく考えてみると、何が起こったのかわかった。あの三人はトミーが下で動いていた賭博《とばく》組織に遣わされたはずだ。その組織はそれ自体がトミーを殺させたのではなく、雇い人の一人を殺した犯人を知りたいのだ。ソロモン・ナポリという名前の男をなぜか疑っていて、《デイリー・ニューズ》でおれが死体を発見したことを読んだあと、おれのことを調べてみることにした。それで、おれとシッド・ファルコがポーカー・ゲームでつながっていることを知って――シッドが怪しげなことに関わっていることなど、おれはまったく知らなかった――そのあとはこれまでの出来事どおりだ。

しかし、おれがトミーの奥さんと関係を持っていると考えるとはね。ルイーズだって？　ルイーズ。彼女には何の問題もない。顔とかが悪いわけではないが、電信柱のように体が細いし、おれよりも十歳ほど年上だ。彼女の姿を見るたびに、いつもバーゲン会場で買ったようなドレスを着て、重そうな靴をはいているし、普段の髪はたくさんの大きなピンクのプラスティック製ローラーに巻きつけられ、まるでＳＦ映画に出てくる宇宙からの逃亡者のように見える。

うん、デスクの男は重要人物で、最後にはおれが無実だと納得したようだ。だから、これで終わりだ。おれはジャック・ダニエルを飲み干すと、グラスを流し台に置いて、明かりを消し、暗がりの中で二階にあがり、自分のベッドルームへ向かった。ベッドルームにはいって初めて、おれの金を受け取るために誰に会えばいいのか、今晩あの連中に尋ねなかったことに気がついた。畜生。まあ、あしたはトミーの奥さんに会いに行こう。ルイーズに。

7

しかし、おれは会いに行かなかった。四時間半の中途半端《はんぱ》な睡眠のあと、目覚し時計に起こされると、外の世界は真っ白だった。音がこもり、視界が閉ざされていた。雪はまだものうげで、まだ空中に舞っていたが、雪片は何百万もの数をなして降っていて、すでに深さ三、四インチの雪が地面をおおっている。今年初めての大雪がついにやって来たのだ。

おれは親父《おやじ》に昨夜の出来事について何も言わなかった。親父ならただ興奮して、警察に通報したがるからだ。もしおれが警察に通報したら、昨夜の連中とまた出会う本当の危険を冒すことになりそうだった。それは今すぐにやりたいことではない。おれは水中で動きまわっている小さな魚になった気分で、自分の小さな人生を送っていたのに、突然釣り針で釣りあげられ、手向かうには強すぎて、理解するには大きすぎる権力者につかまった。そして、恩赦神が突然おれの顔を凝視すると、死刑執行が停止されて、水に投げ戻された。おれが小さすぎるからだ。おれはここでぶらぶらとしながら、騒ぎを起こしたくはなかった。今すぐ一人でどこかへ行って、何もかも忘れたかった。だから、親父には何一つ話さなかったのだ。

　おれは親父と一緒に朝食を食べた。おれはキッチンの窓の外に降る雪をずっと見つめ続けていた。雪はずっとそこにあった。いつもの水曜夜のポーカー・ゲームが開かれるのは今夜なので、昼間働くために朝早く起きたのだが、表の雪のおかげでそれは絶望的だ。朝食のあと、会社のガレージに電話をかけ、マンハッタンが疑いもなく巻き込まれているこの渋滞におれを加える必要はないと伝えた。配車係は了解してくれたので、おれはきょう一日を自由に使える。

　親父がダイニングルームのテーブルで歩合計算に戻ったので、おれは実際のところ一人取り残された。おれは数人の仲間に電話をかけて、ポーカー・ゲームを開けるほどの人数が揃《そろ》うかどうか調べたが、半分は働きに出ていて、あとの半分は家から出るつもりはなかった。「おれんとこでやりたいのならいいぜ、チェット」シッド・ファルコのことを知ってしまった今は、シッドのことに対して奇妙な気持ちを抱いているので、彼には電話をかけなかった。文房具屋に電話をかけて、きょうのナンバー――２１４、理由は訊かないでくれ――を告げて、あした二十五セントを持っていくと約束した。そのあとは、《デイリー・ニューズ》のスポーツ欄を読んで、あしたが来るのを待つしかすることがない。

十一時少しすぎにドアベルが鳴ったとき、神の助けだと思った。ほかにすることがなくて、マーガレット・オブライエン主演の古い競馬映画を11チャンネルで観《み》ていたのだが、おれはこういう類いの映画は大嫌いだった。競馬レースは八百長《やおちょう》だとはわかっているし、競走馬についての情報を充分に与えてくれないが、ＴＶの前ですわって勝ち馬を予想した。

すぐにＴＶのスウィッチを切って、玄関ドアへ向かった。ドアをあけると、雪が渦を巻きながら吹き込み、トミーのアパートメントでおれに質問した刑事がはいってきた。ゴルダーマン刑事だ。あいたドアからは信じられないほどの量の積雪が見えたが、通りの雪かきはすでに終わっているので、車は走ることが可能だった。

おれはドアをしめ、彼は帽子を脱いで言った。「わたしを覚えてるかい、チェスター?」

どうして警官は誰でも彼でもファーストネームで呼ぶんだろう? 「もちろん」おれは言った。「ゴルダーマン刑事ですね」

親父がダイニングルームから大声で言った。「誰だい?」

ゴルダーマンが言った。「きょうは仕事に行かなかったんだね」

「行く人がいますか?」おれは言った。

「わたしだ」

親父がダイニングルームから言った。「わしは保険屋を待ってるんだ」

刑事が言った。「二、三分話ができるかね?」

親父がまた大声で言った。「チェット! わしの保険屋かね?」

「もちろん」おれは言った。「リヴィングルームへ行きましょう」

おれは刑事をリヴィングルームに案内して言った。「失礼」

おれはリヴィングルームを横切り、ダイニングルームのドア口まで行くと、「警官だよ」と言った。ゴルダーマンに聞こえるので、〝サツ〟ではなく〝警官〟と言ったのだ。

「どうしてそう言わなかったんだ?」親父が苛立《いらだ》っているのは、計算があまりにも複雑すぎるからだ。遅かれ早かれ、いつも保険商品の仕組みを計算するが、ときにはやけに難解な商品にぶつかると、苛立つのだ。

「リヴィングルームにいるからね」おれはそう言って、刑事のほうへ戻った。すわるように言うと、彼はすわり、おれもすわった。彼が言った。「きみはトミー・マッケイをかなりよく知ってただろ？」

おれは肩をすくめて、「かなりよくね」と言った。「それほど親しくはなかったですが、友人でした」

「彼がどんな仕事をしていたのか知ってたかね？」

「確かではないです」おれは疑い深そうに言った。

彼はにやりと笑いかけた。ここでは二人だけの話なので、嘘《うそ》をつかなくてもいいぞ。馬鹿な真似《まね》はしなくていい。そして言った。「でも、見当はつくね」

「そうですね」おれは言った。

「先にわたしから言ってもらいたいかね？」

「構わなければ」

「トミー・マッケイはノミ屋だった」

おれはうなずいた。「そう思います」

「よし。きみはマッケイを友人としてよく知ってるのかい、それとも客として知ってるのかね？」

今度はおれがにやりと笑う番だった。神経質で、おどおどして、明らかににやにや笑いに見える。「どちらも少しずつ」おれは言った。

「心配するな、チェスター」彼が言った。「わたしはギャンブラーを捜していない」

「それはよかった」おれは言った。

「興味があるのは殺人事件だけだ」

「それはよかった」とおれはまた言った。

「何か考えはあるかね、チェスター？」

おれはぽかんとしていたんだと思う。頭の中が真っ白だったのだ。「考え？」

「誰が殺したのかについて」

おれは首を横に振った。「いいえ、ありません。そんなに彼のことをよく知らないので」

「あの日、誰かほかの人間をアパートメントかビルディング内で見かけたかね？」

「いいえ、見かけてません」

「マッケイはあんたに心配事か、誰かに命を狙《ねら》われているといった恐怖心について話したことがあったかね？」

「いいえ」

「勝ったときの配当金を払うのに遅れたことは？」

「一度もないです。トミーはいつも几帳面《きちょうめん》でしたから」

彼はうなずいて、一瞬考えてから言った。「あのビルディングの中でほかに知ってる人間はいるかね？」

「トミーのアパートメントで？　いいえ」

「ソロモン・ナポリという名前に心当たりは？」

昨夜までその質問には何のうしろめたさもなく、すぐに「いいえ」と答えていた。その否定的な答えがどう聞こえるのだろうか考えながら、額にしわを寄せ、頭を掻《か》き、首を横に振り、窓の外を見てから、やっと言った。「ソロモン・ナポリねえ。いいえ、ないと思います」

「はっきりしない口振りだね」

「そうですか？　そのつもりはなかったんですがね。本当にその名前は知らないんです。答える前に、確かめたかったんですよ。誰ですか？」

「関心のある人物だ」おれに関心を持ってもらいたくない人物であることを明らかにするために、彼は言った。

おれは言った。「トミーと同じビルディングに住んでいるんですか？」

彼は頭が混乱しているかのように、顔をしかめた。「もちろん、住んでいない。どうして訊くんだ？」

「そのう、あなたはおれにあのビルディングにいるほかの人間を知っているかと尋ねたあと、すぐに、ソロモン・ナポリを知って……」

「そうか」彼がおれの話に割り込んだ。「なるほど。いや、まったく関係のない別々の質問だ」

「そうですか」おれは言った。

「フランク・ターボックという名前を聞いたことは？」彼が尋ねた。「彼もマッケイのビルディングに住んでいない」

「ターボック？　ありません」

「その名前を知っているかどうか、まず考えたくないのかい？」

「そのう」おれは言った。「ええっと。ただ、すぐにその名前を……」

「オーケイ」彼が言った。「バグズ・ベンダーはどうだ？」

「人の名前ですか？　いいえ、そんな名前を聞いていたら、覚えているはずです」

「ウォルター・ドローブルはどうだね？」

〝いいえ〟と答えようとしたとき、その名前をどこかで聞いたことを思い出した。

「ウォルター・ドローブルね」おれは繰り返した。「新聞か何かでその名前を読んだことがありますかね？」

「新聞で読んだだけかい？」

「ええ、そう思います。ずっと昔にどこかで聞いたことがあるような」

「よし」彼はそのことをしばらく考慮しているようだったが、ついに口を開いた。

「ミセズ・マッケイをどれほどよく知ってるんだね？」

この刑事もか？ 「それほどよくは」おれは言った。「ほとんどの場合、トミーとだけ交渉をするので」

「彼女の噂《うわさ》を聞いたことはあるかね？ ほかの男と遊びまわってるとか何とか？」

おれは首を横に振った。「全然」

「彼女があんたに色目を使ったり、口説いたりしたことは？」

「ミセズ・マッケイが？ 彼女を見たことがありますか？ そうか、見たはずですね、このあいだ」

「このあいだの彼女は最高の状態ではなかった」彼が言った。「彼女が口説きたいほどいい女だとは思わないのかね？」

「そのう、彼女の顔は悪くはありません」おれは言った。「わかりませんね。彼女が着飾った姿を見たことがないもんで。彼女がどんなふうに見えるのかわかりませんから」

「わかった」彼はそう言って、立ちあがった。「それだけだ。協力を感謝する」

「どういたしまして」おれは言った。

「ずっと街にいるつもりかね？」

「もちろんです」

「審問があれば連絡する」

「ここにいますよ」おれはそう言って、玄関ドアまで見送った。彼はコートのボタンをとめて、帽子をかぶった。おれがドアをあけると、彼は渦巻く雪の中にのそのそと出ていった。あちらこちらで風が少し吹き、そのあいだは風がなかったので、外を見ると、でたらめについた引っ掻き傷だらけの写真のようだった。


おれは彼がポーチのステップをおりるのを見守ってから、ドアをしめ、リヴィングルームに戻ったが、今度はＴＶを消したままにしておいた。その前にすわったまま考えた。この世でたった今会いたくない人物がいるとしたら、それはたぶんソロモン・ナポリだろう。警察はナポリがトミーの死亡に関わっていると考えているようだし、トミーのボスもそう考えているようなので、ナポリはまさにこの事件の中心にいることになる。

ナポリとは何者だ？　他人の縄張りに力ずくで割り込もうとするほかの犯罪組織の

ボスかもしれない。この事態はギャング同士の抗争なのかもしれない。今でもまだギャング同士の抗争があるが、昔のようにそれほど公表はされない。最近はギャングスターたちはただ失踪《しっそう》するだけだ。もはや理髪店で爆破されたり、保育園の前で機関銃で射殺されたりしない。しかし、しばしば偶然に予期せぬことが起こるときに、新聞に載ることがある。例えば、二年ほど前にブルックリン区のバーであるギャングスターがワイアのハンガーで首を絞められているときに、二人の警官がたまたま店に足を踏み入れたときとか。その男はそのあたりの犯罪組織の構成員で、殺し屋たちはほかの組織の構成員だと警官たちは考えた。二人の殺し屋は逃げ去り、被害者は当然のことながら、その二人が誰なのか、どうして命を狙われたのか知らないと主張した。

　しかし、トミーの死亡が犯罪組織がからんだ殺人ならば、どうしてトミーは失踪しなかったのだろう？　彼の死体はやけに目立ち、殺人事件は新聞などに報道された（きょうの新聞には載っていなかったが、目新しい情報がないからだ）。

　まあ、これはおれの問題ではない。おれの問題は自分の金を回収することだ。きょう一日の仕事をなくしたことは、その金の回収が以前よりもさらに差し迫っているということだ。

　もちろん、もし２１４のナンバーがきょうの当選番号ならば、おれの二十五セントは百五十ドルをもたらしてくれるが、たった今、危機に瀕《ひん》しているわけではない。ずっと前からナンバー賭博をやってきたが、当たったことは一度もない。ときどき、どうして続けているのだろうと考える。おれはそれを賭《か》け金ではなく、経費と見なしている。週に一度か二度文房具屋で二十五セントを渡す。しかし、構うもんか、払い戻し率は六百対一で――オッズは一千対一なので、誰かが誰かに恩恵を施しているわけでもない――一回に二十五セントは試しても懐《ふところ》が痛まない金額だと思う。

一方、現実世界に戻ると、２１４はきょうの当選番号にはならないだろうから、問題はいかにおれの九百三十ドルを手に入れるかということだ。そのために、おれはミセズ・ルイーズ・マッケイに会わなくてはならない。

しかし、もし彼女が知っていたらの話だ。

彼女は知っているだろうか？　トミーは奥さんに自分の商売の話をしただろうか？　誰に会いに行くべきなのか、おれに教えられるほどに？　そういう話をする亭主もいるし、しない亭主もいる。トミーのことを考えてみると、彼は口の堅いタイプの男と呼べるだろう。

よく聞いてくれ、おれはあの金を手に入れたいんだ。もしミセズ・マッケイがその方法を教えられないのなら、誰に教えてもらえるのだろう？

ゴルダーマン刑事が教えてくれたほかの名前を思い出した……フランク・ターボック とバグズ・ベンダーとウォルター・ドローブルだ。もしかしたら、そのうちの一人がトミーと同じ組織にいて、誰に会うべきか教えてくれるかもしれない。しかし、トミーの奥さんから教えてもらいたい。そのほうがより簡単だし、より安全かもしれないし、いろいろな面でより好都合だ。

念のために、ダイニングルームへ行って、忘れないように、親父から紙を一枚貸してもらい、その三人の名前を書きとめた。フランク・ターボック。バグズ・ベンダー。ウォルター・ドローブル。

8

三時前には家にいることにもう耐えられなくなった。一時頃に、雪がやっとやみ、そのあとしばらくのあいだ、除雪車がタイア・チェーンの音をじゃらじゃらさせながら通りを走った。ラジオによると、深さ八インチの雪が積もり、これ以上降らないそうだ。家の外は白く、端のほうは灰色になりつつあり、そこいらじゅう音がこもっているような感じがする。まるで、耳に綿を詰めて歩きまわっているようだ。

親父がまだリヴィングルームで掛け算や割り算をしているので、おれは一人で昼食にキャンベルのピースープを食べた。昼食後に、しばらく一人トランプをして、架空の胴元に対してカード一枚につき架空の一ドルを賭けたが、架空の七十六ドルを負けたので、うんざりしてやめた。カードの数字が一度も続かなかったのだ。

それで、三時にミセズ・マッケイに会いに行こうと決心した。オーヴァーコートを着て、オーヴァーシューズをはき、帽子をかぶって、手袋をはめると、親父に言った。

「たぶんディナーには帰ってくるよ。帰らないなら、電話する」

「七十一の十三分の一は何だ？」親父が言った。その顔は小さな青いインクのジグザグ線でおおわれていて、目は少しピントはずれだった。

「じゃあ、あとで」そう言って、おれは出かけた。

もちろん、歩道の雪はまだ雪かきされていなかったので、雪が除かれた車道をジャメイカ・アヴェニューまで歩いた。そこで、文房具屋にはいって、二十五セントの経費を支払い、《テレグラフ》を買って、地下鉄の駅におりた。地下鉄の駅は毎年十一月から四月まで感じる湿っぽい寒さがきびしかった。プラットフォームに一人で立ったまま、列車が来るまで足踏みをして新聞を読んだ。

列車はほとんど空っぽだった。マンハッタンのエイス・アヴェニューの五十丁目で降りると、街は奇妙にも人に見捨てられたような外観を呈していた。エイス・アヴェニューには、タイア・チェーンをつけてじゃらじゃら音を立てて走っている数台の車やトラックしか走っていなかった。オーヴァーコートを着たほんの少数の人しか通りを歩いていなかった。視界にはいったいくつかの商店はしまっていて、アコーディオン格子《ごうし》の柵《さく》が窓と入口をおおっていた。対応できる以上の人数がマンハッタンにいないという珍しい日々の一つだ。

もちろん歩道を歩くのは無理だったので、おれは車道を歩く少数の通行人たちに加わった。人間の身長ぐらいの高さの雪の山が車道の両脇《りょうわき》に連なっている。その雪は除雪車によって両脇に集められ、あちらこちらで雪に埋もれた車のボンネットやサイド・ウィンドウが輝いていた。汚い雪を荷台に高く積んだ緑色の古い大型トラックが数台エイス・アヴェニューをがたがたと走っていく。

　おれは四十七丁目まで歩いて、右に曲がった。雪が除去されていないので、東西の通りはさらにひどかった。車が通るために凹凸の一車線があいていて、二本の深くて黒い轍《わだち》が車道の真ん中に積もった汚い雪に残っていた。車が一台も通らないときは、数人の通行人が綱渡り曲芸師のように轍に沿って歩いた。車が実際にやって来ると、通行人たちは片脇の雪の中に膝《ひざ》まで突っ込んだまま立って、轍がまた見えるまで待つしかほかに仕方がなかった。

　トミーのアパートメントである四百十七番地の前に積もっている雪は膝以上の深さがあった。おれは歩くたびに膝を耳たぶ近くまであげながら、雪の山を乗り越えて、ビルディングのドアの前で、4Cのベルを鳴らした。返答がない。待っているあいだ、盗難に遭ったベビーカーに関するお願いを読んだ。『誰かその情報を持っている人は1B号室に連絡してください』と書いてあった。読んだあと、ベルをもう一度鳴らしたが、何の返答もなかった。

奥さんはいったいどこにいるんだ？　もしかしたら親戚か誰かの家へ泊まりに行ったのかもしれない。トミーが死んだあと、しばらくアパートメントの近くにいたくないのかもしれない。彼女がそう感じるのなら、自然の成り行きだと認めざるを得ない。しかし、今のところおれにとっては苦痛でしかない。おれにはあの金が必要なんだ。

そこでぶらぶらしていても意味がなかったので、外に出たら、おれが来たときに残した二つの足跡の上にゴルダーマン刑事が立っていた。両手をポケットに入れ、帽子を頭にかぶり、目をおれに向け、その表情は疑り深かった。「また会ったね」彼が言った。

「あっ」おれは言った。「こんにちは」

「きみはきょう家にいるんだと思ったよ」

「そのう、雪がやんだもんでね」おれはやけにうしろめたさを感じ、やけにうしろめたそうに見えるのではないかと心配した。そこにいる合理的な理由を思いつこうと気が変になるほど頑張ったが、思いつかなかった。「おれは仕事に出かけるところで」おれは言った。「まずここに立ち寄ろうと考えたもんで、それで……」そして、肩をすくめて、雪の上で脚を動かしながらも、おれが理由を言い終わるのを彼が待たないでくれるようにと願った。

しかし、彼は待っていた。おれの顔をずっと見続けていた。蛇が木の枝からぶらさがるように、おれの中断した台詞が空中にぶらさがっていた。おれはやっと言った。

「お悔やみを言うためにね」

彼は少し頭を動かしたが、まだおれの顔を見続けていた。「お悔やみを言うためにか」

「未亡人に」おれは説明した。「ミセズ・マッケイにね」さらに説明した。そして、その嘘を続けた。「最後に会ったとき、彼女はかなりヒステリックになっていたもんで、何か言うチャンスがあまりなかったんですよ」

「なるほど」彼が言った。おれを信じていないことはかなり明らかだった。彼はおれのうしろにあるビルディングの正面を見てから、上層階の窓を見て、またおれの顔を見た。「それで、彼女はいたのか？」

「いいえ」おれは言った。

「出直してきたほうがいいな」

「わかりませんね」おれは無頓着《むとんちゃく》を装《よそお》うように言った。「この近くに来たら、たぶん」

「それほど重大なことじゃないし」彼が提案した。

「たいしてね」おれは言った。「気持ちを伝えたくて」

「ふん、ふん」彼は相手の言葉を信じていないように単調に言った。

彼に真実を伝えようかと考えたが、それは無理だった。ギャンブルは違法であり、相手が殺人課刑事であってもなくても関係ない。嘘をやめて場外で違法馬券を買っているとは、彼に打ち明けられないだけなのだ。つまり、彼はおれが場外馬券を買っていることを知っているが、とにかくおれは自分の口で言うことはできない。ただそこに突っ立ったまま、何も知らない振りをして、うしろめたさを感じながら、彼におれを疑わしく思わせることしかできないのだ。

おれは二人のあいだの心地悪い沈黙を破って、こう言った、「まあ、きょう何かをやり遂げるつもりなら、今から仕事に出かけたほうがいいでしょうね。タクシーを運転して」

彼はうなずいた。

「また会いましょう」おれは言った。

「じゃあまたな、チェスター」彼が言った。

9

おれは本当に仕事に出かけた。イレヴンス・アヴェニューで、アップタウン行きのバスに乗って、会社のガレージへ行き、タクシーを借り出し、ガレージから半ブロック離れたところできょう最初の客を乗せた。オレンジ色の毛皮コートを着て、黒いブーツをはいた、明るい金髪の美女だ。「ペンシルヴェニア・アヴェニューの二千七百十五番地」彼女が言った。

おれは言った。「ブルックリンですか、ワシントンですか?」金のことでくよくよ悩んでいてもいなくても、おれは美人の女性客には冗談を言う。

「ブルックリンよ」彼女が言った。「ベルト・パークウェイを通ってね」

「了解」そう言って、おれはメーターを倒して、南へ向かった。ついに運がまわってきた。ルームミラーに金髪美女が見えるだけではなく、遠い目的地の客だ。そこはケネディ空港からあまり離れていないところだ。

高速道路はすべて空いていて、普段の午後の交通量よりずっと少ない。四時二十分前にウェスト・サイド・ハイウェイに乗り、四時にブルックリン区のペンシルヴェニア・アヴェニューでベルト・パークウェイをおりた。それまでのあいだ、会話を交わそうと二、三回話しかけてみたが、彼女は頑固で寡黙《かもく》なタイプだったので、放っておいた。そういうタイプならば、顔をながめているだけで満足だ。

ペンシルヴェニア・アヴェニューにはいって最初の半マイルは、埋め立てられた沼地だ。堅い土はなく、沼に土を盛っただけの土地で、道路は隆起や穴ぼこだらけで、やけにがたがたゆらゆらする。少ししか車の往来がなくても、まわりに住宅もなくても通行人もいなくても、時間がかかるのだ。たぶん道路の表面が凸凹なので、雪かきをしてもたいして役には立たない。それで、もっと速度がのろくなり、時速二百マイルで走り始めたときに、その女性が拳銃《けんじゅう》をおれの首のうしろに突きつけて言った。

「道路脇に寄って車をとめるのよ」

おれは両手をハンドルの上にのせたまま、すぐに凍《い》てついた。運のいいことに、その瞬間おれの足はアクセル・ペダルから離れていて、空中で麻痺《まひ》したままだったので、タクシーはまもなく速度を落とし始めた。

真っ先に頭に浮かんだのは、やっと頭に何かが浮かんだときに、彼女はわざわざメーターを六ドルまであげる必要があったのかということだった。当然のことながら、おれはこれから強盗に遭うのだろうと考えていたからだ。

しかし、そのあと次のことが頭に浮かんだ。最初に浮かんだことよりも恐ろしいものだ。この女は強盗じゃない。

またトミーと関係があることか？　そのことでほかにも用があるのか？

タクシーは時速三マイルまでのろくなったが、おれがブレーキ・ペダルを踏むかギアをドライヴから変えなければ、速度は永久に時速三マイルのまま続くだろう。時速三マイルのまま、アメリカを横断して、太平洋にはまってしまう。おれはブレーキ・ペダルを踏み、ニュートラルに入れた。

おれのタクシーのずっとうしろからほかのタクシーが近づいてきた。中央分離帯の反対側の対向車線には車の流れが少しあったが、実質的にはおれは拳銃を持った女とこの世に二人きりだ。

ニューヨークのタクシーの半分ちょっとが運転手と乗客のあいだに透明の防弾アクリル板を設置しているが、当然のことながら、これは確率の低い危険が起こった事例の一つだ。というのも、おれとこの乗客のあいだは極端に無防備な空気しかないからだ。

そうそう、ほかにも数台のタクシーが備えているものがある。運転手が足でボタンを押すと、救援灯がタクシーの屋根に灯《とも》る。ほとんどの人間はたぶんその救援灯のことなど聞いたことがないだろうが、それを設置した運転手にとっては心の安らぎとなるはずだ。おれが働いている〈V・S・ゴス・サーヴィス会社〉はケチなところで、法律がなければ、タクシーにブレーキさえ装備しなかっただろう。だから、たった今おれの心に安らぎを与えてくれるべき救援灯もない。

　おれがやっとタクシーをとめると、女が言った。「エンジンを切って」

「わかった」そう言って、おれはエンジンを切った。

　女が言った。「両手をハンドルの上に置いたままにしておいて」

「わかった」おれは両手をハンドルの上に置いた。ルームミラーで女の顔はもはや見えなかった。つまり、女はおれの真うしろにいるわけだ。女の声から判断すると、たぶん後部座席に浅くすわっているのだろう。もはや拳銃の冷たい銃口をおれの首筋に押しつけてはいないが、そんな遠くに離してはいないだろうという感じがした。

　さあ、ロバート・ミッチャム？　これからどうする？

　女が言った。「あんたにいくつかの質問をしたいから、ほんとのことを言ったほうが身のためよ」

「本当のことを言うよ」おれは言った。「それを信じてくれていい」女が知りたいことが何か知らないが、それが何にせよ、ちゃんと答えるつもりだ。

「まず」女が言った。「ルイーズはどこなの？」

「それか、畜生め」おれは言った。突然、おれはまたギャングスターたちと一緒にあの事務所に逆戻りして、答えられないことを質問されている。前提がすべて間違っているので答えられないのだ。ええい、もうたくさんだ。突然の身動きがこの新しい異常者を興奮させ、おれの頭を撃つかもしれないことをすっかり忘れて、おれは運転席にすわったまま、うしろを向いて言った。「なあ、姉ちゃん、あんたが誰か知らないが、少なくとも知らないことは知っている。あんたはおれが誰か知らないが、知っていると考えている。それがすべてをクソ滅《め》茶《ちゃ》に混乱させるんだよ。おれはその男じゃない。その男が誰にせよ、おれはおれなんだ」

女は膝頭と足首をそろえて、後部座席にすわっていた。肩を少し丸め、拳銃を胸元近くで構え、真珠貝のグリップのついたオートマティック銃の銃口はだいたいおれの鼻のほうを向いている。おれの顔をもう数秒間見続けてから、顔をしかめた。まず額の真ん中に縦じわが寄ってから、眉毛《まゆげ》の端が下がり、最後に渋い表情が顔全体に広がったのだ。そして言った。「何ですって？」

「おれはルイーズがどこにいるか知らないんだ」おれは言った。「ルイーズがトミー・マッケイの奥さんのことなら、どこにいるのか知らない。ほかのルイーズのことなら、おれはほかのルイーズを一人も知らない」

「じゃあ、あのアパートメントで何をしてたのよ?」女はその答えを知りたいわけではない。おれが嘘つきであることの確証を引き出すつもりで尋ねたのだ。

おれは言った。「ルイーズを捜してたんだ」

「どうして?」

「あんたの知ったことじゃない」

「あの女は彼を殺したのよ」女はおれの最後の答えを聞いていないかのように振る舞った。聞いてもらうつもりがなかったので、まあどうでもいい。それは口から急に飛び出しただけだ。昨夜のギャングスターたちが相手だと、連中の拳銃や威《おど》しや危険を一秒たりとも忘れなかった。しかし、この女が相手だと、念頭に入れておくのは困難だった。女は確かに拳銃をおれに向けているが、それはほとんど無関係だ。おれたちが本気でこのやり取りを続けているわけではないような感じだ。

　彼女の拳銃のことを遅ればせながら思い出したので、数秒前に女が言ったことを忘れていた。それで、その答えも遅れてしまった。「ミセズ・マッケイのことかい?

彼女が夫を殺したというのかい？」

「そんなことまで知らないの？」おれが本当は明らかな嘘つきだと言いたげに、女は軽蔑《けいべつ》的な口調で言った。

「彼女はそんなふうには振る舞っていなかったからね」おれは言った。「おれが死体を発見したんだ」

「知ってるわよ」威圧的な含みがあふれ出ていた。

おれはさらに続けた。「それに、ミセズ・マッケイは殺人犯みたいには振る舞わなかった」と言った。「彼女があんなふうに振る舞うのはむずかしいだろう」

「あんたによればね」

「おい」おれは言った。「おれは現場にいたんだぞ」拳銃があってもなくても、この女と面と向かっている今となっては、彼女に筋道の通った話をすることができると思った。

「それはとっても都合のいいことじゃないこと？」女が言った。「あんたが現場にいたことはね」

「それほどじゃない」おれは言った。「全然都合がいいとは思わないね」

「あんたとルイーズがお互いにかばい合ったり、お互いのために嘘をついたり」

「おいおい、やめてくれよ」おれは言った。「おれとルイーズが？　おれと？　ルイーズが？　よく見てくれよ。ルイーズを見たことがあるかい？」

「もちろんよ」女が言った。「あたしの義理の姉さんだもの」

「あんたはトミーの妹なのかい？」

「トミーのたった一人の妹よ」涙をこらえているかのように、女の顔がひきつり始めた。「身内はもう誰もいないの」下唇をかみ、速く瞬《まばた》きしながら、女はサイド・ウィンドウの外を見た。拳銃のことを忘れたようだ。

なぜそんなことをしたかわからない。たぶん女が拳銃のことを忘れたからだと思う。それに、誰もがロバート・ミッチャムの気持ちを抱いているか、ロバート・ミッチャムになりたい欲望を抱いているからだろう。とにかく、おれはその拳銃をつかもうとした。

「あらっ！」女は一フィート跳びあがった。数秒のあいだ、四つの手がその拳銃を奪い合い、二人とも体をくねらせていると、拳銃が火を吹いた。

その銃声のものすごさは言葉にできない。タクシーの中では、おれのそばにある通気孔を除くと、すべての窓がしまっているので、銃声は跳弾《ちょうだん》のようにそこいらじゅうに反射した。どこかの道化師が息で膨らませた紙袋をおれの耳元でたたきつぶしたときの音よりも十倍うるさかった。それまでは、それが世界で一番うるさくて、不快な雑音だといつも思っていた。

まあ、そうではなかったわけだ。窓を閉め切ったタクシーの中で拳銃を撃つと、手を放すものだ。三十秒ぐらい二人とも凍《い》てつき、二人とも目を見つめ合い、二人とも口をぽかんとあけ、二人ともびくとも動かなかった。

運よく、おれが先に我に返った。おれのほうに向いている拳銃を女の手から奪い取り、女のほうへ向けて言った。「よし、いいぞ。よしよし」

女は、機械人形が生を宿したときのように、ゆっくりと目をぱちくりさせ、小さな声で言った。「怪我《けが》はしなかった？」

そのことは頭に浮かばなかった。銃声のことしか頭になかった。その銃声に関わった弾丸がこの馬鹿《ばか》な拳銃から飛び出し、タクシー内の空気中を飛び交って、やけに速くどこかへ行ってしまったことなど考えもしなかったのだ。おれの体の中にはいったのか？　おれは自分の体を見おろしたが、いつもより赤い箇所がない。そして、女が死んだかどうか目で確かめてから、上を見あげると、タクシーの天井に穴があった。天井の布に一インチから二インチの汚い焦《こ》げ跡があったのだ。近くでよく見ると、焦げ跡の真ん中に小さな穴があいていた。

「あんたはタクシーに穴をあけたぞ」おれは言った。

女は焦げ跡を見あげた。「誰かが死んでいたところよ」

「おれはどう説明すればいいんだ？」おれは女に尋ねた。「おれがこのタクシーを借り出したんだ」

「あんたが拳銃を持ってるのね！」女が金切り声をあげ、まるでその瞬間にぽんと出現したかのように、拳銃を見つめた。そして、両腕で頭をおおい、しっかりと閉じていた膝を宙にあげると、狭い空間の中で、体を円球のようにできるだけ丸くしたまま、後部座席の上で縮こまった。

おれは女の姿を見つめた。女が何をするつもりなのか、皆目わからない。まるでおれを恐れているかのように、女は振る舞っている。いったい何のためだ？

おれは拳銃を見た。ある意味初めて見るそれに目を見はった。自分の手に握られた拳銃を見るのは初めてだということだ。しかも、拳銃をこんな近くで見るのも初めてだ。おれの背中に突きつけられた拳銃は数に入れていない。背中に突きつけられたら、おれには見えないからだ。しかし、この拳銃が女には見えていて、おれはこの女が馬鹿な真似をしないように、そいつを前部座席より高くあげていた。台尻《だいじり》は前部席の上縁に置き、銃身をリア・ウィンドウのほうに向けている。つまり、おれの鼻先二インチぐらいのところにある。銃口にピントを合わせるためには、少し目を内側に寄せる必要があった。

なんて小さいんだろう。ポケットかハンドバッグに入れるには手頃だと思う。銀色の平べったい小型拳銃で、真珠貝のグリップがついている。オートマティック銃だと知っているのは、映画に出てくるコルト・オートマティック銃の弟分のように見えたからだ。紙つぶてをやっと撃てるぐらいの大きさに見えるが、タクシーの天井には確実に穴をあけることができた。

女のほうに目を戻すと、彼女はまだ後部座席の隅で丸まっていた。黒いブーツとオレンジ色の毛皮の肘《ひじ》しか見えず、ところどころで金髪の輝きがのぞける程度だ。おれは言った。「何をしてるんだい？」

女は何か言ったが、くぐもった声なので、理解するのに数秒かかった。「あんたはあたしを殺すつもりなのね」

「殺すつもりはないよ」侮辱されて、おれは言った。「何のためにそんなことをする必要があるんだ？」

女の両腕と脚が少し動いて、青い目の片方があいだから見えた。勇敢だが望みのない反抗的口調で女が言った。「あたしが知りすぎてるから」

「おいおい、やめてくれよ」おれは言った。

女が両脚をおろし、両腕をさらに動かしたので、頭頂が美しい亀《かめ》のように現われた。

「騙《だま》されないわよ」まだ怯《おび》えた反抗的口調で言った。「あなたが共犯だってことを知ってるわ。十二対一で賭けてもいい」

「よし、乗った」おれは何も考えずに握手しようと手を伸ばしたが、その手が拳銃を握っていることを忘れていた。すぐに、亀はオレンジ色の甲羅の中にもぐり込んだ。おれは言った。「おい！　あんたを撃つつもりはない。賭けに乗ろうとしてるだけだ」

女は、疑り深そうにまた少し出てきた。「そうなの」

おれは拳銃を左手に持ちかえて、握手をするために右手を差し出した。「ほらっ。あんたは十二対一の賭けを申し出た。それでその賭けに乗ったんだ。いくらだ？　十ドルか？　無理するなよ」

女の両脚が今回はゆっくりと床までおりた。女はおれの顔をずっと、まるで誰かが本当に手動絞り機にはさまれたのかと見るように、信じられないという目でおれの手を見たが、触れなかった。そのかわり、こう言った。「あんたはチェスター・コンウエイでしょ？」

「そうだ」おれは拳銃をダッシュボードの右側にある身分証明書に向けて、「これがおれの名前と写真だ」と言った。「これがおれの写真だということは信じてもらうしかない」

「それで、あたしの兄貴の死体を見つけたのはあんたね」

「そうだ」

「それで、ルイーズと関係を持ってるのもあんたね」

「おっと」おれは言った。「それはおれじゃないぜ、姉ちゃん。あんたはほかの誰かと間違えてるんだ。おれはあの奥さんのファースト・ネームさえ、きのうまで知らなかったんだからな」

「あたしがそれを信じるとでも思ってるの？」女はそう言ったが、その蔑《さげす》みには疑いの気持ちが入り交じっていた。

「本当のことを言うと」おれは言った。「おれはどっちでも構わないんだ。これからやるべきことは、あんたを警察に引き渡すことだと思ってる」

「まさか引き渡すつもりじゃないでしょうね」女はそう言ったが、まだ少し疑いの気持ちが聞き取れた。

「引き渡してもいいじゃないか」おれは言った。「おれに拳銃を突きつけたのはあんたなんだからな」

「あたしの知ってることを警察に話すわよ」

「話してみろよ」おれは言った。「警察はあんたがタクシー代が六ドルになるまで走らせて、拳銃をおれの首筋に突きつけたというおれの話が本当だと、気づくだろうな」おれは拳銃を女に向けると、左右に振って、「後部座席の真ん中にすわれよ」と言った。「ルームミラーであんたの顔が見えるようにな」

「あたしは……」

「動くんだ」おれはカチッという音を聞いて、メーターがまだ作動していることを思い出した。さらなる六ドルが水の泡だ。

女は唇をなめて、心配そうな表情を浮かべ始めた。「もしかしたら……」

「さあ、速く動けよ」おれは言った。「これ以上聞きたくない。おれは今働いていることになってるんだ。さあ、動け！」

女は動いたが、いくらか不機嫌になっていて、後部座席の真ん中に移ると、背筋を伸ばして、腕を組み、おれに反抗的な凝視をくれて言った。「わかったわ。どっちがはったりをかけているのか、見てみましょう」

「誰もはったりなんかかけてないぞ」おれは言った。「あんたは自分の切り札を読み間違えただけだ」そして、前に向き直ると、メーターを切り、非番ライトをつけて、おれの尻の近くにある拳銃が安全かどうか確かめ、女の顔をルームミラーではっきり見えるかどうか確かめてから、タクシーを発車させた。

10

「あたしが間違ってたかもしれないわ」女がやけに小さな声で言った。

おれはフラットランズ・アヴェニューで左に曲がったところだった。おれの知っている一番近い警察署はロッカウェイ・パークウェイの反対側のグレンウッド・ロードにある。

吹雪のあとでさえ、ブルックリンではやせた背の低い女性たちが髪にローラーをつけたまま、ゆっくりと無分別に古い黒のビュイックを運転している。おれは角を曲がりきってから、ルームミラーを見た。女がやけに後悔しているように見えた。女はルームミラーでおれと目を合わせて言った。「あたしが悪かったわ」

「あんたは悪かったと思ってる」おれは言った。「あんたは拳銃でおれを威し、タクシーの天井に拳銃で穴をあけ、おれをいろいろと非難してから、今は悪かったと思ってる。座席の背にもたれろ！」おれはどなった。女が上体を前に傾け、手をおれの肩に伸ばしてきたからだ。おれはこの女のことを少しも信じていない。その後悔の表情と少女らしい声はすべてごまかしなのかもしれない。

女は後部座席の背にもたれて、「あたしの話は筋道が通ってたのよ」と言った。「あんたに会う前は。あんたと話し合う前はね。でも、今はあんたを信じるわ」

「そうだろうとも」おれは言った。

「つまり」女が言った。「もしあんたがルイーズと関係を持っていたとしたら、そして、もしルイーズがトミーを殺すのにあんたが手を貸したのなら、今頃あんたはあたしを生かしていないでしょうね。あたしをこのまま自由に動きまわらせるような危険を冒さないでしょう」

「あんたをこのまま自由に動きまわらせるような危険は冒さないよ」おれは言った。「だから、これから警察へ行くところなんだ」

女はまた上体を前に傾けたがっているようだったが、なんとか思いとどまって、「やめてちょうだい」と言った。「あたしは必死だったの。馬鹿な真似《まね》をしたけど、ＰＳに連れて行かないで」

〝ＰＳ〟だって？　ほとんどの人は〝警察署〟と言うところを、犯罪組織の内部ではポリス・ステーションの略語として〝ＰＳ〟と呼ぶらしい。よく考えてみると、この女が言った妙なことはこれが初めてではない。例えば、おれが女の兄貴を殺すのに手を貸したことに十二対一のオッズを出したり。そのほか、おれが女を警察に連れていくと言ったとき、どっちがはったりをかけているのと言ったり。

この女は本当にトミーの妹のようだ。

それに、突然思いついたのだが、この女はトミーのボスが誰なのか知っているかもしれない。もしかしたら、もうトミーの奥さんを捜す必要はないかもしれない。

フラットランズ・アヴェニューのこのあたりは、ぐらぐらの木の柵に囲まれた廃品置場が並んでいる。おれは道路脇にタクシーを寄せ、そういう柵の一つの横にとめた。そして、うしろを向いて、女に言った。「こうしないか？　取引をしよう」

女は瞬時に目にギャンブラーらしい用心深い表情を浮かべた。「どんな取引なの？」

「知りたいことがある」おれは言った。「教えてくれたら、おれはすべてを忘れよう。あんたをタクシーからおろして、それですべて終わりにしよう」

「何を知りたいのよ？」女はまだ用心深かった。

「まず、状況を話そう」そう言って、おれは手短かにパープル・ペキュニアの話を要約した。今さら収拾のつかない事態を引き起こしても無意味だと考えたので、昨夜のギャングスターたちとの揉《も》め事を省き、こう言って締めくくった。「それで、おれの知りたいことは、あんたの兄貴から払い戻し金を受け取れないとなった今、誰から金を受け取ればいいのかということだ」

「あらっ」女が言った。「それであのアパートメントの近くをうろうろしてたのね」

「厳密にはうろうろはしていない」おれは言った。「二、三回あそこへ行っただけだ」

「きのうは三回、きょうは一回よ」女が言った。「あたしはあのアパートメントでルイーズが現われるのを待ってたの。あの女に立ち向かうために……」

「拳銃を持ってか？」

「あの女が犯人だという証拠を持ってよ」

「そのう、あんたは間違っている」おれは言った。「この世界では誰もあんな演技はできない。トミーの奥さんは彼の死体をあそこで見たとき、ヒステリーを起こした。本当のヒステリーをね」

「罪悪感のせいかもしれない」女が言った。「それと神経過敏のせいかも」

「そうかもしれない」おれは言った。「でも、そうじゃない」

「じゃあ、どうして姿を消したのよ？」

「わからない」おれは言った。「もしかしたら親戚《しんせき》の家に泊まっているのかも。もしくは、今はあのアパートメントの近くにいたくないのかも」

女は首を横に振った。「いえいえ、あの女の兄弟に連絡したけど、居所を知らないそうなのよ。それで、あたし自身が葬式とお通夜《つや》の手配をしなきゃいけなかったんだから」

「お通夜？　いつ？」

「今晩始まるわ」女が言った。「六時に」そして、腕時計を見た。

「今何時だ？」

女はもう一度腕時計を見た。そんなことをする連中がいるのに気がついたかい？　連中が自分の腕時計を見てから、今何時だいと訊《き》くと、連中は覚えていない。女が言った。「四時二十分すぎよ」

おれは言った。「あんたのせいで、一日分の給料がパアになったよ。それに、あんたがタクシーに乗った分の六ドルもな」

「それは払うわよ」女が言った。「心配しないで。あたしはケチじゃないから」

「それは気にするな」おれは言った。「トミーのボスが誰なのか、どこで見つけられるのか教えてくれるだけでいい」

「無理よ」女が言った。

「わかったよ、姉ちゃん」そう言って、おれはハンドルのほうに向き直った。「あんたはブタ箱入りだ」

「やめて！」

おれは両手をハンドルの上にのせたまま、待った。「それで？」

「知らないのよ」女が言った。「知ってたら教えるわ。ほんとよ」

「トミーの妹なら知ってるはずだ」おれはそう言った。「とくに、あんたが言い張るように、トミーとは仲がよかったのならね」

「仲がよかったとは言ってないわ」女が言った。「トミーが殺されたから、この街へ来ただけよ」

「どこから？」

「ヴェガスから」

おれはまた女のほうを向いた。「ラスヴェガスに住んでるのか？」

「二年ほどね」女が言った。「あんたに見せたいものがハンドバッグの中にあるんだけど」

「本当にゆっくりと手を動かせ」おれは言った。

女は本当にゆっくりと手を動かし、ハンドバッグから航空券を出して、おれに手渡した。ＴＷＡの航空券で、ラスヴェガスからニューヨークまでの往復航空券の帰りの半分だった。それによると、彼女の名前はアビゲイル・マッケイといって、きのうの午前に街に来たようだ。

おれは言った。「アビゲイルだって？」

「アビーよ」女が言った。

「すごくおかしいね」おれは言った。「アビゲイルか。アビゲイルには見えないな」

「あたしはアビゲイルじゃないわ」女は苛立《いらだ》ち始めた。「みんなはあたしのことをアビーと呼ぶのよ」

しかし、おれはそのことでその女をからかうことを楽しんでいた。自分がチェスターと呼ばれたときの苛立ちのせいかもしれないし、その苛立ちをその女にぶつけたいのかもしれない。「アビゲイル」にやにや笑いながら言った。「あんたがアビゲイルだとは想像しにくいなあ」

「でも、あんたは絶対にチェスターだわ」女が言った。「あんたほどチェスターらしい人はいないし」

「よし、取引はなしだ」おれはそう言って、前に向き直り、車を出した。タクシーはまたフラットランズ・アヴェニューを走り始めた。

「あんたって最低ね」

「その気持ちはお互いさま《ミューチュアル》だ」おれは言った。「じつのところ、気持ちはパラミューチュアルだ」

ルームミラーで、女がぽかんとしている顔が見えた。「何ですって？」

それはおれの考えた駄洒落《だじゃれ》で、もちろん競馬場で勝ち馬に賭《か》けた連中が全賭け金を等しく分ける方式の〝パリミュチュエル方式〟と、〝ミューチュアル〟（お互いさま）に、パラサイコロジー（超心理学）やパラノーマル（超常）の〝パラ〟のように、〝それ以上〟という意味の〝パラ〟をくっつけたものだ。しかし、駄洒落を説明しても、笑いは返ってこない。だから、おれは何も言わなかった。

タクシーは東百三丁目の赤信号の前でとまった。あたりはレンガ造りの公団住宅や疑似レンガ造りの長屋建て住宅の地域で、通りは雪玉を投げ合っている子どもたちでいっぱいだった。信号が変わるのを待っているあいだ、子どもたちがタクシーのまわりに流れてきた。女が言った。「ごめんなさい。あたしはただアビゲイルと呼ばれるのが大嫌いなの」

「おれはチェスターと呼ばれるのが大嫌いだ」

「みんなは何て呼ぶの？」

「チェスターと呼ぶ」おれは言った。「チェットと呼ばれたいのに、誰もそう呼ばない」

「あたしは呼ぶわ」女が言った。「あんたがあたしのことをアビゲイルと呼ばなけりゃ、あたしはあなたのことをチェスターと呼ばないわよ」

ミラーで彼女の顔を見ると、女は本当に友だちになろうと努めているように見えた。女がおれと同じように、自分の名前に関して問題を抱えていることに気がついた。そのことについておれがとやかく言うのは意地が悪いと感じた。「取引成立だ」

女が言った。「あたしを警察に引き渡さないでくださらない、チェット？　そんなことをしたら、トミー殺しの犯人を捜す人が誰もいなくなるわ。一人もね」

ミラーで女の顔を見つめていると、彼女はあごを震わせ、泣き出す寸前だった。おれは言った。「警察はどうなんだ？　ふざけてるの？　連中に犯人を見つけさせろよ」

「ノミ屋を殺した犯人を？　連中がどれだけ懸命に犯人を捜すと思ってるの？」

「今もまだ捜しているよ」おれは言った。「警官の一人がけさおれに会いに来た。ちなみに、連中はおれを疑ってはいない」

「あたしもよ」女が言った。「今はね。でも、警察が型通りの捜査をしてないなんて、あたしは言ってないわ。型通りの捜査をするし、捜査記録が書類の上で充分に見栄《みば》えがするように捜査するけど、本気では頑張らないでしょうよ。ただのノミ屋のためにはね。あんたにもわかってるはずよ」

誰かが警笛を鳴らした。フロントガラスの外を見ると、信号は青だった。おれは交差点を突っ切り、前に駐車するために消火栓をブロックの途中で見つけた。またタクシーをとめて、うしろを向いて言った。「わかったよ。そうかもしれない。被害者が知事のときのように、警察は懸命な捜査をしないだろう。それは認めよう。だが、あんたはこの事件について何を知ってるというんだ？　あんたは頭に馬鹿げた考えを抱いたまま動きまわり、すぐに結論に飛びつき、拳銃を振りまわし、狂人みたいに振る舞う。あんたはどんな殺人事件も解決できない。自分自身をトラブルに巻き込むことしかできないよ」

「あんたのことは間違っていた」女が言った。「それは認めるわ。自分で行動に出る前にもっと調べるべきだったことも認める。でも、いい勉強になったから、これからはさらに慎重に行動するわ」

おれは首を横に振った。「あんたは要点がわかっていない。あんたは犯罪捜査について何もわかっていないんだ。あんたは競馬場へ行っても、勝ち馬予想について何も知らずに可愛《かわい》い名前の馬に賭《か》ける連中みたいだ」

「そういう連中が勝ち馬を当てることもあるわ」女が言った。

「その確率は？」

女は顔をしかめた。「わかった。でも、ルイーズのことは間違ってなかったわ！　誰かと関係を持っているのよ。トミーはそのことを知ってたけど、それが誰なのか知らなかった。数カ月前にそのことを手紙に書いてきたわ」

「彼女は離婚を求めたのかい？　彼はノーと言ったのかい？」

「あの女はそのことを打ち明けたわけじゃない」女が言った。「トミーはただそのことを知っていただけなのよ」

おれは首を横に振って、「彼女がトミーを殺す理由がない」と言った。「彼女は百万ドルの遺産を譲り受けるわけではない。もしトミーと別れたかったら、荷作りをして、出て行くだけでいい」

「あたしたちが知らないことがあるのかもしれない」

「そのことをおれは言ってるんだ」おれは言った。「あんたの知らないことがいろいろとあるのかもしれない。あんたがそのことを突きとめるまでは、何も明確ではない。それに、誰でも彼でも人殺しだと非難してまわるわけにはいかないぞ」

「じゃあ、あの女はどうして姿を消したのよ？」女が詰問《きつもん》した。

「知るもんか。だが、説明の可能な理由が二つ三つあるはずだ。彼女は今晩の通夜に現われそうだから、そのときに訊けばいい」

「あたしはあの女が殺《や》ったほうにさっき賭けたところなのよ」

「彼女は現われるかもしれない。どうして彼女が殺ったと知ってるんだ？」

「もしあの女が現われたら」女が言った。「あんたに謝るわ」

「今すぐ謝ってほしいね」おれは言った。

「ごめんなさいとさっき言ったでしょ。本気でね」おれは前腕を座席の上縁《うわべり》に置いていた。すると、この女は上体を前に傾けてくると、その手をおれの腕の上に置いて言った。「力を貸してくれない？　あたしはこの世で一人っきりになったわ。トミーが死んだので、あたしには頼れる人が一人もいないのよ」

　おれはその女の顔を見た。どうも納得がいかない。女はやけに美人で、大きな青い目となめらかな肌と腰のある金髪を持ち合わせている。服装は高価でよく似合っているので、彼女がこの世で一人っきりだという話は想像しがたい。おれは言った。「ラスヴェガスに誰かいないのか？」

　女は肩をすくめて、「知り合いだけよ」と言った。「でも、近しい人は一人もいないわ」

「それで、おれがあんたに近しい誰かなのかい？」

女はその手をおれの腕から離して後部座席の背にもたれた。「いいえ、あんたは近しくない」そう言って、女はサイド・ウィンドウの外を見た。「でも、誰もいないのよ、さっきも言ったとおり」

「率直に言って」おれは言った。「おれはどんな殺人事件にも関わりたくない。あんたも関わるべきではないと思うよ」

「トミーのためにやるのよ」女はおれの顔をまた見て言った。「誰かがやらないといけないから。それに、トミーはあたしのたった一人の兄だから。そして、あたしはトミーのたった一人の妹だから」

「オーケイ」おれは言った。「あんたの言いたいことはわかった。だが、これからは違うやり方で行動しなきゃいけないぞ」

「そうするわ」女が言った。「信じてよ、そうするから」

「いいことを教えよう」おれは言った。「おれはおれの金を受け取るためにどこへ行けばいいのか知りたいんだ。あんたはあんたの兄貴を誰が殺したのか知りたい。たぶんおれたちの目的は少し重複してるだろうから、しばらくあんたに力を貸そう。しかし、あんたが自分の知りたいことを突きとめるか、おれが自分の知りたいことを突きとめるまでのことだ。それで取引成立かな？」

「成立よ」女がそう言って、明るくほほえみ、手を差し出した。おれはその手を握った。冷たく、なめらかで、やけに繊細だった。「ありがとう」女が言った。

「まだ何もしていない」おれは言った。「提案してもいいかい？」

「してほしいわ」

「あんたはこの通夜へ行き」おれは言った。「始めから終わりまでずっといるんだ。やって来る人間をすべて調べ、誰なのか突きとめろ。もしトミーの奥さんが現われたら、どこにいたのか訊け。トミーのボスが現れたら、おれがどこで金を受け取れるのか訊け。通夜は何時に終わるんだ？」

「九時よ」

「オーケイ。水曜日の夜におれが参加するポーカー・ゲームがある。おれは九時までそこにいる。あんたに住所を教えよう。あんたは……」

「女性でも参加させてくれるの？」

　驚いて、おれは言った。「まあ、二、三回女が参加したこともある」

「あたしはその人たちとは違うわ」女が言った。「いいプレイヤーでいると約束するわ」

「よすぎてもいけない」おれはそう言って、にやりと笑った。

「やってみるわ」女が言った。「あたしが参加しても構わないと思う？」

「構わないだろうよ」おれは言った。「あとで来いよ。マンハッタンの東八十一丁目三十八番地。パークとマディスンのあいだ。ジェリー・アレンのアパートメントだ」

「わかった。九時半頃に行くわ」

「よし。これからどこへ行きたい？」

「トミーのアパートメントに戻りたい」女が言った。「そこに泊まってるんだから」

「オーケイ。おれはメーターを倒さないといけない。さもないと、警官にとめられるかも」

「大丈夫よ」女が言った。「お金はあるから」

「いいぞ。ここまでの六ドル四十五セントの貸しがあるからね」おれはメーターを倒すと、ロッカウェイ・パークウェイへ向かい、左に曲がって、ベルト・パークウェイにはいった。

「あんたが力になってくれて嬉《うれ》しいわ」

「おれが金を手に入れるまでだ」おれは思い出させた。「騎士道精神に欠けているようには振る舞いたくないが、おれは犯人捜しには本当に向いてないんだ」

「あたしもよ」女が言った。「でも、しなくちゃいけないの。あんたがあたしほどそれについて強い感情を抱いていないことは知ってるけど、あんたが望む以上のことは頼まないわ」

「いいぞ」

「そうそう」まるで急に頭に浮かんだかのように、女が言った。「あたしの拳銃を返してくれないかしら？」

「ははは」おれは言った。

「何がおかしいの？」

「何も」おれは言った。

「拳銃を返してくれないわけ？」

「そのとおり」

「意地が悪いのね、チェット。あたしの身の安全のために、その拳銃が必要なの」

「ないほうがずっと安全だよ」おれは言った。「ほかのみんなもね」その会話はそこで終わった。

11

あれやこれやでいろいろあって、おれは七時半までタクシーをガレージに戻さなかった。戻したときには、タクシーの屋根の穴について何も言わなかった。何か言うと、おれがとくに交わしたくない、非常に複雑な会話になっていたことだろう。もし誰かがいつかその穴に気づいても、穴があいたときとか、そのときおれが運転していたとか、誰にわかるというのだ。

ポーカー・ゲームが七時に始まるのに、七時半まで働いていた理由は、おれが現金をほとんど持ち合わせていなかったからだ。おれの負け運がとまったのかどうか、パープル・ペキュニアが勝ったのがまぐれ当たりなのか、今晩負けたらアビー・マッケイの目の前で借用証を書きたくないのか、わからなかった。どうして三つ目の疑問がそんなに大事なことだと思うのか訊いてくれるなよ。おれにもわからないからだ。しかし、おれはそう思ったのだ。

五時少しすぎに、親父《おやじ》に電話して、ディナーには帰らないと伝えた。それで、ガレージの近くの大衆食堂へ行き、ウィンナー・ソーセージとベイクド・ビーンズを食べてから、街の反対側にあるジェリー・アレンのアパートメントへ行った。コートのポケットにあるアビーの拳銃の重さをずっと意識した。とくにそれを持ち歩きたくなかったが、ほかにどうすればいいのか考えつかなかったのだ。

　七十九丁目のクロスタウン・バスをおりて、ジェリーのアパートメントまでのぼった。そう、のぼったのだ。ジェリーはエレヴェーターがない五階建てビルディングの最上階に住んでいるからだ。みんな、その入口ドアに着いたときには、たいてい息を切らしている。

　おれが今しているように、ベルを鳴らすと、ジェリー本人がドアをあけた。彼はレクシントン・アヴェニューの花屋の共同所有者だ。百パーセントのヘテロセクシュアルではない可能性もあるが、そのことでみんなに迷惑をかけないので、彼がカード・テーブル以外の場所で何をしようとも、ほかのみんなは気にしない。そのうえ、彼はいいカモなのだ。おれたちに負けたり、ゲームの主催者になったりすることで、彼が気づいていてもいなくても、ストレートの男たちに認められる恩恵代を支払っているのだと思う。とにかく、彼は負けると、きまり悪そうな笑い方をする。しかも、よく負けるのだ。

「やあ、遅かったね」とジェリーが言った。おれは荒い息づかいをして、うなずいた。彼はゲームに戻り、おれはドアをしめると、コートを脱ぎ、入口脇《わき》のクロゼットにかけた。そして、リヴィングルームにはいった。通り向きの窓際《まどぎわ》にオーク材製の素敵な丸テーブルがあり、その時点で五人の男たちがすわっていた。二脚の空いた椅子《いす》はジェリーとシッド・ファルコのあいだにあった。シッドは昨夜例のギャングスターたちが話題にした男だ。急に、シッド・ファルコと同じ部屋にいることでやけに神経質になった。この約五年間は神経質になることなく、シッドを知っていたのに。おれはジェリーのそばの椅子にすわると、無理に注意をテーブルの上のゲームのほうへ向けた。セヴンカード・スタッドのゲームの真っ最中だった。五巡目で二人のプレイヤーが残っていた。フレッド・ステルとレオ・モーゲンタウザーの二人だ。レオはフラッシュの可能性があり、フレッドはストレートの可能性がある。ダグ・ホールマンがディーラーだった。おれはプレイヤーの手札と顔を見た。レオはすでにフラッシュができているか、最後まで待つつもりだろう。フレッドは続きカードが四枚あるが、五枚は続かないだろう。右側にシッド・ファルコがいて、おれは冷静になり始めて、ゲームの流れにはいっていった。

週二回のポーカー・ゲームは水曜日と日曜日にあり、おれたちのあいだでもう五、六年続いていて、顔ぶれが少し変わっただけだ。最近ではおれを入れて五人のレギュラーがゲームに参加するほか、五、六人のやつがときどき立ち寄る。レオ・モーゲンタウザーは完成したフラッシュでフレッド・ステルの未完成ストレートを相手に賭け金をレイズしている。レオはノンレギュラーの一人で、クイーンズ区の技術高等専門学校で教師をしていて、自動車かミシンか何かの授業を教えている。背が高く、やせていて、もじゃもじゃの髪に、巨大な喉仏《のどぼとけ》の持ち主だ。既婚者で、たぶんそれほどいい暮らしをしていないのだろう。それで、めったにゲームに来ないが、来たときはだいたい勝つ。腕のいいポーカー心理学者で、その気になれば素晴らしいはったりをかませる。彼の最大の失敗は勝ち運を押し進めないことだ。そのため、ときどき勝ち得たはずよりも少ない金を持ち帰ることになる。おれは別に苦情を申し立てているわけじゃないんだよ。

　今夜テーブルにいるほかのみんなはレギュラーだ。たった今レオと一対一で勝負しているフレッド・ステルはギャンブル好きの馬鹿だ。レギュラーのあいだでは、ジェリー・アレンの次にいいカモに近い。かなり不変的な敗者だ。五回のうち四回は負けているかもしれないが、負け始めると、さらに慎重になるので、めったに大負けしない。フレッドに関する有名なジョークは女房のコーラだ。コーラはギャンブルを憎んでいて、いつもフレッドの居所を突きとめようとしている。ほとんど毎回ゲームの途中で電話をかけてきて、フレッドがそこにいるかどうか知りたがる。ジェリーはいつもフレッドをかばってやる。二、三回、コーラは実際にアパートメントに現われたが、ジェリーが中に入れなかった。一年前に現われたとき、彼女はジェリーの鼻っつらを殴った。本当にすごくおかしかったが、鼻血を流したジェリーはそれほどユーモアを解さなかった。フレッドはブルックリンのフラットブッシュ・アヴェニューでコイン・ランドリーを経営している。彼はかなりいい暮らしをしているはずだと思う。平均的に、週に二回ゲームで毎週十ドルから二十ドル負けているからだ。それに、競馬でも賭けている。じつのところ、彼を通じておれはトミー・マッケイのところで競馬に賭け始めたのだ。

　現在ディーラーを務めているダグ・ホールマンは、大柄で太っている毛深い男で、ミッドタウン・トンネルから遠くないセカンド・アヴェニューでガソリン・スタンドを経営している。どなりちらす類《たぐ》いのプレイヤーで、はったりをかましているときは凶暴で威《い》嚇《かく》的な表情を浮かべる。そのほかのときにはかなりいいプレイヤーで、負けるよりも勝つ回数が多い。彼に対するおれの唯一《ゆいいつ》の不服は、いつも喫《す》っている十二本につき二十五セントの安い葉巻だ。

そして、最後にシッド・ファルコだ。瘦身《そうしん》で真剣で、幅の狭い頭の持ち主だ。たぶん参加者の中でいちばん若い男だろう。おそろしく真剣なプレイヤーで、ゲームの数学に専心している。参加者の手札のオッズを計算する唯一の男だ。彼はルールに沿って厳格にプレイする。つまり、すごく慎重で、想像力がない。少額だが堅実な勝者だ。一晩に二度か三度、はったりをかまそうとする。ルールブックには、ほかのプレイヤーにずっと推測させるために、ときおりはったりをかますべきだと書いてあるが、彼のはったりはいつもパラフィン紙のように透けて見えるのだ。はったりが彼にとってあまりにも不自然なので、まるでロボットがＳＦ小説で狂い始めるように、奇妙な振る舞いを始める。ぎくしゃくした変な動作で煙草《たばこ》に火をつけるとか、甲高い声で冗談を言い出すとか、自分の腕時計の時間をほかのみんなの腕時計の時間と比較し始めるとか。彼のはったりはばれやすいのだ。

今のゲームでやっと勝負がついた。フレッド・ステルが七枚目のカードで、レオ・モーゲンタウザーのベットをレイズしたので、フレッドが最後にストレートをつくったことがみんなにわかった。それは都合の悪いことだった。レオがすでにフラッシュをつくっていたことが、フレッド以外のみんなにはずっと前からわかっていたからだ。

レオは当然のこと、演劇学校の生徒のように、しかめ面《つら》で自分のダウン・カードとフレッドのアップ・カードを見て、自分の前のチップとポットと反対側の壁を見てから、やっとため息をつき、首を横に振って、フレッドのあとにレイズしたのだ。

そして、フレッドはまたレイズした。フレッドはギャンブル好きの馬鹿だったからだし、彼のストレートができたので、負けるとは信じられなかったからだし、まだ夜は長いし、まだそれほど負けていなかったからだ。

そして、レオは「よおし！」と叫んで、勝利の態度と悪戯《いたずら》っぽいにやにや笑いを見せて、さらにレイズした。

フレッドの顔を見るのはつらかった。騙されたことを理解したが、レオのあまりにも芝居がかった動作のせいで、最後まで続けたのだ。レオがはったりのはったりをかまそうとしている可能性がいつもあるからだ。もちろん、レオはそんなことをしていない。しかし、フレッドはコールするしか仕方がなかった。

勝ったレオはフラッシュの手を見せて、ポットのチップを引き寄せた。

フレッドは自分のストレートの手を見せようともしなかった。アップ・カードを裏向けて、前へ押しやった。

レオが次にディールした。またセヴンカード・スタッドだ。自分が勝ったゲームだ。

おれはホール・カードに4と9、アップ・カードにジャックを受け取った。三つの違うスートなので、フォールドした。その回はずっとシッド・ファルコを見守っていた。シッドは表向きのクイーンのペアを土台にしながら、注意深く整然とプレイした。唯一の相手はジェリー・アレンで、キングのペアを期待しているようだが、アップ・カードは何のペアにもなっていない。

それで、シッド・ファルコはギャングスターというわけか。もしくは、ギャングスターの下で働いている。もしくは、ギャングスターたちに関わる誰かの下で働いている。もしくは何かの下で。要点は、彼についてこれまで以上のことを知ったので、これまでとは違った人間に見えるかどうかだ。

いや。酒類卸会社のセールスマンだといつも言っていた男とまったく同じ人物に見える。

まあ、それは本当のことかもしれない。犯罪組織関係者と取引する合法的組織はまだたくさんある。例えば、バーとか、ソフトドリンク製造会社とか、ジュークボックスや自動販売機の取扱店とか、酒類卸問屋とか、リネン・サーヴィス会社とか、不動産管理会社とか、いろいろだ。すると、シッド・ファルコはまともそうな仕事をしながら、ギャングスターでもありうる。

しかし、どうしておれには違って見えないんだろう。もっとタフにとか、もっと危険か汚いか、もっと謎《なぞ》めいているとか。どこか。しかし、違っては見えない。もし彼のホール・カードに興味を持っているかのように、彼のほうに上体を寄せて（おれはおりているから、オーケイだ）、彼の耳元で「ソロモン・ナポリ」とささやいたら、どうなるだろう。するのはそれだけだ。そして、すわり直し、まだゲームに参加しているほかのプレイヤーの手を何くわぬ顔で調べまわったら。

そう思いながら、シッドの横顔を見て、確かめないことに決めた。彼が少しも違って見えないにもかかわらず。確かめないことに決めたのだ。いや、それは正しくない。彼が少しも違わないからだ。彼は表面上では同じだ。表面下に潜んでいるものが何であれ、その徴候は見えない。そのほうがあからさまなタフネスよりも威嚇的だ。彼はまったく何も見せない。つまり、現実は何であってもおかしくない。つまり、それが何なのか知りたくなかったのだ。それで、おれは他人事《ひとごと》には構わず、シッドにささやきもしなかった。

そのあいだ、シッドはクイーンのペアでずっと着々と穏やかにゲームを進めた。七巡目では、ほかにキングを持っていそうなジェリーしか残っていなかった。シッドはリミットまでレイズして、ジェリーはコールして、シッドに手を見せさせた。シッドは手を見せた。ジェリーはきまり悪そうで、楽しそうではない笑い声をあげて、誰かが彼の失敗に気づいたかどうか確かめるために、プレイヤーたちを見まわした。今では、ジェリーのその動作をみんなは知っているので、おれたちはみんなほかのところを見つめていた。

　次にフレッドがディーラーを務めた。またセヴンカード・スタッドだ。フレッドは本当にギャンブル好きの馬鹿だ。彼が最後に取り返すまで、毎回取られていくゲームに戻りたがるのだ。今回、おれは３とジャックのホール・カードに、７のアップ・カードを配られた。また三枚ともスートが違う。当然、フォールドした。パープル・ペキュニアが勝った幸運は厳密には一回きりのものなのだろうかと考え始めた。このカード・ゲームでは一回につき二十五セントのアンティが必要になる。

　ジェリーがこの回で勝った。最高札が８のストレートで、七枚目で揃《そろ》ったのだろう。相手はダグ・ホールマンで、アップ・カードのエースは役に立たなかった。ダグはその回のあいだずっと葉巻の煙を吹かしていたが、何も言わなかった。

　シッドが次のディーラーだった。ファイヴカード・スタッドに変えて、ジャックのホール・カードと、９のアップ・カードをおれに配った。おれはゲームにとどまって、四巡目でジャックのペアをつくり、最後にはほかにフレッドだけが残った。ほかの二枚のジャックはフォールドしたプレイヤーのカードに混ざっているが、フレッドは気づいているはずだ。フレッドの持っている最高札のアップ・カードは10なので、おれは確信を持って、当然のことリミットの二ドルをベットした。彼が二ドルをレイズしたので、10のペアがあることがわかった。おれはレオのように演劇学校の生徒の真似をしようかと考えたが、ええい、構うもんかと思って、二ドルをレイズした。フレッドがコールしたので、おれはもう一枚のジャックを見せた。「もう一枚持っているとは思わなかったよ」そう言って、彼はもう一枚の10を見せた。「おれはそれがもう一枚あると思ってたよ」おれはそう言ったが、残酷だったかもしれない。

そのあと、その夜初めての賭け金を引き寄せながら、おれは言った。「おい、月曜日にトミー・マッケイがどうなったのか知ってるかい？」フレッドとダグとレオはトミーを知っているが、シッドとジェリーはゲームで一度か二度その名前を耳にしただけだ。

ダグが言った。「ずっと電話に出ないんだ」

「死んだんだ」おれは言った。

誰も知らなかった。それで、おれは話した。もちろん、話が終わるまでゲームは中断した。トミーにはラスヴェガスから来た美人の妹がいて、あとでここへ来てゲームに参加することを話すと、肝心の話のほかの要素は見劣りしてしまった。初めはトミーについての質問があり、そのあと、勝ち馬の情報をくれた男についての質問があったが、最後にはアビーについての質問しかなかった。「彼女に会えるよ」おれはそう言い続けた。「九時半頃ここに来るから」

すると、おれの借用証を持っているダグ・ホールマンが「払い戻し金がはいるのか?」と尋ねた。「いや、まだだ。トミーが死んだとなっては、まだ配当金が手にはいらない。それについては、明日確かめてみる」とおれは言った。ダグはうなずいて、少し残念そうな表情をした。おれの借用証を持っているジェリーも残念そうな表情を浮かべた。

やっとおれたちはゲームに戻り、そのあとの二時間おれはやけにうまくプレイできた。ダグ・ホールマンは葉巻とほとんど同じほどひどいカードに見舞われた。フレッド・ステルとジェリーは二人とも期待を大きく持ちすぎ、ゲームに長くとどまりすぎた。シッドはなんとか持ちこたえていた。つまり、賭け金はすべてレオとおれのほうへはいってきて、そのほとんどはおれのほうへ来たのだ。十時十五分前にドアベルが鳴る頃には、おれは四十ドル近く勝っていた。とくに二時間でその成績は素晴らしいことだった。

そのドアベルが鳴ったのは、おれがゲームからおりていた珍しい瞬間だった。おれは椅子から立ちあがって言った。「アビーだろう」リヴィングルームを出て、玄関ドアへ向かい、あけると、アビーがいた。まだオレンジ色の毛皮コートを着て、黒いブーツをはいている。「やあ」おれは言った。

彼女は中にはいると、ほほえみ、息を切らしながら、口を手で示し、まだ話せないことを伝えた。

「ゆっくりでいい」おれは言った。「わかるよ」そして、彼女のコートを脱ぐのに手を貸した。ブーツ丈は、ベイビー・ブルーのウール製ドレスのミニスカートの内側まで延びていた。彼女はすごくセクシーな娘に見えた。

おれは彼女のコートをハンガーにかけて、彼女のほうに向いた。彼女が言った。

「まいったわ。たいした階段ね」

「なかなか慣れないよ」おれは同意した。

「信じるわ」

「きみは不公平なくらい有利になるだろうよ」おれは言った。「誰も自分のカードをちゃんと見ることができなくなるからね」

彼女がほほえんだ。「素敵なことを言ってくれるわね」

「通夜で何かわかったかい？」

「重要なことは何も。あとで話すわ」

「オーケイ」おれはそう言って、彼女をリヴィングルームに連れていき、みんなに紹介した。みんなはすごく自然に無頓着《むとんちゃく》に振る舞った（というのは冗談だ）。ダグは葉巻の煙をたくさん吐き出しすぎて、低気圧による雲の発達のように見えた。レオは低いチップの山をすべて崩した。フレッドは立ちあがって、椅子をうしろに倒した。ジェリーは負けたときに見せる嬉しくない表情でくすくす笑い出した。シッドははったりをかまそうとするように、やけに速く目をぱちくりさせた。

　それでも、みんなはやっと落ち着いた。アビーはシッドとおれのあいだにすわり、ジェリーから十ドル分のチップを受け取って、おれたちは彼女にハウス・ルールを教え、レオはディーラー役を務めて、ガッツ・ポーカーのカードを配った。アビーがクイーンのペアで3のペアに勝ち、かなりのポットを手に入れた。ポーカー・ゲームの集まりにようこそ！

　二回のゲームのあと、彼女のディールになった。「あたしの好きなゲームはスタッドなの」

　ダグはこの美女と親しくなりたいが、ポーカー・ゲームの最中にその方法を思いつかなかった。彼が言った。「ファイヴカードかい、セヴンかい？」

「ファイヴよ」彼女が言った。「当然ね」そうあしらったあとに流れる沈黙の中で、プロのようにシャッフルし、デッキをカットして、奇術師ジョン・スカーンのようにカードを配った。おれのエースのアップ・カードは素晴らしく見えたが、ホール・カードの10が四枚目の10とペアを組んで、うまくいった。少額だが嬉しいポットを手前に引き寄せた。そして、おれのディールになった。ファイヴカード・スタッド以外のディールは考えられなかった。

アビーが自分の好みを伝えたので、ほかの誰もゲームを変えられなかった。それで、そのあと一時間ほど、おれたちはファイヴカード・スタッドしかプレイしなかった。アビーはかなり慎重にプレイして、少額の賭け金を勝ち取り、うまく勝負した。おれの勝利の流れは少し遅くなったが、すっかりとまったわけではない。レオは自分のペースを保持しているようで、ジェリーは遠心分離機が速くまわりすぎて、金を撒《ま》き散らすように、だんだん無謀になっていった。しかし、大きな驚きはフレッドとシッドだった。フレッドは突然落ち着いて、堅実で、鋭く、用心深く、見事なプレイヤーになった。信じられないほどはったりを読み取り、税務弁護士のようにずる賢くベットを重ね、最終的にはカード賭博場の常連客のように振る舞った。一方、シッドのほうはどうしようもなくぼろ負けしてしまった。数字が彼の頭から離れてしまったらしく、あまりにも突飛なプレイをしたので、まるでほかのみんなとは動きがずれて、実際に五ゲーム遅れのプレイをしているようだった。アビーは彼の左肘《ひだりひじ》の近くにすわっていて、その近さが彼には対処できないらしい。ギャングスターも人間だと知って、大いに勇気づけられた。彼がおれのそばにいれば、あの魔法の名前を彼の耳元でささやいていたかもしれないが、よく考えてみると、不安定な人間のほうがほかの変人奇人よりも危険だよね？　ふうむ。

とにかく、十一時頃、アビーがディールを始めようとすると、「ラスヴェガスではどんな仕事をしてるんだい？」とダグが尋ねた。「ダンサーか何かかい？」すると、彼女がこう答えた。「ブラックジャックのディーラーよ」そして、スタッドのカードを配り始めた。

爆弾というのはこのことだよ。誰も自分のカードを見なかった。みんなアビーの顔を見つめた。

おれたちが考えていることを口に出したのはダグだった。初めて葉巻を口から離して言った。「ひょっとしてきみはイカサマ師かい？」

「あたしたちはヴェガスで厳格で合法的な事業を経営してるわ」彼女が言った。「ハウスは歩合でお金を儲《もう》けているの」

「そうか」ダグは葉巻を彼女の手にあるデッキに向けた。「でも、イカサマのカード配りはできるかい？」

彼女はおれたちみんなの顔を見まわし、しぶしぶうなずいた。「そのいくつかはできるけど」と言った。「やらないわ。ほんとよ。でも、やり方は知ってる」

「例えば？」ダグが尋ねた。

彼女は肩をすくめた。「二枚目を配るセカンドとか」と言った。「一番下の札を配るボトムとか。テーブルのデッキに印をつけるとか、そういうやつよ」

「少し見せてくれ」ダグは自分に配られたカードを彼女のほうに押しやった。「どうやるのか見せてくれよ」

「でも、ゲームはどうするの？」彼女が尋ねた。

「ゲームなんかどうでもいい」ダグが言った。ほかのみんなも「そうだ、どうでもいい」と同意した。おれたちはみんなそれぞれのカードをアビーのほうに押しやった。彼女は肩をすくめて、カードをつかみあげ、いろいろと見せてくれた。

おれたちはすっかり魅せられてしまった。彼女は三十分のあいだトリックを次々と披露した。見事な光景だった。彼女のすらりとした長い指の爪《つめ》には薄い赤のマニキュアが塗ってあり、その指がカードでそういうトリックをするのを見るのは本当に素晴らしかった。デッキの一番上にスペードのエースをのせたまま、指先がさっさっさっとカードをみんなに配るが、デッキの一番上にはまだスペードのエースが残っている。カードを手の中に隠したり、カットをしたように見せかけたり、片手でカットをしたり、カードを配ったあとに捨てカードを集めてから、ちゃんとシャッフルやカットもせずに不正にデッキを積み重ねたり、考えられるあらゆるトリックを見せた。ジェリーが持っている古いデッキを手にして、ゲームの最中にカードの縁に親指の爪で識別の印をつける方法を見せた。望みの箇所でカットできるようにデッキを曲げる方法も見せた。

その夜のポーカー・ゲームはそれで終わった。ジェリーはビールとスコッチびんをあけると、おれたちはみんなテーブルのまわりにすわったまま、ギャンブルとかイカサマとか、俗に言うホラ話をして、楽しい時間を過ごした。シッドでさえ少しリラックスした。フレッドの女房コーラが驚くことに電話をかけてこなかったので、申し分のない夜を締めくくることができた。

十二時半頃にお開きになった。アビーが次の日曜日にまだ街にいたら戻ってくるべきだと、みんなが同意した。そして、みんなは別々の方向に帰った。おれがこれまでに過ごした最高の時間の一つになった。おれはこの美人を知っていて、彼女をみんなに紹介しただけではなく、彼女と一緒に帰れるのだ。そのうえ、今夜は五十三ドルも勝った。あのゲームにしてはかなり相当な額だ。おれの負け運は終わったと肌で感じた。

12

シッドがおれたちより先に階段をおりていて、歩道でおれたちを待っていた。そして、おれに言った。「家に帰るのかい、チェット？　車で送っていくよ」

おれが何か言う前に、アビーが言った。「あたしが車で送るのよ」

「そうか」シッドは肩をすくめた。「じゃあ、また会おうぜ」そう言うと、むこうを向いて、歩み去った。

おれは彼のうしろ姿を見送って、「おかしいな」と言った。「これまで車で送ると言ってくれたことなんてなかったのに。おれが自分の車を持ってることを知ってるからね」

「あなたの車もここにあるの？」

「いや、今夜はない。会社からまっすぐここへ来たんだ」

「じゃあ、あたしの車で送るわ」彼女が言った。「きょうレンタカーしたのよ」

「おれはクイーンズに住んでるんだ」

「オーケイ。とにかく、あたしたちは話し合うべきだから。さあ、一緒に来て」

それで、おれは一緒に行った。彼女の車は緑のダッジ・ポラーラで、座席は凍《こご》えるほど冷たかった。車に乗り込むと、彼女はエンジンをかけて、「ガソリンを入れる必要があるわ」と言った。「この時間にあいてるところを知ってるかしら?」

「ウェスト・サイドにサノコ石油のスタンドがあるが、ちょっと遠まわりだ」

ためらいがちに、おれは言った。「この時間にあいているサノコ石油のスタンドはそこだけだ」

「ほかのスタンドと違いがあるの?　ガソリンはどこでもガソリンよ」

「ええっと」おれはさらにためらいがちに言った。「じつのところ、おれはサニー・ダラーズくじをやってるんだ」

彼女はおれの顔を見て、長いあいだ何も言わなかったが、ついににやりと笑って言った。「あなたはいかれてるわよ、チェット」

「そう思う」

「じゃあ、サノコね」

「きみがそれでよければね」

「もちろん。今夜くじに当たったら、二十五パーセントもらうから」

おれはにやりと笑い返した。「きみもやりたいんだな」

「いつもそうよ」彼女は、縁石脇にとめた車を走らせた。「どっちへ行くの？」

「八十四丁目から公園を抜けてくれ」

おれたちの車はそのブロックをまわって、西へ向かった。彼女が言った。「ほかのスタンドでもガソリン・ゲームがあるのよ。どうしてほかのスタンドもまわって、少しずつお金を使わないの？」

「そうすれば、オッズが不利になるだけだ」おれは言った。「ガソリン・スタンドに行く回数はかなり決まっている。その回数を二で割ったら、オッズはものすごく悪くなる」

「オッズは倍になるわ」彼女が言った。

「いやいや、もっと悪い。おれは数学者じゃないが、きみの掛け算は命取りになると思うよ。おれの親父がたぶん計算してくれるだろう」

というわけで、当然のことながら、彼女はおれの親父について知ることになった。おれは親父と保険の件について話し、彼女は自分とトミーの子ども時代について話した。二人の父親はフロリダ州で不動産業を営んでいた。本当の好景気か不景気かどちらかの業界で、二人の子ども時代のあいだずっと両極端の生活をしてきた。父親が競馬好きだという理由で、好景気のときは短く、不景気のときが長かった。直感の賭《か》けと奇妙な馬名に不変的な信頼を寄せていたのだ。パープル・ペキュニアという名前はその父親にとってぴったりの賭け馬だろうが、父親は七年前のある午後、フロリダ州のハイアレア競馬場で第六レースの続行中に亡《な》くなった。彼が賭けたオッズ三十七対一の馬、ミッキー・ムースが五頭身差で先頭を走っていたのに、フィニッシュ・ラインの二歩手前でよろめいて倒れたのだ。そのあと、二人の母親は宗教の狂信者になり、ニュージャージー州のナトリーに引っ越して、教会でのビンゴ・ゲームを一度も欠席したことがなかったが、その四年後のある夜、どこかのドライヴァーに轢《ひ》き逃げされた。

「警察はまだ轢き逃げ犯をつかまえてないの」と彼女は締めくくった。「パパの死亡については、あたしは何もできなかったし、ママの死亡については何もしなかったけど、トミーの死亡については何かするつもりよ。たとえそれが生きてるうちにする最後のことだとしてもね！」

　彼女の顔を見ると、彼女は気味の悪い形相《ぎょうそう》でフロントガラスの外をにらみつけていた。一瞬、それと比べると、おれ自身の探究物——九百三十ドル——なんてほんの些《さ》細《さい》なものに思えた。騎士がか弱い悩める乙女を守るように、おれは協力を申し出ようという誘惑に駆られたが、運よく現実がおれを正気に返らせてくれて、口を閉じておいた。まず、トミーの殺人容疑者が暗躍する世界では、おれは都合の悪いときに足手まといになったりして、協力者よりも邪魔者になるだろう。それに、あの娘アビー・マッケイはけっしてか弱い悩める乙女ではない。それには確信がある。

それで、協力を申し出るかわりに、話題を変えて、しばらくさっきのポーカー・ゲームについて話し合った。彼女はほかのプレイヤーの性格やプレイの癖について興味深いことを話し、ゲームでのおれ自身の欠点の一つがエースを重要視しすぎることだと示《し》唆《さ》した。他人の手札の中でエースが見えていたら、問題なくステイできるときでも弱気になる傾向があり、自分の手にエースがあれば、明らかにフォールドするべきときでも、ゲームにステイする。彼女に同意せざるを得なかったので、次週のゲームで使うために、彼女の言ったことをすべて頭の中に保存した。

ガソリン・スタンドで、二枚の五ドル分〝サニー〟半券と一枚の十ドル分〝ダラーズ〟半券を受け取った。「うまく一致した？」アビーが尋ねた。

「いいや。三枚ともよくある半券だ」

ガソリン・スタンドを出てから街を横断して、ミッドタウン・トンネルを抜けて、クイーンズ区のエクスプレスウェイにはいった。アビーが言った。「尾行されてるわよ、チェット」

うしろを見ると、四対のヘッドライトがうしろから尾《つ》いてきていた。まぶしいヘッドライトのうしろにあるはずの車の影が一台も見えなかった。「どれだい？」おれは言った。

「左レーンの二台うしろよ」

「どうして尾行してるとわかるんだい？」

「ガソリン・スタンドへ行く途中、フィフス・アヴェニューの信号で停止したとき、うしろにいたわ。そのあと、トンネルの中でまたその車が見えたのよ」

「たしかに同じ車なのかい？」

「ボンネットの飾りに気がついたのよ」彼女が言った。「とってもセクシーだったわ」

おれは彼女の顔を見て、急に夜の街に尾行してくる車よりも男女問題のほうを意識した。彼女はおれのほうをちらっと見ると、にやっと笑って言った。「冗談よ、チェット」そして、また前を見た。「でも、同じ車よ。わかるの」

おれはまたうしろを見た。その車は間隔を保っている。「きみに話してなかったことがあるんだ。今がその話をするべきときかもしれない」そして、昨夜ギャングスターたちに拉致《らち》された話をした。

彼女はやけに興味をもったが、一度も口をはさまなかった。おれが話し終わると、彼女はうなずいて言った。「組織の仕業だとは思わなかったわ。組織がやりそうなことに見えなかったもの。犯人を捜しまわってるのなら、それが証拠よ」

「ソロモン・ナポリという男がやったと連中は思ってるんだ」おれは言った。「おれに会いにやって来た刑事も同じ名前を挙げた」

「その男が誰なのか突きとめる必要があるわ」彼女が言った。「でも、その前にうしろにいる連中をまかなくっちゃ」そして、アクセル・ペダルを踏み込んだ。

ダッジは以前よりも馬力がある。漫画映画のロードランナーのように、車が加速して、銃弾がライフルの銃身内を飛ぶように、エクスプレスウェイを疾走した。

「おい！」おれが言った。「ニューヨークには警官がいるんだぞ！」

「この車について来てる？」

うしろを見ると、一対のヘッドライトがうしろから猛スピードで走っていた。今ではずっとうしろだが、距離を保っている。運よく、道路の交通量は非常に少なくて、二台の車は急いでいる蛇のようにくねくねと走った。

「連中はまだいるぞ」

「つかまっててよ」彼女が言った。その顔を見ると、彼女は緊張した集中力でハンドルのほうへ上体を寄せた。彼女が右側から迫ってくる出口方向へ向かうとは信じられなかったが、彼女は出口の直前で右にカーヴして、スピードを緩めずにランプをおりた。

目の前は赤信号だった。近くには車の流れが見当たらない。アビーはやっとアクセル・ペダルから足を離し、ブレーキ・ペダルを踏んだ。おれは両手でダッシュボードを押さえたまま、車が交差点にはいるときに、困惑と驚きの目で前を見つめた。アビーが右に曲がったのは、さっきまで正常に車を制御していたときに、たまたま車がその方向に向いていたからだと今でも信じている。

とにかく、おれたちの車はまったく車の流れのない別の長いブロックを突っ切った。それは連中にとって運がよかったし、おれたちにとっても運がよかった。そして、次の角できいっと右に曲がった。みすぼらしく見える一階店舗が並ぶブロックに出た。暗く、静かで、陰気だった。そのブロックの半ばあたりで右側に並ぶ二軒のビルディングのあいだに車寄せがあり、アビーはそこでとんでもないハンドルの切り方をして、ダッジをそこにすべり込ませて、崩れそうな古いガレージのドアの数インチ手前できいっと停車させ、エンジンとライトを切った。

二人ともうしろを見ると、一分後にライトがブロックを走るのが見えた。前のライトは白で、うしろのライトは赤だった。「ほらっ」アビーが満足気に言うと、前に向き直り、また普通にすわった。

おれは横向きにすわって、背中をドアにもたせかけながら、彼女と向き合った。「アビー」と言った。「きみは稀《まれ》な快挙を成し遂げたところだ。ニューヨーク・シティーのタクシー運転手を怯《おび》えさせるほどの方法で車を運転したんだ」

そこはやけに暗かったが、にやにや笑いかけている彼女の顔が見えた。「連中をまいたでしょ？」と言った彼女の声からは、得意げな気持ちが聞き取れた。

「ああ、まいた」おれは同意した。「もう少しでつかまったほうがまだましだと思ったくらいだ」

「いいえ、そんなことはないわよ」彼女が言った。

彼女の声に含まれたある響きがおれを一瞬ためらわせた。おれは言った。「ないだって？　どういう意味だい？」

「あの連中はあなたを昨夜つかまえたのと同じやつらよ」彼女が言った。「もし連中があなたにもう一度用があるとしたら、それは一つの意味しかないわ」

「何だい、その一つの意味って？」

「結局、あなたが犯人だと確信したのよ」

「ええい、くそっ」おれは言った。「まったく筋が通らない」

「あたしもしばらくあなたが犯人だと思ってたじゃないの」彼女が言った。「だから、連中がもう一度あなたをつかまえようとしても不思議じゃないでしょ？　ほかにあなたを追いかける理由がある？」

「もしかしたらおれにもっと訊《き》きたいことがあるのかもしれない。心配することなんかないよ」

「〝心配することなんかない〟なんてよく言えるわね。すると、次に言うことは」彼女が言った。「〝まるで何もなかったかのように家に帰りたい〟でしょ」

「うん、当然ね」おれは言った。「ほかにどこへ行けばいいんだよ？」

「連中はそこであなたを待ってるわよ」彼女が言った。「家に帰れば、連中はあなたを殺すわよ」

「おれを殺すって？　アビー、最悪の事態だとしても、連中はおれに訊きたいことをほかに何か考えついたんだ。じつのところ、おれは連中に訊きたいことがある。どこで金を払い戻してもらえるのか、とか？　きみは今夜のお通夜《つや》で何か突きとめたのなら別の話だがね」

「お通夜では何も突きとめられなかったわ」彼女が言った。「チェット、あなたの姿をあの連中に見せたら、撃ち殺されるわよ」

「馬鹿なことを言うな」おれは言った。「トミーの奥さんはお通夜に来たかい？」

「いいえ」彼女が言った。「あたしは馬鹿なことを言ってないわ。あなたが殺されないように努めてるのよ」

「おれは殺されない」おれは言った。「そんな話はしないでくれるかい？　誰か興味深い人間がお通夜に来たかい？」

「ルイーズの親戚《しんせき》が数人来たけど」彼女が言った。「誰もあの女の居所を知らなかった。それに、ほかにも人が来たわ。数人はかなりタフそうに見えたけど、誰もトミーと同じ人間の下で働いていることを認めないでしょうね。だから、あたしは何も訊けなかった。それに、あなたも何も訊かないほうがいいわよ。答えの代わりに頭を吹き飛ばされるでしょうから」

「きみは初めておれのタクシーに乗ったときと同じ類いの結論に達したんだな」おれは言った「きみはおれを殺人犯だと確信した。今度はおれを〝被殺人者〟だと確信している」

「何ですって？」

「殺害される者だ」おれは言った。

「あなたがそれよ」彼女が言った。「その可能性を考えたことがあるの？」

「いいや。可能性がないからね」

「チェット、あなたを家まで送っていきたくないわ。連中はあなたの家を見張ってるでしょうから」

「なあ」おれは言った。「きみの理屈には穴があるぞ。昨夜の連中はおれの家を知ってたので、家の前で待っていた。だから、おれを尾行する必要はないだろう。今夜の連中は別の連中にちがいない」

「誰なの？」

「わからない」

「あなたに何の用なの？」

おれは首を横に振って、「わからない」と認めた。

「でも、連中が誰にせよ、あなたを殺したいという可能性はないと思うのね」

「その理由がない」おれは言った。「誰にせよ、おれを殺したいと思う理由がね。そのことではおれを放っておいてくれないか？　きみはいまいましいほど大げさに騒ぎ立ててるぞ」

「チェット、意地悪なことを言わないでよ。あたしはただあなたに――」

「きみはただきみの妄想におれを巻き込みたいだけなんだ」おれはたぶん必要以上に辛辣《しんらつ》に言った。彼女がほのめかしている考えがやけにおれを神経質にさせるからだ。

「なあ」とおれは言った。「もうたくさんなんだ。夜はもう遅い。おれはあした働きに出なきゃならない。お通夜のことでほかに何も言うことがなければ、車を出してくれ」

彼女がじっと我慢しているのが見て取れた。「あなた、聞きたくないってことね？」

「そのとおりだ」おれは言った。

「あたしもそれでいいわ」彼女はそう言って、前を向いた。そして車を動かし、その車寄せから通りに出て、エクスプレスウェイへ向かった。

家まで、もしかしたら少し速く、乱暴に運転した。怒っているからだが、無謀ではなかった。おれはときおり彼女に短く話しかけて、おれの家へ行く道を指示したが、そのほかは何の話もしなかった。

彼女が家の前で車をとめると、おれは冷淡に言った。「送ってくれてありがとう」彼女が頑固になるなら、おれもそうする。

「どういたしまして」彼女は冷淡に答えた。彼女も冷淡になれるのだ。

おれが車のドアをあけると、室内灯がついた。あいたドアのほうへ上体を寄せると、どこかでバックファイアの音がした。ほとんど同時に、車内の何かがびしっと音を立てて、何かがおれの後頭部の髪を撫《な》でた。

おれがうろたえて、あたりを見まわすと、フロントガラスに星のような丸い穴があいていた。「おい」と言った。

アビーが叫んだ。「ドアをしめて！　ライトよ、ライト。ドアをしめるのよ！」

おれの頭の回転はそれほど速くなかった。頭が混乱して、彼女の顔を見て、どういうことなのか訊こうとしたが、何かやけに堅いものが頭のまわりに当たり、近くのライトがすべて消えた。

13

おれは思った。おれはずっと酒を飲んでいたんだと。この頭痛の説明はそれしか思いつかない。今は朝で、いつもどおり目が覚めたが、頭が割れるように痛いのは、スコッチかバーボンを飲みすぎたせいだ。これを治すには、二錠のアスピリンを約一リットルのオレンジ・ジュースで流し込んだあと、もう三十分眠ることだが、その方法で治すためにベッドから長いあいだ離れるのはむずかしい。じつのところ、不可能だ。あんたも知っているように、不可能なことをやり遂げるにはもう少し長く時間がかかるものだ。

午前中で最悪の瞬間の一つは、目を覚ましたときだということは知っていた。明かりがすでにおれの瞼《まぶた》を照らし、目を突き抜けて、直接脳みそに差し込もうとしている。目をつぶったままでも、目をしばたたき、シマリスのように顔にしわを寄せた。ためらいがちに、片方の瞼を少しあけて、拷問《ごうもん》に耐えられる能力を試した。そこで見たもののせいで、両目を大きく見開き、ベッドの上で起きあがる姿勢になった。

夜中にいつもと異なるベッドルームの、異なるベッドの上にいる。天井の明かりはついていて、ブラとパンティー姿の女がおれに背を向けたまま、化粧だんすから何かを取り出そうとしている。

「ゴルダーマン刑事!」おれは叫んだ。

その女が振り返ると、それはアビーだった。「ごめんなさい」と言った。「あなたを起こしたかしら? 朝まで眠ってると思ったもんだから」急ぎもせず、彼女はクロゼットへ向かい、ローブを羽織った。

一度にあまりにもたくさんのことが頭にはいりすぎて、混乱してしまった。「おれはどうしてあんなことを言ったんだろう?」

ローブのベルトを締めながら、アビーが言った。「あたしのことを何て呼んだの?」

「ゴルダーマン刑事」まだうろたえたまま、おれは言った。

彼女もうろたえた。自分の姿を見下ろして言った。「ゴルダーマン刑事って?」

そのとき、おれは理解した。「この部屋だ」と言った。「トミーのベッドルームだ」

「そのとおりよ」

「ほかのときにここにいたのは」おれは説明した。「ゴルダーマン刑事がおれに質問をしたときで、それは……これはトミーのベッドだ！」

「もちろんよ」

おれはベッドから跳びおりた。

「あなた、裸よ、チェット」

おれはベッドに跳んで戻った。「何で……何で……」

「あたしとお医者さんとであなたの服を脱がせたのよ」彼女が言った。「彼はあなたをここへ運びあげるのを手伝ってくれたわ」

「お医者だって？」おれの混乱はますますひどくなった。手を頭へやって、しばらく手に頭をもたせかけると、布を感じた。頭じゅうを手で触れまわると、布と絆創膏《ばんそうこう》でおおわれていた。「いったいどういうことだ？」

「あなたは撃たれたのよ」彼女が言った。

そして、何もかも思い出した。車がとまり、おれが車のドアをあけ、車内灯がつき、バックファイアが聞こえ、フロントガラスに星状の穴があき、おれの髪が撫でられ、アビーが金切り声を出し、そのあとはＴＶセットの画面が消えたように、急に暗闇《くらやみ》が訪れた。

おれは畏怖《いふ》を感じた。無条件に敬虔《けいけん》になった。「おれが撃たれたって？」

「頭をね」彼女が言った。

それは不可能だと思って、「それは不可能だ」と言った。「頭を撃たれたのなら、死んでるだろう。もしくは病院にいる」

アビーが言った。「弾はあなたの頭をかすっただけなの」

「かすったって？」それで、なんというひどいイメージが思い浮かぶんだろう。

「頭の中にはいったわけじゃないわ」彼女は辛抱強く説明した。「こすったのね。左耳の上の側頭部を」

左耳の上の側頭部に触ると、痛かった。やけにひどく。そこに触れると、絆創膏の下で頭がグワアーンと響いた。「いてええ」そう言ってからは、頭をそっとしておいた。

アビーが言った。「お医者さんによると、弾は少しの皮膚を削り、頭蓋骨《ずがいこつ》に少しのかすり傷をつけたけど、あなたは……」

「かすり傷だって？」おれの驚きの台詞《せりふ》はアビーの台詞の一部分の繰り返しに限られているように思えた。だが、困惑すべき多くの事柄がありすぎて、どこから始めていいのかあまりわからなかった。それまでは彼女の言ったことを反復するしか仕方がなかった。

「ほんのかすり傷だって」彼女は親指と人さし指の先をくっつけるほど近くに寄せた。「ほとんどなきに等しいって」と言った。「お医者さんによると、あなたは一日か二日ベッドにいるべきだって。そのあとは、しばらく安静にしてるべきだって」

「病院にいるべきじゃないのかい？」

「その必要はないわ」彼女が言った。「ほんとよ、チェット。それほどひどい傷じゃないの。お医者さんによると、弾との摩擦熱が即時に傷口を焼灼《しょうしゃく》したし、出血が多かったので、清浄するのに役立ったし……」

「それ以上聞きたくない」おれは手を頭に——グワアーンと響く箇所ではなく、前頭部に——やって言った。「頭が痛い」

「お医者さんがあなたに飲ませる薬をくれたわ」彼女はそう言って、取りに行った。

彼女がいないあいだ、おれは頭の混乱を整理する余裕ができた。彼女が戻ってくると、おれは多少なりとも自分の状況を把握し、訊きたい質問をいくつか考えた。緑色の小さな錠剤を二錠、水と一緒に飲んでから、グラスを返し、礼を述べて言った。

「警察はどうなんだ？」

「警察がどうしたというの？」彼女はグラスを化粧だんすの上に置いて、ベッドの縁にすわった。

「通報したのかい？」

「まさか」

「まさか、だって？　どうしてしなかったんだ？」

「だって」彼女が言った。「組織があなたを殺そうとしたんだもの」

おれはまた頭が混乱した。「待ってくれ」と言った。「これは警察に通報すべきいまいましい理由があると思えるんだがね。少なくとも、警察の護衛がつくとか」

おれの無知加減に少し悲嘆して、彼女は首を横に振った。「チェット」と言った。「組織に命を狙《ねら》われた人間が警察に護衛を要請したらどうなるか、知らないの？」

「警察の護衛がつく」

「いいえ、つかないわ。たいてい窓から外へ落とされるのよ。賄賂《わいろ》って聞いたことがある？　袖《そで》の下は？　汚職警官は？　トミーが警察に袖の下を渡さないで、マンハッタンの真ん中のアパートメントで真昼間にノミ屋をやっていけたと思ってるの？　トミーのボスがたくさんの警官にも裏金を払っていると思わない？」

「おいおい、やめてくれよ」おれは言った。「きみはまた妄想してるんだ。きみは……」

「あなたが最後にそれを言ったとき」彼女が思いださせた。「頭を撃たれたわ」

それを聞いて、おれは頭を低くしたが、それは馬鹿げている。まるで、一本のマッチで三本の煙草《たばこ》に火をつけると、三人目が死ぬという古い迷信のようだ。その一方で、三本目の煙草に新しいマッチで火をつけるとか、一本目のマッチで三本目の煙草に火をつけてから数分間はなんとなく神経質にしている光景を見た人間が何人いるだろう？　数百人か？　じつはおれもそのうちの一人だ。

それでも、何かがおかしいと思った。おれは撃たれた。頭を。警察に通報するのはやめようと考えられるものかな？

おれは言った。「じゃあ、どうすればいいんだ？　連中は次におれの姿を見たら、またおれを狙って撃ってくるんだぞ。家に帰れない、仕事に行けない、通りを歩くことさえできない」

「そんなことすべきじゃないわ」彼女が言った。「お医者さんによると、あなたは二日ほどベッドで安静にしているべきなのよ。だから、ここで安静にしていたら、絶対に安全よ。あなたがここにいることは誰も知らない。あたしがここにいることも誰も知らないし」

「それは素晴らしい」おれは言った。「二日のあいだここで安静にしたあと、おれは外に出て、撃たれるんだ」

「いいえ、そうじゃないわ、チェット」彼女が言った。「それまでには誰もあなたをつけ狙わなくなるから」

「それは吉報だが」おれは言った。「疑問が二つ三つあると思うな」

「いいえ、思うべきじゃないわ」彼女が言った。「少し考えてみてよ」

「考えてみたくないね」

「チェット、馬鹿《ばか》なことを言わないでよ。自分自身に訊いてみなさい。連中はどうしてあなたを殺そうとしたのか？」

「そんな質問はしたくないね。考えたくもない」

「それで、その答えはね」彼女が言い張った。「あなたがトミーの死に関わってるものと、連中がまだ思ってるからよ。あなたがナポリか誰かの下で働いていてトミーを殺したと、連中は考えてる。それで、あなたを殺すことでナポリに仕返しをするつもりなの」

「ナポリに仕返しをするって！」

「連中はそういう考え方をするのよ」彼女が言った。「目には目を」

「ああ、だが、これはおれの目だ」

「でも、あんたがトミー殺しに関係がないと」彼女が言った。「連中が突きとめたら、どうなるかしら？　あなたをもうつけ狙わないわ」

「神に感謝だな」おれは言った。「ただ、連中はどうやってこの吉報を突きとめるんだ？」

「あたしから」

「きみからだって？」

「あたしが殺人犯を見つけるつもりよ。ルイーズが関係してるってまだ考えて……」

「いや、関係ないって」

「関係の有無にかかわらず」アビーが言った。「一人だけじゃないはずよ。どこかに男がいて、その男が実際に引き金を引いたんだわ。その男をあたしは見つけるの」

「きみが？」

「ええ。すると、あなたが犯人でないことを組織が知って、あなたを放っておくのよ」

おれは首を横に振った。「自分の耳を疑ってしまうね」と言った。「これから二日以内に、きみはトミー殺しの犯人を見つけ出して、そいつの犯行を証明し、警察に突き出す。すると、組織はもうおれを殺そうとしなくなるから、万事オーケイというのかい？」

「そのとおりよ」

「アビー」おれは言った。そして、おれの膝頭《ひざがしら》のそばにある毛布の上に置いた彼女の手のほうへ自分の手を伸ばした。おれの手を彼女の手の上に置いて言った。「アビー、きみを全面的に信頼していないとはほのめかしたくはないがね、現実をよく見ろよ。きみは刑事じゃない。ブラックジャックのディーラーなんだ」

「心配しないで、チェット」彼女が言った。「犯人を見つけてみせる」そして、自分の手をおれの手の下から引っ込め、おれの手を軽くたたき、立ちあがって、「さあ、眠りなさい」と言った。「朝になったら、ちゃんと話し合いましょう」

「おれは眠りたくない」おれは言った。「疲れてないよ」

「あの薬であなたは眠くなると、お医者さんが言ってたのに」

じつのところ、おれは眠たかったが、眠気と戦っていたのだ。「おれは眠くない」と言った。「それに、朝に話し合いたくない。今ここで話し合いたいし……」

「チェット」彼女が言った。「ごめんなさい。あなたは眠くないかもしれないけど、あたしは眠いわ。あなたが目を覚ましたとき、シャワーを浴びようとしてたの。今、ほんとに浴びたい。くたくたに疲れていて、あなたをここまで運びあげたあと、体じゅうがひりひりして、まだべとべとしてるわ」そして、指先を広げたり閉じたりして、まだべとべとしている様子を示した。

　おれは言った。「べとべとしてるって？」

「そう、あなたはそこいらじゅうに血を流していたのよ、チェット」彼女が言った。

「車の中を見るべきよ。エイヴィス・レンタカー会社がどう言うのか考えたくないわ」

「そうか」おれは急にすごい目眩《めまい》を感じ、目をしばたたいた。さっきの倍ほど眠たくなった。おれの目は閉じたいのに、おれは目をあけたままにしておきたかったからだ。

「シャワーを浴びてから、あなたの様子を見に来るわ」アビーが言った。「それで、朝になったら話し合いましょう。とにかくね、チェット、朝まで待てることだから」

「わかった」おれは言った。これ以上我慢できない。眠たいのだ。ベッドに横たわり、疲れた手でカヴァーをあごの下まで引きあげた。「朝に会おう」とつぶやいた。

「じゃあ、また朝に」彼女は言った。

目をしばたたいていると、彼女がベッドルームのドア口で立ったまま、にやりと笑いかける姿が見えた。「あなたって、お尻《しり》が可愛《かわい》いのね」彼女がそう言って、むこうへ消えた。

　それを聞いて、また目が覚めるところだった。そのドア口を数秒見つめていると、瞼が重たくなってきたので、目をあけていられなくなり、ついに頭を枕《まくら》に沈めた。何て話し方なんだ。まあ、ラスヴェガスでブラックジャックのディーラーとして働いている女なんだから、別に箱入り娘とは思ってない。いやいや、箱入りでもないし、生娘でもない。

目がゆっくりと閉じると、あれから何カ月たつのか、数え始めた。異性とベッドを共にしてから何カ月たつのだろう？　六カ月か？　いや、七カ月だ。あのリタがおれと一緒に競馬場へ行くのを拒否してからずっとだ。

七カ月は長い月日だ。そこに横たわったまま、そのことを考えた。遠くでシャワーの温水が流れる音を聞きながら、そしてその温水を浴びている肌を想像しながら、いつかそのうちにその肌を見つめているかもしれない自分の姿を思い描いたのだ。少し前に銃弾に撃たれたばかりの男にしては妙にいい気分になり、夢のない、穏やかな眠りに、すごくゆっくりと心地よく落ちていった。そして、アビーが金切り声をあげるまで、ずっと目を覚まさなかった。

14

おれは起きあがった。拳銃《けんじゅう》を持った男がベッドルームを占領していた。ドア口から一歩中にはいったところに立っている。今は明かりが消えているが、グレイの日光が通気用空地向きの窓の外で暗くなっていき、運悪くおれには男の姿が見えた。男は帽子をかぶり、オーヴァーコートを着て、拳銃を持っている。その拳銃はおれのほうを向いていて、男の目はおれを見ている。スレートで作られたような目だ。

アビーがまた金切り声をあげた。何かが壊れた。彼女はこのアパートメントのほかの部屋にいて、トラブルに巻き込まれているが、おれは死んだも同然なので、動かなかった。

そのほかの部屋で、ほかの何かが壊れた。男の声が怒りと驚きと痛みを混合したような唸《うな》り声をあげた。拳銃の男が苛立《いらだ》ちの目でうしろのドア口のほうを向いてから、またおれをにらみつけ、拳銃を振った。「動くな」彼が、四十パーセント砂利で六十パーセント不活性物質のような声で言った。

〝動くな〟だって？　どちらにせよ、おれを撃つんじゃないのか？　昨夜おれを撃った男じゃないのか？　そうじゃなければ、ここで何をしてるんだ？　その拳銃はここで何をしてるんだ？　男の相棒はアビーに何をしてるんだ？

ガシャーン。男の声がまた唸った。

アビーは男の相棒に何をしてるんだ？

拳銃の男もそれを知りたがった。やけに苛立った様子で一歩うしろに下がり、体をうしろに反らしてドア口の外に頭を出そうとしたとき、テーブル・ランプがリヴィングルームのほうから飛んできた。おれとその男はランプが壊れる音を聞いたあと、リヴィングルームの中か近くでほかの何かが壊れる音も聞いた。アビーと男の声が同時にどなった。拳銃の男がおれに唸った。「どこにも行くなよ。いいか？　おめえの身に何も起こってほしくなきゃな」

「おれの身には何も起こってほしくない」おれは言った。

「じゃあ、そこにじっとしてろ」男が言った。「そのベッドから動くなよ」

「任せてくれ」おれは請け合ったが、男は聞いていなかったと思う。すでにドア口から出て、廊下に立っていた。最後のにらみを利《き》かせ、拳銃を振ってからリヴィングルームのほうへ向かった。

一分ほど何も起きなかったが、騒ぎは勢いを弱めずに続いてから、突然、狂乱状態になった。物が壊れる音が二倍になり、三倍になり、聖パトリックの祭日のサード・アヴェニューのような騒音を立てた。

そして、急に静かになった。

よく聞こえるようにと、耳をすました。静寂なのか？　静寂だ。

何が起こったんだ？　今何が起こってるんだ？　アビーは大丈夫か？

あそこへ行くべきだったと、自分に言い聞かせた。ベッドから出られるかどうかは別にして、おれ自身が裸で武器もなく、動くには体力が弱すぎるかどうかは別にして、あそこへ行って、手助けをするべきだった。アビーの身に何かがあれば……

アビーがベッドルームに飛び込んできて、化粧だんすにぶつかり、くるっと体を回転させ、彼女を突き飛ばした男に叫んだ。「この鼻つまみ野郎、間抜け！」彼女は服を着ていたが、乱れていた。髪はぼさぼさで、化粧はこすれ、服はしわくちゃになり、ひどく歪《ゆが》んでいた。生まれてこのかた、これほど異常なまでに美しい生きものを見たことがない。

拳銃を持ったさっきの男がドア口からはいってくるなり、指を向けているかのように、アビーに拳銃を向けて、言った。「あんたは淑女じゃねえ」

「あんたは立派な紳士だからね」彼女が言い返した。そして、その男から体をそらして、おれに近づいて、「元気にやってる、チェット？」と言った。「こいつら、あなたに何かした？」

おれはシーツと毛布を首まで引きあげて、仰向けに横たわっていた。彼女の格好に驚いて、目をしばたたいた。まったくのでくの坊になったような気分だった。「きみは元気にやってるかい？」と言った。「こいつらはきみに……」

「こいつらときたら」彼女は軽蔑《けいべつ》的な声で言った。

拳銃の男が言った。「姉ちゃん、あんたはいかれてるぜ。あんたに好き勝手なことをさせてたら、おれの相棒は死んでいただろうよ。わかってるか？　あんたは自分のしたことがわかってるのか？　もしおれが相棒だったら、あんたを野獣みてえに撃ち殺していたところだ。あんたは狂人か何かだと思うぜ」

「あんたたちはここへ力ずくではいってきて……」彼女は男に激怒して、叫んだ。また取っ組み合いをする覚悟ができていた。男の顔を見ると、彼女が次に受ける被害は最少でも銃の台尻で頭を殴られることだと悟った。おれは手を伸ばして、彼女の手をつかんで言った。「アビー、頭を冷やせ」

　彼女は手を引っ張って、おれの手から自分の手を放そうとした。「こいつらは自分らが何でもできると……」

「実際にできるんだよ、アビー」おれは言った。「こいつらは拳銃を持ってるんだ。こいつらの忍耐力を試すんじゃないぞ」

「そのとおりだ」拳銃の男が言った。「この男は常識がわかってる。あんたはこの男の言うことを聞きゃあいいんだ、姉ちゃん。この男は常識がわかってる。あんたはおれたちの忍耐力を試してるが、そんなことはしねえほうがいい。しばらく頭を脳みその中に浸して、いろいろと考えるべきだぜ。おれたちはあんたら二人を必要以上のトラブルに巻き込みたくねえんだからな。あんたらはどうしてわざわざおれたちに強硬な態度を取らせるんだ？」

「そのとおりだ」おれは言った。「まったくそのとおり」おれは執事を呼ぶベルのロープを引っ張るように、アビーの手を引っ張った。「アビー、こいつらはおれたちを殺したくないんだ。殺したければ、すでに殺していただろう。ここにすわって、まずこいつらが何の用なのか訊いてみよう」

「それはいい考えだぞ、兄ちゃん」拳銃の男が言った。「あんたはそのベッドにすわってるんだ、姉ちゃん。それで、文明人みてえに振る舞おうじゃねえか。いかれた連中みてえじゃなくってな」

アビーはベルのロープのように手を引っ張られたので、おれに注意を向け、おれのほうを向いた。「こいつら二人は力ずくでこのアパートメントにはいってきたのよ。絶対に力ずくではいってきた。それなのに我慢しろというの？」

「相手が手に拳銃を持っていたらね」おれは言った。「ああ、そうだ。我慢するんだ。少なくとも、どういうことなのか把握するまでな」

何かの動きがおれの注意をドア口のほうへ向けた。おれは目をしばたたいた。

男がそこに立っていた。男の着ている白いシャツは左袖が引き裂かれて、まったくなくなっていた。それに、いくつかのボタンが消えて、ポケットは半分引きちぎられてぶら下がっている。はいている黒いスラックスは右脚の膝頭から折り返しまで引き裂かれていた。左目のすぐ上に炎症を起こしたような打撲傷がある。そして、右頬に濡《ぬ》れた洗面用タオルを押しあてている。頭頂の黒髪がローレル＆ハーディーのスタン・ローレルのように、ひどく乱れていた。全体的には列車事故に遭ったような呆然《ぼうぜん》とした表情を浮かべている。

「わあ、ひどいなあ」おれは言った。

弱々しくて信じられない声で、この異様な男がアビーに言った。「おめえのせいで、おれの金歯が欠けたぜ」

「当然の報いよ」アビーが言った。

「信じられねえぜ」その男は相棒の拳銃男のほうを向いて言った。「ラルフ、この女のせいでおれの金歯が欠けちまったんだ。おれの前歯のな」口をあけると、頬にハンドタオルを押しつけていないほうの手で歯の一本を指さした。そして、口をあけたましゃべろうとした。「あのくんばがうくらするのかすっけるか？　けんこうがくくか」たぶん、〝あの金歯がいくらするか知ってるか？　見当がつくか？〟と言いたいのだろう。

「あんたは力ずくでここへはいってきたのよ」アビーが言った。「それが当然よ」

「アウフ」歩く負傷者が言った。まだ口をあけたままで、欠けた歯を指さしている。「このあんなをかろすてやう。ぶったわすてやう」たぶん、〝ラルフ、この女を殺してやる。ぶっ倒してやる〟と言いたいのだろう。

「しっかりしろ、ベニー」ラルフが言った。「ソルが何て言ったのか知ってるはずだ。ソルはこの二人に話をしてえんだ」

おれは言った。「ソルだって？　ソロモン・ナポリか？」

ラルフはこっちを向いて、おれの顔を見た。「そうだよ、兄ちゃん」そして、人さし指をおれのほうに向けて曲げた。「おめえにはそこから出てもらうぜ」と言った。

「ソルがお待ちかねだ」

おれは立ちあがろうと、アビーの手を放したが、彼女がまたおれの手をつかむと、ベッドにすわって、おれの頭がのった枕にもう一方の手を置き、おれを守るように体を寄せた。すると、おれは彼女の右乳房ごしにほかのみんなの姿をのぞき見ることになった。彼女がラルフのほうを向いて言った。「この人は動いちゃいけないのよ。一週間ほど動いちゃいけないとお医者さんが言ったわ。昨夜撃たれたんだから」

「知ってる」ラルフが言った。「おれたちゃ、それを見てた。ソルが話してえことの一つがそのことだ」

おれは言った。「見てたって？」しかし、その台詞はアビーの台詞で掻《か》き消された。

「チェットに会いたいのが誰にせよ、この人は動けないのよ」

「黙れよ、姉ちゃん」ラルフが言った。「あんたにはもう我慢できねえ」

「大丈夫だよ、アビー」おれは彼女の防御体勢からなんとか抜け出そうとした。「もうかなり元気だ。立ちあがれる。ゆっくり動けばね。大丈夫だよ。すぐ大丈夫になる」そして、起きあがった。

アビーはおれのむき出しの肩に触れた。心配そうだった。「確かなの、チェット？お医者さんによると……」

「好きにさせてやれよ、姉ちゃん」ラルフが言った。「こいつは自分のやってること
がわかってるんだから」
彼女はラルフをにらみつけたが、何も言わなかった。
おれは言った。「おれの服はどうした？」
「みんな血だらけだったの」彼女が言った。「けさ服を全部洗濯屋さんに持っていっ
たわ」
ラルフはクロゼットに近づくと、ドアをあけて、少しの服を取り出した。「こりゃ
どうだ？」と言って、ベッドにいるおれの横に放り投げた。
「それはおれのじゃない」おれは言った。「トミーのだ」
「着れるはずだ」ラルフが言った。「遠慮すんな」
おれは殺された男の服を着たいだろうか？　そうは思わなかった。ラルフの顔を見
て、すごく無力に感じ、何も言わなかった。そのあいだ、ラルフは化粧だんすに近づ
き、引き出しをあけた。下着と靴下をこっちへ放り投げて言った。「さあ、服を着ろ」
おれは言った。「トミーはおれより背が低かった」
「それなら、ボタンを半分とめるな」ラルフが言った。
おれは服を見て、ラルフを見て、また服を見て、アビーを見て、天井を見た。ほか

には選択肢がなさそうだ。

アビーが言った。「チェット、あなた、ほんとに行きたいの？」

おれは行きたくなかったが、こう言った。「もちろんだ。大丈夫だから」

「そこから立つんだよ、姉ちゃん」ラルフが言った。「こいつから離れろ」

アビーはしぶしぶ立ちあがった。心配げな目でおれを見て、言った。「あたしはむこうを向いてるわ」彼女はむこうを向くと、両腕を組み、冷淡にラルフに言った。

「このせいで彼の身に何かあったら、あんたに責任を取らせるからね」

「結構だね、姉ちゃん」

おれはベッドカヴァーを撥《は》ねのけたが、その重さに驚いた。両脚をベッドの側面におろして立ちあがったが、倒れた。バランスも、平衡も、コントロールも保てなかった。射的場のアヒルの標的のように、ごろんと転がった。

もちろん、おれが床に倒れる音をアビーが聞いた。こっちを向いて、おれの名前を叫んだが、それよりもベニーの苛立った声のほうがおれにはよく聞こえた。「こいつは演技をしてるんだぞ、ラルフ。ここで殺してやろうぜ」

「おれは大丈夫だ」おれは言った。「自分で立てる」そして、両手で体を持ちあげると、頭と胴体が起きあがったが、腕が力を失い、魚のように鼻から先に床に落ちた。

「畜生め」ラルフが言った。

「彼には無理なのよ！」アビーが叫んだ。「怪我《けが》してるのがわからないの？　この人が床に倒れるのを見るのが楽しいの？」

「おれは楽しい」ベニーが言った。「こいつが窓から落ちるのを見てえもんだ」

ラルフが言った。「黙れ、ベニー。オーケイ、姉ちゃん。こいつをここに残しておく。だが、しゃべれるんだろ？」

「しゃべれるよ」おれは床に言った。

「そいつはいい。手を貸せよ、ベニー」

男たちの手がおれをつかんだ。おれは持ちあげられ、床が離れていった。そして、洗濯袋のようにベッドの上に落ちた。そこで、バウンドして、ずっと横たわっていた。おれの体にシーツと毛布をかけてくれたのはアビーにちがいない。

ラルフが言った。「二人を見張ってろ、ベニー。だが、何もするなよ」

ベニーが唸った。

おれは寝返りを打ったが、のろく、痛みの伴う動作だった。そして、ラルフが立ち去り、ベニーがにらみつけているのが見えた。

アビーが言った。「お腹《なか》、空《す》いてる？」

「ああ」おれは言った。「すごく空いてる」

「何か持ってくるわ」彼女はベッドから立ちあがって、ドアのほうへ向かった。

ベニーが前に立ちはだかって言った。「どこへ行こうと思ってるんだ？」

「キッチンよ」彼女が冷淡に言った。

おれは言った。「心配するな。おれはどこにも行きやしないから」

ベニーはおれをにらみつけた。「そのほうがいいぜ」そのあと、アビーに言った。

「それに、おめえからは目を離さねえからな」

彼女はわざわざ返事をしなかった。彼女がベッドルームを出ると、ベニーがそのあとを追った。

おれはそこに一人で一分ほどすわったまま、自分の希望のない状況について考えていたが、ベッドサイド・テーブルの上にある電話機に気がついた。

警察を呼ぼうか？　アビーが警官について言ったことを思い出した。トミーと同じボスに雇われている悪党を警察がつかまえる確率のこととか。だが、そのことを考えながら、汚職警官を見つける確率のほうが、ここにいる二人組の悪党に脅かされる百パーセントの確率よりも低いだろうと判断した。

手を伸ばして、受話器をつかみあげた。

声が聞こえた。「……しゃべるかもしれません……ちょっと待ってくださいよ、ボス」

「うん」

受話器がテーブルに置かれる小さな音が聞こえた。おれはすごく静かに自分の受話器を受け台に戻した。ベッドに横たわると、あごの下まで毛布を引きあげて、両腕を胸の上に組み、天井を見て、まったくの無知を装《よそお》った。

ラルフがベッドルームにはいってきた。むかついているような顔をしている。おれのほうをちらっとも見ずに、ベッドの上端をまわって、ベッドサイド・テーブルのそばの壁の幅木に手を伸ばし、電話線を端子箱から引き抜いた。そのあと、体を伸ばすと、おれに一瞥《いちべつ》をくれて言った。「おめえはまったく脳みそのねえやつだな」

おれはおどおどした表情を浮かべた。

ラルフは首を横に振って、むこうを向き、部屋から出ていった。

五分ほど何も起こらなかった。そのあと、アビーがトレイを手に持ちながらはいってきて、そのあとにベニーが続いた。ベニーは遠くの隅の椅子《いす》にすわり、アビーはベッドの下端にトレイを置いた。そして、おれが起きあがるのに手を貸し、おれの背中の枕を調整して、おれの膝の上にトレイを置いた。トレイ台の短い足がおれの脚を左右からはさんだ。

透明なチキン・ブロス。バターを塗ったトーストが二枚。レモン・ティー。ヴァニラ・アイスクリーム。

おれが目の前にあるものをすべて食べているあいだ、アビーはベッドの縁にすわって、おれを満足げな目で見守った。

食べている最中のある時点で、おれはひと休みして言った。「おれはどれくらい眠ってたんだい？　きょうは木曜日だろ？」

「そうよ。あなたは実質上丸一日眠ってたわ。あなたがここで死ぬんじゃないかと心配してたの。あなたは一箇所にじっと横たわって、全然動かなかったんだもの」

「親父《おやじ》が心配してるにちがいない」おれは言った。「いつも親父に連絡するのに……」

「あたしが連絡しておいたわ」彼女が言った。「あなたは大丈夫だと言っといた。誰かがお父さんを威《おど》したりする場合に備えて、あなたの居所を教えられなかった。それで、あなたがあたしの家に泊まってるような印象を与えたの。だから、お父さんは心配してないわよ」

ベニーはおれたちの会話を盗み聞きしているようには見えなかった。おれは彼女の顔を見て言った。「きみの家に泊まってるって？」

彼女は毛布の上からおれの膝頭をたたいた。「あなたはとっても弱っているので、そんなことを考えてる場合じゃないわよ」そして、おれにほほえみかけた。

「すぐに元気になるよ」おれがそう言ったとき、ラルフがはいってきた。

アビーがラルフのほうを向いた。「これからどうするのよ？」

「ここで待つ」ラルフが言った。

「何を？」

「ソルを」ラルフが言った。

おれが言った。「彼がここに来るのかい？　ソロモン・ナポリが？」

「ああ」ラルフが言った。「おめえに話がしてえんだとよ」

15

一時間近くあとにドアベルの音が聞こえる頃までに、おれは壊れた万華鏡《まんげきょう》のように、体がばらばらに崩れる覚悟ができていた。アビーはベッドの上でおれの横にすわり、おれは手を伸ばして、彼女の手をつかんだ。おれたち二人は励ましになるような神経質な笑みを交わし、おれはしきりに瞬《まばた》きを始めた。

廊下で人の声が聞こえ、ラルフがはいってきて、そのうしろにあと三人の男がいた。

ソロモン・ナポリは？

おれ自身さえ驚いたことに、三人のうちの誰がナポリとわかるのに疑問の余地はなかった。ナポリの両側にいる二人はただのチンピラだった。ベニーとラルフのようなやつらだが、その二人よりも身なりがよい。三人のうちの真ん中の男がソロモン・ナポリだ。

彼の顔を見つめざるを得なかった。身長はやっと五フィートで、その頭頂は両側の男二人の肩の高さにやっと届くくらいだ。オペラの初日へ向かう途中であるかのように、すごくフォーマルな服装だった。しかし、一番驚くべきところは、その体には大きすぎる彼の頭だった。不格好というよりも、堂々として、圧倒的で、印象的な風格がある。そして、ライオンのような頭の持ち主で、たてがみのようなふさふさした髪が生えている。角張ったあご、素晴らしく白い差し歯、力強く鋭い目、健康的に日焼けした肌。四十歳前後で、ウォール・ハンドボールと自尊心で体を鍛えたアウトドア派の男のような印象を与えている。

　しかも、笑みをたたえているのだ！　選挙事務所を開設した政治家のように、にこにこ笑いながらやって来た。その歯は輝き、目は見るものすべてに油断なく関心を示し、足取りは若々しく、不機嫌ではなく、決然としている。彼は部屋にはいってきて、両側の子分はドアの内側で立ちどまった。彼は手を差し出しながら、ベッドにやってきて朗々たる声でアビーに言った。「ミス・マッケイ！　ご機嫌いかがですか？　あなたの兄上のことは非常に高く評価していました。残念ですよ、残念です」

　おれは体が動かなかったが、アビーも魅了されたことが見て取れた。彼女は手をおれの手から離すと、ふらふらと立ちあがり、彼の差し出された手を握った。そして、曖昧《あいまい》で自信なさそうな声で言った。「ええ、感謝します。心から」

彼は注意を彼女からそらし、おれに向けた。彼がそうするところが脇《わき》からでも見て取れた。彼は彼女の手を握っているが、彼女の体越しにおれを見ている。その目と笑顔は強い光を放っていた。「そして、患者の具合はどうかね？」

「大丈夫だと思います」おれはつぶやいた。

「いいぞ、いいぞ」彼は注意をおれからそらし、アビーに向けた。「お嬢さん、数分のあいだリヴィングルームへ行ってくだされば、わたしとチェスターは二、三のことを話し合えるのですがね。長くはかかりませんから。ラルフ」

「はい、ボス」ラルフがそう言ったので、魔法が解けた。そのときまで、おれはナポリにすっかり魅せられていた。彼の魅力、彼の霊気、彼が部屋に充満させる圧倒的な存在感。「はい、ボス」とラルフが言うまで、この男が何者なのか忘れていた。ソロモン・ナポリ。ギャングスターだ。

覚えておかなければならない。おれ自身のために覚えておかなければ。

突然、おれはさっきの二倍怯《おび》えた。葉巻を口にくわえたまま、タフなしゃべり方をする明白なチンピラなら、おれを怖がらせるだろうが、おれは相手を理解できるだろう。少なくともどういう交渉をすべきなのかわかっている。しかし、この男はどうだ？　シッド・ファルコのまさに普通らしさが彼のもっとも恐ろしいところだということを思い出した。そして、ナポリはシッドのボスなのだ。シッドの最強版だ。

おれはベッドカヴァーをあごの下まで引きあげて、次に何が起こるか見てみることにした。

ラルフがアビーを部屋から連れ出すと、彼女は姿を消す直前に心配そうな眼差《まなざ》しでおれをちらっと見た。そのあと、この部屋にはおれとクロコダイルたちしかいない。新しいチンピラの一人が椅子をベッドのそばに置くと、ソロモン・ナポリがそれにすわり、話し合いが始まった。

彼はまたおれに注意を向けた。「おまえはあやういところだったようだな、チェスター」彼の笑顔は思いやりを見せていたが、おれは信じなかった。

「そう思う」おれは用心深く言った。

「誰がおまえを狙撃《そげき》したんだね、チェスター？」彼の笑顔は助けてやりたいという衝動を暗示していたが、おれはそれも信じるつもりはなかった。

「トミーを雇っている連中だろうね」おれは言った。

「連中はどうしてそんなことをするんだね？」彼の笑顔は電子楽器のテルミンのように繊細で、今は礼儀正しい好奇心を示していた。

おれは首を横に振った。「わからない。おれがトミー殺しと関係があると連中が思ってるからだろうな」

　笑顔が威《い》嚇《かく》することはあるのだろうか？　今にも噛みつきそうな様子で、笑顔が輝くことはあるのだろうか？　ナポリは椅子の背にもたれ、その笑顔がまた変化した。

「チェスター、おれは非常に忙しい男なんだ。おれは近代博物館に……」彼は腕時計を見た。「……あと四十分後に行って、理事会に出席しなくてはならない。おれたちはおまえの関与をすでに知っているし、フランクの関与もすでに知っていることを考慮に入れておいてくれ。目を見開いて無知を装う嘘《うそ》は何の役にも立たないこともな。いくつかのことを教えてくれたら、おれが理不尽でないことがわかるだろう。ドローブルの子分たちが今ではおまえの命を狙っていることをおまえは知っている。おれの保護を受けるほうがおまえにとってはもっとも安全だと気づくのに、それほどの知性は必要ないはずだ」

　おれは目を閉じて、「なるほど、さあ、撃ってくれ」と言った。「本当におれはもう我慢できないんだ」その時点では、おれは本気だったと思う。

　まったく何も起こらなかった。横たわったまま頭を枕に沈め、目は閉じ、両手を胸の上で組み、言いたいことを吐き出したのに、まったく何も起こらない。

　まあ、次に動く番はおれではない。おれの番は終わった。そこに横たわり続けた。

ナポリが言った。「チェスター、感銘は受けなかったぞ」

おれはそこに横たわり続けた。目はずっと閉じたままだ。しかし、おれの絶望感と呼ぶものが、おれの死にたくないという不滅の欲望のおかげで薄れていき、自分が再び緊張していくのが感じられた。信念をもってこのように閉じこもっていたが、今は手段として閉じこもっている。だいたいほかにすることが考えられないからだ。

ナポリの苛立ちがついに声にじわじわと現われた。「これは馬鹿げている。おれはあと三十五分しか……チェスター、おまえにチャンスをやる必要なんかないんだぞ」

「チャンスだって？」おれは目をあけなかった。彼の顔を見たらしゃべれないだろうとわかっていたからだ。目を閉じ、体をじっとさせたまま、ほとんど電話で話すようにしゃべった。おれは電話では誰とでもしゃべれるのだ。それで、目を閉じたまま言った。「おれにチャンスをくれるって？　おれが誰で、何をしたのかに関して間違った考えを自分の頭に吹き込み、本当のことをほのめかすしかできないおれを嘘つき呼ばわりし、拳銃でおれを威すために手下を送り、あんたはその歯でおれを威してるんだぞ。あんたは……」

「おい、ちょっと……」

「嫌だ！」おれはベッドの中でのたくりまわって、主張を強調するために両腕を振りまわしたが、目はずっときつく閉じたままだった。「トミーが殺されてからというもの」おれはどなった。「くそったれの間抜けどもが次から次へと拳銃を持っておれに近づいてくる。おれが何をしてるのか誰も訊《き》かない。いやいや、誰もがくそったれ何でもよく知っていて、おれに何も訊かない。誰もがくそったれ賢いかららしい。ガレージのあの道化どもと、アビーとか、おれの命を狙ったやつとか、それに今回のあんただ。あんたらは何をしてるのかわかってないんだよ！　あんたはくそったれ独善的なので……」

「声を小さくしろ！」

「小さくなんかするもんか！　おれは長いあいだずっと小突きまわされてるんだよ！　おれはもう……」

　おれがそこでしゃべるのをやめたのは、男の手がおれの口をふさぎ、それ以上しゃべれなくなったからだ。その手はおれの鼻もふさいだので、呼吸もできなくなった。おれは目をあけた。

　新しいチンピラの一人がおれの横で立っていて、その片腕が肩からまっすぐおれの顔のほうへ伸びていた。少し前屈《まえかが》みになり、おれの頭を枕のほうにさらに強く押しつけている。おれは瞬きをして、その男の拳《こぶし》ごしにナポリの顔を見た。

ナポリがついに笑みを浮かべるのをやめた。今は考え込んでいるように見えた。腕を組みながらおれの顔を見つめ、一本の指の側面を無意味にあごの線に走らせている。いろいろと考えているように見える。

おれは呼吸する必要があったので、こう言った。「ううううん、ううん」

「黙れ」ナポリがぞんざいに言って、思考に戻った。

「うん、ううん、うううん」おれは言った。

「もしかしたら」ナポリが言った。「別の説明があるかもしれない」

まわりが暗い赤色になっていく。おれの頭《ず》蓋骨《がいこつ》の奥深くで怒号が聞こえた。船底の魚のように、おれはのたうちまわった。

ナポリが自分のあごを撫《な》でていた指をおれに向けた。「そんなことをしても無駄だぞ」と言った。「静かにして、おれに考えさせろ」

「うん、ううん、うううううん！」おれは言った。

「おれたちはおまえがフランク・ターボックと一緒にいるところを見た」ナポリが言った。「おれたちはおまえとほかの二人をおまえの家から尾行した。まるでフランクを知らないみたいに、おまえはガレージのあの道化たちのことを話す。まるでフランクの下で働いていないし、あいつのことを何も知らないみたいにな。そんなことがありえるのか？」

おれはおれの顔と空気のあいだにある男の手を弱々しく引っ掻いた。遥《はる》か遠く、赤い靄《もや》のむこうで、チンピラが腕の先にあるおれを冷淡に見おろしていた。おれはその男の小指を引っ張ったが、動かなかった。

ナポリはまだ話していた。あらゆる側面を考慮に入れながら、ゆっくりと思慮深く。おれはもう言葉を発せられなくなり、頭の中の怒号がやかましく、ほかの音を掻き消している。しかし、暗くなっていく靄のむこうにいるナポリの顔が見えるし、彼の口が動いているのが見えるし、考えている彼の顔がしわを寄せているのが見えるし、彼の目が宙を見つめているのが見えた。なんと文明人のように見えたのだ！　しかし、赤い靄がどんどん迫ってきて、もはやナポリの姿がはっきり見えなくなった。

おれの頭は風船に、赤い風船になり、どんどん膨らんでいく。内部の圧力がますます強くなり、強くなりすぎて、それよりも強くなっていく。

最後に聞こえたのは、その風船が破裂する音だった。

16

　おれはどうしてこんなに小さくなってしまったのだろう？　カップにはいった紅茶、温かなオレンジ・レッドの紅茶の中で上下逆さまに泳ぎ、ぐるぐる体を回転させ空気を求め、水面に浮こうとしているが、カップの底へ沈んでいく。白い磁器のカップだ。紅茶ごしに頭上の明かりを見て、溺《おぼ》れる前にこのカップから出ないといけないことはわかっている。誰かがおれを飲む前に。息をとめると、おれの顔にオレンジ・レッドの紅茶の重力が強くのしかかってくる。カップの底を突き離して、全力で上に向かうと、すべてが混乱する。カップが壊れたのか？　おれはカップの側面から落ち、紅茶や白いカップの破片と一緒にまわりに飛び散り、外に出て下に落ち、肘《ひじ》や肩や頬から先に強く倒れた。

　おれは床に落ち、他人の脚や足に囲まれていた。今では目が覚めているのに、まるでまだ小さくて、他人の足に潰《つぶ》されるかのように縮こまった。左腕は体の下に押さえつけられていたが、なんとか右腕を頭の上にあげた。

　すると、他人の腕がおれをつかみ、体を持ちあげ、他人の声がわけのわからないことをしゃべり、夢の混沌《こんとん》が消え、そのかわりに現実の混沌が残った。現実世界で最後に見たのは、誰かがおれの首を締めている姿だった。

　おれはベッドの上に寝かされ、カヴァーが体の上にかぶせられた。男たちはしゃべっていたが、おれは腕を頭の上にあげたままにしていた。アビーがおれの肩に触れて、おれの名前を呼び、「大丈夫？」と訊くまで、何も見なかったし、何も聞こえなかった。そして、フレンチ・レストランのキッチンにいる亀《かめ》のように、ゆっくりと用心深く意識をやっと取り戻すと、アビーがベッドにすわって、上体をおれのほうに寄せているのが見えた。そして、好きでもない人間たちがそのうしろにいた。

　アビーがまた「大丈夫？」と訊いた。おれは何かつぶやいたが、男たちのリーダーが前に出てきて言った。「あれは故意ではなかったことを知っておいてくれ、チェスター。おれはあんなふうなやり方はしないんだ」

　おれは彼の顔を見た。

「悪く思わないでほしい」彼が言った。今の表情は心配そうだった。彼が考えていることとその顔が見せていることとの関係性を、おれは信じているわけではない。

アビーの顔を見ると、彼女は〝慎重にしゃべるのよ〟という表情を浮かべた。それで、おれはソロモン・ナポリのほうに目を戻して、「損傷はない」と言った。おれの喉《のど》が少し渇いていたので、声が少ししゃがれ、おれの言葉の意味をかすかに弱めたが、彼がその矛盾を無視したければ無視できるほど弱かったわけではない。

　彼は無視しなかった。「それならよかった」彼は腕時計をちらっと見ると、友好的だと思わせるような笑みを送って言った。「おまえが大丈夫だということを確かめるために、会議に間に合わなくなった」

「おれは大丈夫だ」おれは言った。

「いいぞ。じゃあ、おれたちが話し合っていた用件に戻れるな。ミス・マッケイ？」

　アビーはおれの手をきつく握ると、またおれをナポリとその二人の子分とだけ一緒に残したまま、部屋から出ていった。ナポリはまたベッドサイドの椅子にすわって言った。「おまえが言ったことをよく考えていたが、おまえが本当のことを言っている可能性は確かにある。この事態でおまえがただの罪もない傍観者だということもありうる。おまえがドローブルの下でまったく働いていないということも」

　ドローブル。それはゴルダーマン刑事がおれに尋ねた関係者の名前の一つじゃなかったっけ？　そうかもしれないが、今のおれはその質問を検討できる状態ではない。

じつは、どちらでも構わないのだ。

ナポリが続けた。「だが、もしそれが本当だとしたら、もしおまえが罪もない傍観者だとしたら、どうしておまえはいつも関わっているんだ？　おまえは死体を発見した。おまえはフランク・ターボックと会っていた。おまえはこのアパートメントの近くでずっとうろうろしている。おまえはマッケイの妹と一緒に行動している。おまえは命を狙《ねら》われた。罪もない傍観者にしては、すごくたくさんの不審行動だ」

「おれは自分の金を受け取ろうとしてるんだ」おれは言った。

彼は眉毛《まゆげ》を吊《つ》りあげた。「金だって？」

「おれはある馬に賭《か》けて、その馬が一着になったんだ。だから、おれはここへ来て、トミーの死体をたまたま発見することになった。おれは自分の金を受け取りに来たんだ」

ナポリは顔をゆがめた。「そのあとのおまえの行動はすべて金の受け取りに関係してるのか？」

「そのとおり。トミーが死んだので、誰が払ってくれるのかわからない。トミーの奥さんに訊きたかったが、彼女はどっかに消えてしまった」

「それで、ターボックと会ったのは？　そのときにおまえの金を受け取らなかったのか？」

「尋ねなかったんだ」おれは言った。「そのときは尋ねることを考えつかなかった」

彼はますます顔をしかめ、あからさまに疑い深くなった。「じゃあ、何の話をしたんだ、おまえとフランクは？」

おれは言った。「フランク・ターボックはガレージの男だろ？　火曜日の夜に会いに連れていかれた男だな」

「もちろんだ」

「あんたは〝もちろん〟と言うが、おれはたった今まで彼の名前を知らなかったんだ。彼がおれに会いたかったわけは、おれがあんたの下で働いてるのかどうか知りたかったからだ」

それを聞いて、彼は驚き、驚きの表情を実際に見せた。「おれの下でか？」

「おれがあんたのためにトミーを殺したのかもしれないと、彼は考えたんだ」おれは言った。「それで、彼は二人の子分におれをつかまえさせて、会いに来させ、いろいろと質問をした。あんたと同じようにね」

ナポリはまた考え込んでしまった。「すると、おれがトミーを始末させたとあいつは考えたのか？　ふうむ、どうしてかな？」

「彼は言わなかった」

「だが、おまえはあいつを納得させた」ナポリが言った。「おれの下で働いてないことを納得させたんだな」

「もちろん」

「じゃあ、どうしてきのうの夜おまえを殺そうとしたんだ？」

「わからない」おれは言った。「気を変えたのかもしれない。わからないな」

彼は椅子の背にもたれて、感慨深そうににこっと笑った。「あいつがそうしたことは、おまえにとっていいことだ」

自分がその言葉を理解しているのかどうか、はっきりしなかったので、おれは言った。「彼がおれを殺そうとしたことがいいことだって？」

彼はうなずいた。まだ感慨深そうな笑みを浮かべている。「あいつがそうしなかったら」と言った。「おまえは今頃死んでるだろう」

その言葉はまったく意味をなさない。おれは言った。「どうしてだ？」

「というのも」彼が言った。「おれがおまえを撃つように命じたからだ。おれの子分どもがおまえの家の外で何をしてたと思ってるんだ？　子分どもはおまえを殺すためにそこにいたんだ」

おれは彼の顔を見つめた。彼はおれを殺害しろと命令したということを、おれに直接冷静に伝えたのだ。それに対する社交的に正しい返事は何なのだ？　おれはただそこに横たわって、彼の顔を見つめていた。

彼は気にしなかった。この騒ぎは彼にとってただ愉快以上の何ものでもない。控えめにいっても愉快だ。「それに、これの面白いところは」彼はかなり信じられないことを言った。「おれはウォルター・ドローブルと同じ理由でおまえを殺させるつもりだった。おまえがマッケイを殺したと思った。おまえがフランク・ターボックの下で働いてるものと」

おれは頭を横に振って、「いやいや」と言った。「それは違う」

彼は手を前にあげた。「それは受け入れよう」と言った。「今ここでは受け入れよう。当然のこと、おれは調べなければならないだろう。おれの子分どもは正しいことをした。誰かほかの者がおまえの命を狙ったとき、おれの子分どもはおまえを消去しようとしていた。ここまでおまえたちのあとを尾《つ》けて、電話で状況を伝えた。おまえがまだ生きてたら、おまえをおれのところへ連れてきて説明させろとおれは命じた。おれがおまえを殺させたいのに、どうしてほかのやつらがおまえを殺そうとしたのか、おまえの口から説明させるためにな」彼の笑顔は親しげに、友好的に、親密になった。

「おれを困惑させる状況だった」と打ち明けた。

おれは曖昧にうなずいた。彼が使った言葉がまだ頭に残っていた。おれには新しい婉曲語《えんきょくご》だが、ほかの言葉と同様に薄気味悪く感じた。〝おまえを消去しようとしていた〟と言ったのだ。〝おまえを消去〟と。

まったく、もう。おれを消去するって？　おれ自身の家の前でおれを殺害するほど残虐《ざんぎゃく》で決定的なものについて話すときの言葉がそれか？　雑誌の購読期間が切れるような感じに聞こえる。〝残念ですが、あなたの購読更新がありませんと、あなたを消去することになります〟というように。

ナポリはおれの顔を見た。「どうしたんだ？」

「何が起こってるのか、おれにはわからない」おれは弱々しく言った。

「つまり、おまえがトミー・マッケイを殺した張本人だと、おれがどうして考えたのかということか？」

「それだ。どうしてあんたが気にかけるんだ？　あんたらがいつも名前を挙げる連中は誰なんだ？　ドローブルとか、フランク・ターボックとか」

「フランク・ターボックは」彼が言った。「ウォルター・ドローブルの下で働いている。ウォルターはおまえならおれの商売敵と呼ぶやつだ。あいつにはあいつの縄張りがあり、おれにはおれの縄張りがある。最近はおれたちのあいだで縄張り争いが続いてるんだ」

「それで、トミーはそれに巻き込まれたのか？」

「少し違うな。マッケイはドローブルの下で働いていたが、おれに雇われてもいた。おれはずっと計画していた作戦を実行するところで、マッケイはその作戦の一部だった。これ以上詳しく言えないことを赦《ゆる》してくれ」

「言わなくてもけっこうだ」おれは即座に言った。「詳しいことは知りたくない」

「賢明だ」彼は同意すると、おれの考えに満足して、笑みを見せた。そして、腕時計を見て言った。「おれは出かけないといけない。無理するなよ」

「しないよ」おれは言った。

彼は立ちあがった。「早く元気になれよ」と言って、笑みを浮かべ、立ち去った。

17

ナポリと二人のボディーガードが立ち去ってから、おれは二、三分のあいだひとりで考える時間があった。そのあと、ラルフとアビーが部屋にはいってきた。ラルフがおれに言った。「ボスが言うには、おめえがおとなしくしてりゃあ、放っておいてもいいってよ。わかったか？」

「ああ」おれは言った。

彼はアビーのほうを向いた。「おめえもわかったか？」

「あたしも」彼女が言った。

「よし」彼はそう言うと、部屋を出て、ドアをしめた。錠前にささった鍵《かぎ》がまわる音を二人とも聞いた。

アビーはすぐに近寄り、ベッドの縁にすわった。心配そうな顔をすると、手をおれの額に置いて言った。「大丈夫なの？」

「大丈夫だ」

「あなたは大変な目に遭ったのよ」

おれは言った。「きみはどうなんだい？　あいつら、きみをひどい目に遭わせなかったかい？」

彼女は片方の肩をすくめて、あの連中のことを頭から追い払う仕草をみせた。「連中のことは気にならないわ」と言った。「ただタフそうにしゃべってるだけよ」

「それは確信が持てないな」おれはそう言うと、おれが頭を撃たれたことがおれ自身の命を救ったというナポリの興味深い話を彼女に伝えた。

彼女は驚いた。「つまり、あの男はここにすわって、そう言ったってこと？」

「そのことが面白いと彼は思ったんだ」

「今までこんなに屈辱的なことを聞いたことがないわ」彼女が言った。「それで、あなたはあの男に何て言ったの？」

「何も」

「ふうん、あたしなら……」

おれは彼女の手を取った。「きみならそうするだろうことはわかってるよ」と言った。「きみにはレミングほどにも自衛本能がない。だが、おれはまだ二十九歳で、もっと生きたい。あと四十一年は生きるつもりだ」

彼女が言った。「今はどういう状況なの？　あいつらはあたしに何も教えてくれないわ」

「ナポリはおれの話を確かめるつもりだ」おれは言った。「おれが本当にフランク・ターボックとウォルター・ドローブルの下で働いていないことを確かめたら、おれを解放してくれるだろう。ここのラルフに連絡して、すべて確認したと言うだろう。そして、ラルフは出ていく」

彼女は両手を広げて言った。「そして、あたしたちは自由になれるのね？」

「きみはね」おれは言った。「ターボックとドローブルがまだおれの命を狙っている」

「そいつらは誰なの？」

彼女が現状を知らないことを忘れていた。「ドローブルはトミーのボスだった」と言った。「ターボックはドローブルの部下だ。ターボックは火曜日の夜におれが連れていかれて会った男だ」

「へええ。あなたはシロだと、どうしてナポリはドローブルに言えないの？」

「ナポリとドローブルは敵同士だからだ」おれはそう言うと、トミーの役割を含めて、賭《と》博《ばく》組織同士の縄張り争いについて、おれの知っている限りのことを説明した。

それが終わると、彼女が言った。「まったくトミーらしいわ。いつも敵同士を争わせて、自分の利益に導いてたのよ。そして、いつも負けるほうに賭けたわ」

「それで、おれが騒ぎに巻き込まれた」

深くすわって、顔をしかめ、反対側の壁を見つめながら、アビーが言った。「もしその二組がトミー殺しのせいであなたの命を狙ってるのなら、どちらも殺人犯じゃないってことよ。まったくギャング同士の殺し合いじゃないわ」

「そうだ」おれは言った。「おれがギャングに殺されるんだ。トミーは掟《おきて》を破ったんだ」

「そうよ」彼女が言った。「そして、ルイーズはまだ行方不明だわ。彼女が犯人だと、あたしにはわかる」

「きみはわかっていない」おれは言った。「そう思ってるだけだ。きみの考えが正しいかもしれないが、わかってはいない」

「ほかに誰がいるの？」彼女が問い詰めた。

おれは知らなかった。「知らない」と言った。

「最後に残った一人を選んだんだから」彼女が言った。「結論に飛びついたとは言わせないわよ」

それに対する答えが浮かばなかったので、おれはそれについて考えることをやめて、ずっと前に気になっていたことを思い出した。それについてはアビーに尋ねるつもりだったが、いろいろなことが起こり始めたので、忘れていたのだ。それで、今ここで尋ねてみた。「医者はどうなんだい？」

彼女はおれの顔を見つめた。「お医者さん？　トミーのお医者さん？　そのお医者さんがどうしてトミーを殺すのよ？」

「いや、違う。おれの頭を治療してくれた医者だ。きみが呼んだ医者だよ。おれをここまで運びあげるきみを手伝ってくれた医者だ」

「彼はトミーのことさえ知らなかったわ」彼女が言った。「昨夜より以前にはあたしのことさえ知らなかった。彼が犯人だと、どうして考えるの？」

また混乱が始まった。「考えてないよ」とおれは言った。「殺人の話をしてるんじゃない。今は別の話をしてるんだ」

「あたしは殺人の話をしてるのよ」彼女が言った。「誰が殺せるのか、とか。あとはルイーズしか残ってないわ」

「わかった」また堂々めぐりをしたくないので、おれはそう言った。「たぶんきみの言うとおりだろう」

「それで、お医者さんがどうだってのよ？」

「おれは頭を撃たれた」おれは言った。「医者は銃創に関して警察に通報する義務があるんじゃないのかい？」

「ええ、そうよ」彼女が同意した。

「じゃあ、遅かれ早かれここに警察が来て、質問をするんじゃないのかい？」

彼女は首を横に振った。「彼は通報しないわ。あなたがあたしのボーイフレンドで、あたしの夫があなたを撃ったんだって、彼に言ったの。あたしたち、スキャンダルや悪評には我慢できないんだってね。もし警察の捜査があっても、彼の名前を教えないって約束したわ」

「それで、彼は同意したのかい？」

「ええ、百ドルの口止め料を渡したわ」彼女はウィンクした。「お医者さんに来てもらうときは、そこがどういう地区なのか、知ってなきゃいけないわ」

「口止め料を渡したのかい？」

「仕方がなかったのよ」彼女はそう言って、肩をすくめた。

この女は何度もおれをびっくりさせる。一人前に有能で、機転の利《き》く辣腕《らつわん》な女性たちを知っていたが、アビー・マッケイの近くに寄れる者は誰もいない。おれは首を横に振って言った。「きみは驚異的な人間だな。ターボックとドローブルを始末してくれないか？」

「いいわよ」彼女が言った。「朝一番にね」そして、腕時計を見て言った。「もうすぐ日付が変わるわ。あした、お葬式に行かないといけないの。朝十時に」そして、あたりを見まわした。「あたしたち、男女同室の夜を過ごすことになりそうね」

「きみにこのベッドを使わせてあげたいが」おれは言った。「おれがこのベッドから出られるかどうか疑問だな」

「大丈夫よ」彼女が言った。「共用できるわ」

「共用だって？」

「あなたの健康状態ではね」彼女が言った。「あたしの残された貞操はたぶん安全だわ。ちょっとむこうへ寄ってちょうだい。違うって、内側よ。あなたの体の上をずっと這《は》いまわりたくないから」

「ああ、それは困るね」そう言って、おれは壁のほうへ縮こまった。病人が死にそうになると顔を壁のほうへ向けるという昔のイメージはどんなものだったっけ？　もちろん、壁のほうへ寄るときに、そんなイメージが頭の中をよぎった。おれの頭の中はいつも不吉な考えに満ちているわけではないが、楽天的なメアリー・ポピンズでも、おれのこの四日間の出来事を経験したら、陰気な考えを抱くことだろう。

一方、アビーはまた下着だけになった。そんな姿の彼女を見たのは二晩連続だ。おれは言った。「おい」

彼女はおれの顔をちらっと見た。「何？」

「おれは怪我《けが》してるかもしれないがな」おれは言った。「おれはまだ去勢されたわけじゃないんだ。撃たれたのは頭のほうだけだ」

彼女はにやりと笑って言った。「ねえ、馬鹿《ばか》なこと言わないでよ、チェット。あなた、前にも女の子を見たことがあるでしょ」

「それはまったくの事実だ」おれは言った。「でも」

彼女はおれの顔を見た。「でも、何なの？」

「何でもない」おれは言った。「〝でも〟だけで一つの文だ」

「まあ、あなたは大丈夫よ」そう言うと、彼女は明かりを消しに行った。

彼女が暗闇《くらやみ》で動きまわる音が聞こえた。そして、ベッドがたわみ、彼女の膝頭《ひざがしら》がおれの脚に触れた。その膝頭が少し動きまわり、ベッドカヴァーがあちこちに動き、膝頭が離れ、彼女の尻《しり》がおれの尻に触れ、その尻が離れ、カヴァーが動かなくなった。

彼女は満足げにため息をついて、静寂が流れた。

おれは言った。「馬鹿げてる」

「どうしたの？」

「おれはきみと一緒にベッドにいる」

「前に女の子と一緒にベッドにいたことはないの？」

「こんなふうにはないよ、アビー」

「ちょっとした気分転換よ」

「気分転換ね」

「もちろんよ」

「もちろんね」おれは言った。

彼女はおれより先に眠りに落ちた。

18

おれの両腕が誰かの体に抱きついた。暖かい誰かの体に。柔らかい誰かの体に。ムスクの素敵な香りのする誰かの体に。女性的な誰かの体に。

女性的な？　目をぱっと見開くと、もつれた金髪の塊が見えた。おれは目をしばたたき、その金髪を見て、暖かい女性の体がおれの体にすり寄るのを感じた。ほんの一瞬、自分がひどいトラブルに巻き込まれているんじゃないかと恐れた。そして、思い出した。確かにひどいトラブルに巻き込まれてはいるが、そういう類《たぐ》いのトラブルではない。

おれが動いたか何かしたにちがいない。即座に金髪の塊が跳ね橋のように持ちあがり、大きく見開いた二つの青い目がおれの顔から三インチ先にあり、おれを見つめている。おれは瞬きした。その青い目も瞬きした。

おれは言った。「おはよう」

彼女が一マイルほど跳びあがった。もしくは少なくともおれの腕から跳びのいた。ベッドカヴァーで彼女の体をおおいながら、おれのそばにすわり、おれを見おろした。おれは言った。「アビー、これはきみの考えだぞ。きのうの夜はこのことにすごく冷静だったんだから、かっとなるな」

彼女の脳が現状を把握して、目に伝わったらしい。「チェットなの？」自分の目に見えるものを確かめるかのように、彼女が言った。

「おれがそうだ」おれは言った。

彼女は頭を振って、髪を掻《か》き乱し、両手の平で顔をこすって、「ふうっ！」と言った。「わあ、よく眠ったもんだわ！」

「おれもだ」おれは言った。

彼女はおれにほほえみかけた。「まあまあ素敵だったわ。あんなふうに二人一緒にいられて」

「そのうちに、またやろう」おれは言った。「おれが元気になったら」

彼女の笑みが少し淫《みだ》らになった。「楽しいかもしれないわね」彼女が言った。

おれは手を伸ばして、パンティーとブラのあいだのむき出しになった脇の肌に触れた。「そうかもな」

彼女はおれの手を押しのけると、ベッドから出て、「自分を興奮させちゃ駄目よ」と言った。「まだ病人なんだから」

「おれは自分を興奮させてなんかないぞ」

「あたしは服を着るわ。あなたはむこうを向くか何かしててね。ところで、けさの調子はどう？」

「全快だ」

「ふん、嘘ばっかり」彼女はローブを羽織った。「さて、今はどんな気分かしら？」

それは妙に面白みのないローブだった。薄いブルーのテリークロス地のローブで、薄いブルーのテリークロス地のサッシュベルトがついている。おれは注意を自分の体に向けて言った。「腹がぺこぺこだ」

「それはいい徴候ね」彼女は腕時計をつまみあげると、竜頭を巻いて、手首にはめ、文字盤を見た。「急がなくっちゃ。玉子はどうしてほしい？」

「両面目玉焼きを柔らかめに。それに、レギュラー・コーヒーも」

「紅茶ね」彼女が言った。

「朝めしに？」

「自分をイギリス人だと思ってね」彼女はドアのほうへ行き、ノックした。一分後にラルフが彼女を外に出した。彼は部屋の中のおれをちらっと見て、ドアをあけたままにしておくことにした。

しばらくして、アビーが朝食のトレイを持ってきて、おれが食べているあいだ、服を着た。驚いたことに、おれはフォークで自分の頬を突かなかった。彼女は服を着終わると、トレイを下げ、オレンジ色の毛皮コートを着た格好で戻ってきて言った。

「あたしはお葬式に出かけるわ。ひどい格好だと思わないこと？　でも、これしか持ってないのよ」

「素敵に見えるよ」おれは言った。

「ほんと？　ありがとう」彼女はほほえんだが、すぐに顔をしかめた。「でも、お葬式では素敵に見えちゃいけないんだけど」

「心配するなよ」おれは言った。「誰も文句を言わないから」

「とっても素敵なことを言ってくれるわね」彼女が言った。「じゃあね」

「じゃあな」

彼女が出ていくと、ラルフがやって来て、おれをバスルームまで連れていってくれた。彼は気むずかしくて退屈していた。おれをベッドに連れ戻ると、ジン・ラミーをするかとおれに尋ねた。おれがしないと答えると確信しているかのような悲観的前提に基づいた尋ね方だった。おれがすると答えると、彼はその場で活気づき、トランプ・カードと鉛筆とスコアを書きとめるメモ用紙を持ってきた。そして、おれたちはジン・ラミーを始めた。

一時間十五分後、一ポイントにつき〇・一セントの割合で、おれは十三ドル勝っていた。ラルフはまた気むずかしくなった。退屈はしていないが、ただ気むずかしいだけだ。そのとき、鍵が錠前の中で回る音が間違いなく聞こえた。ラルフは突然立ちあがり、拳銃《けんじゅう》が服の内側から魔法のように現われ、彼の手に飛び移った。

おれは言った。「きっとア……」

彼は拳銃をしきりに振って、おれを黙らせると、ささやいた。「彼女だとわかるように、先にベルを鳴らせと言っておいた」

ほお、それはいい。よし、わかった。

ドアがあく音が聞こえた。ラルフはクロゼットを指さしてから、自分を指さした。そして、人さし指を口に当てた。おれはうなずいた。彼はクロゼットの中に消え、ドアを引いたが、完全にはしめなかった。

トランプ・カードがジン・ラミーをしていたことを示すように並べられている。廊下のドアがしまる音が聞こえた。おれはすべてのカードをつかみあげ、左手に持った。

そして、ドア口を見つめながら、吸血鬼映画で主人公が十字架を持つように、カードを持ち続けた。

誰かが歩いている。頭に巻いた包帯がむずむずしてきた。

ゴルダーマン刑事がリヴィングルームのほうを見ながら、ドア口に現われた。まるで空っぽの部屋をのぞくかのように、おれのほうをちらっと見てから、視線をおれに戻した。両手をポケットから出して、ドア口に近づきながら、帽子を額から押しあげて言った。「きみか」

「やあ」おれは言った。あいさつがわりにカードのデッキを振った。

19

「きみはあちこち動きまわってるんだね？」ゴルダーマン刑事は部屋にはいってきて、あちこち見まわした。とくにクロゼットには注意を向けなかった。

「そのようですね」おれは言った。誰かがおれを殺しに来たのかもしれないと考えたときよりも、たぶん神経過敏になっていた。少なくとも殺し屋はおれにたくさんの答えにくい質問をしないし、ゴルダーマンはまさに答えにくい質問をするつもりだという気がした。

彼はただちに質問をした。ベッドに近づき、そこを見おろして言った。「金を賭けてソリティアをしてるのかね？」

おれはベッドを見おろした。丸まった紙幣や二十五セント硬貨などの小銭が毛布の上に散らばっている。「あっ」おれは言った。

彼はラルフが空けた椅子《いす》にすわった。そして、おれの顔を見つめながら、答えを待った。

ラルフ。この男が誰なのか知っているのだろうか？　ドローブルの部下の一人と考え、クロゼットから出て、撃つかもしれない。おれは言った。「そのう、ゴルダーマン刑事、じつはアビーが出ていくまで、一緒にジン・ラミーをしてたんですよ」

「アビーだって？」

「アビー・マッケイです、トミーの妹の」

彼はうなずいた。「葬式に行ったのか？」

「そのあとで、戻ってきます」おれは言った。「彼女に会いに来たんですか？」

「ただあちこち見てまわってるだけだよ、チェスター。きみの頭はどうしたんだね？」

おれはその質問を待っていたんだ。その質問をされることは知っていたし、されるはずだし、自分が何と答えるのか知りたかった。では、何と答えただろう？　「おれの頭ですか？」自分に頭があることには気づいていないかのように答えた。そして、包帯に手を触れた。

「うん、きみの頭だ」彼は同意して、おれの頭にうなずきかけた。

「倒れたんですよ」おれは言った。「通りの氷の上ですべって、転倒したんです」

「それはひどいな。医者に診てもらったのかね？」

「ええ。アビーが呼んでくれました。医者が来て、包帯を巻いてくれました。医者が言うには、しばらく動いてはいけないということですので、おれはまだここにいるんですよ」

「きょうのことかね？」

「いいえ。水曜日の夜です」

「ひどい転倒だったのにちがいない」

　ゴルダーマンがおれの言葉を信じていないと、いつも感じるのはなぜなんだろう？もしかしたら、おれがいつも彼に嘘《うそ》をついているからかもしれない。「そうです」と言った。「側頭部に切り傷ができたんです」カードを持っている手で曖昧《あいまい》な手振りを見せた。

「病院に行く必要がなくて運がよかったな」

「ええ、そうですね」

「死ななくて運がよかった」彼が言った。「アビー・マッケイは古い友人かね？」

「いいえ。少し前に初めて会ったんですよ」

「いつのことだね？」

「えっと、水曜日です」

彼がかすかな笑みを浮かべた。「一日で恋したというわけだな?」

「へへ」おれは言った。

「わざわざきみの世話を焼いてくれるなんて、やさしいんだな」彼が言った。「初めて会ったばかりなのに」

「ええ、そのう……ええ、そうですね」

彼はその部屋をもう一度見まわした。「ミセズ・マッケイは最近ここにいないようだね。トミー・マッケイの奥さんのことだ」

「ええ。いません」

彼はおれの顔をちらっと見た。おれが信頼できない例の何気ない様子で見たのだ。

「どこにいるのか知ってるかね?」

「いいえ、知りません」おれは言った。「月曜日以来、姿を見てません。トミーが殺されて以来」

「つまり、クロゼットにいるのは彼女ではないわけだ」

おれは言った。「えっ? クロゼットに?」

「クロゼットだ」彼が同意した。「トミーの妹は葬式に行っているし、きみがトミーの奥さんの姿を月曜日以来見ていないのなら、その二人がクロゼットにいるはずはないわけだな？」

「ええっと……そのう……」

「ほかの誰かというわけだ」彼が言った。「そうだろ、チェスター？」

「おれは……」おれがカードのデッキで頼りない手振りをすると、ラルフがクロゼットから出てきた。また気むずかしい表情を浮かべている。

ゴルダーマンは何気なくうしろを向いて、ラルフの顔を見た。「前に会ったかな？」

「いいや」ラルフが言った。

「そこでバスを待ってたのかね？」

「フィルムを現像してたんだ」ラルフが言った。

「そうか」ゴルダーマンが言った。「身分証明書の類いを持ち合わせてるかね？」

「ああ」ラルフは財布を出して、そこから運転免許証を抜くと、ゴルダーマンに渡した。

ゴルダーマンは内ポケットから手帳と鉛筆を出して、ラルフの免許証に記された情報を書き写したあと、免許証を返して、手帳をしまった。そして、立ちあがって言った。「ラルフ、きみの身体検査をしても構わないかね？」

その考えは嬉《うれ》しくないことをラルフの顔が物語っていたが、彼はこう言った。「その必要があれば」そして、両腕を左右に挙げた。

「ありがとう、ラルフ」ゴルダーマンが言って、体じゅうを軽くたたいたが、ラルフが持っているはずの拳銃は見つけられなかった。検査が終わると、クロゼットをちらっと見て言った。「クロゼットも調べるべきかな？」

ラルフは〝あなた様からどうぞ〟という丁重すぎる手振りを見せて言った。「どうぞ遠慮なく」しかし、彼の口調はまだ気むずかしくて、まったく皮肉まじりではなかった。

「事態を悪化させるほどの値打ちはないようだな」ゴルダーマンが決心し、またおれのほうを見た。彼が遅かれ早かれおれに注意をまた向けることはわかっていた。おれは別にそれを期待していたわけでもない。「チェスター」彼が言った。「きみはわたしに真実をすべて話してくれていないんだろ？」

「ええっと」おれは言った。それは彼にむけて言うおれのお好みの言葉のようだ。

「何のことで？」

「そうだな、例えば、ラルフだ」彼が言った。「きみは彼をわたしに紹介するつもりなんかまったくなかったんだろ？」

「そのう」おれは言った。「それはラルフの考え次第だと思ったんです。クロゼットから出てきたいかどうかは」

「それでもだね、チェスター」彼が言った。「きみはわたしに隠していた」

「ええ、そのとおりです」おれは認めた。「そう思います」

「非常に簡単なことだったのにな、チェスター」彼が言った。「わたしがはいってきたときに、〝クロゼットにいる友人のラルフ・コルヴァッチオを紹介します〟ときみは言ってくれるだけでよかったんだ。そうすれば、わたしはきみのことを信頼できる男だと確信することができただろう。そういう男の言葉をほかのときにも信じただろう」

おれには何も言うことはなかった。それで、何も言わなかった。

ゴルダーマンはそこに立ったまま、おれの顔を見つめた。おれの扱い方についてとか、いろいろと考えているようだったが、どれも楽しいものではない。ついに、彼が言った。「わたしが水曜日にきみに会いにきみの家へ行ったときのことを覚えてるかね？」

「もちろん」

「わたしが数人の名前を挙げて、その男たちを知っているか、もしくは名前を聞いたことがあるかと尋ねたことを覚えているかね?」

おれはうなずいた。

「その名前を覚えてるかね?」

「そう思います」おれは言った。

「きみの記憶力を試してみよう」

「フランク・ターボック」おれは言った。「ウォルター・ドローブル。バグズ・ベンダー。ええっと、そして、ソロモン・ナポリ」

「とてもいいぞ」彼が言った。「それで、きみは何て答えたのか覚えているかね?」

「その男たちは誰も知らないと」

「そして、その男たちについて何も知らないと」彼は親指の先を肩越しにラルフのほうへ向けた。「ラルフはきみの古い友人かね、チェスター? もしくは、水曜日以降に彼と知り合ったのかね?」

「木曜日以降です」おれは言った。「きのうから」

「きのうか。その短い期間のあいだに、ラルフは誰の下で働いてるのか、きみに言ったかね?」

「そのう……」

「ラルフが誰の下で働いてるのか知ってるかね？」

おれはラルフの顔を見たが、彼はゴルダーマンの後頭部を不機嫌な目で見つめていて、おれの助けにはなってくれなかった。誰の顔も見ずに、低い声でおれは言った。

「ソロモン・ナポリ。それはわたしがきみに尋ねた四人の名前の一人だね？」

「ゴルダーマン刑事、この騒ぎに巻き込まれるまで、おれはその人たちの誰も知りませんでした。本当に知らなかったんです。今も知りたくありません。信じてください」

「何の騒ぎに巻き込まれたんだね、チェスター？」

「こういう人たちですよ」おれはそう言って、そこで言葉を切った。たとえ彼に事情を話したくても、どこから始めたらいいのかわからなかった。両手を曖昧に振って言った。「トミーが殺されて以来、おれはこの事態に関わったんです。それも、トミーの死体を見つけたからです」

「それだけかね、チェスター？」

「ええ、最悪なのは、おれが罪なき傍観者なのに、誰も信じてくれないことです」

「きみの言葉には非常に説得力があるぞ、チェスター」彼が言った。「ただ、きみがよく知られたギャングスターをクロゼットに匿《かくま》っているようなので、きみの無実を信じるのはむずかしい」

「おれは誰もクロゼットに匿ってなんかいませんよ！　彼の考えなんですから！」

「それでも、チェスター、きみは……」

電話が鳴った。即座にラルフが言った。「おれに電話だ。待っていたやつだ」彼はドアのほうへ向かった。

ゴルダーマンがベッド脇《わき》の電話機を指さした。「どうしてあの電話機を使わないんだ？」

「あれは故障している」そう言うと、ラルフは部屋から出ていった。

ゴルダーマンはその電話機を見た。ベッドに近寄ると、受話器をつかみあげて、耳に当て、受け台に戻した。体を屈《かが》めると、ベッドサイド・テーブルの下の電話線を見て、それをつかみ、ちぎれた端を指で撫《な》でて、おれの顔を見た。おれは彼の顔をポーカー・フェイスで見た。

彼が言った。「チェスター、わたしたちが二人きりでいるときに、何か言いたいことはあるかね？」

「ないです」おれは言った。「すべて話しました。何も誰からも隠してません」

「それは信じがたいぞ、チェスター」

「みんな、そう言います」おれは言った。

彼は電話線を床に落とすと、ドア口へ向かい、しばらくそこに立ったまま、ラルフがリヴィングルームの電話口でしゃべっている声に耳を傾けた。おれにもラルフの声が聞こえたが、話の内容は聞き取れなかった。電話の会話の大半が相手の電話口で行なわれているようで、ラルフの台詞《せりふ》はほとんど短い返事に限られていた。

ゴルダーマンはおれの顔を見て言った。「彼がここにいることを説明できるかね？」

「彼のボスもおれを信じてくれなかったのでね」おれは言った。

彼は部屋の中に戻ってきた。「きみの何を信じなかったんだ？」

「おれが何かに関わっていないことをね」

「何に関わっていないことだね？」

「わかりません。おれは関わってないんですから、それが何なのかわかるはずがありませんよ」

「いちおう筋は通ってる」彼が言った。「すると、きみが何かに関わってるとナポリは考えているので、ラルフはここにいるんだな」

「ええ」

「それはラルフがここにいる理由にはならない」彼が指摘した。

「ラルフがここにいるのは」おれは言った。「ボスが電話をかけてきて、おれが何事にもまったく関わっていないと言うのを待つためですよ。それを聞いたら、彼は出ていきます」

「きみが関わっているとボスが言ったら、どうなる？」

「それはありえませんよ。おれは関わっていないんですからね」

「だが、もしそう言ったら？　どうなるんだね？」

「おれは撃たれることでしょうね、まあ……」おれはもう少しで口をすべらせるところだった。〝また〟と言いそうになったのだ。もしその言葉を聞いたら、ゴルダーマンは両足で力一杯跳びついたことだろう。

それを聞いただけでも、彼は好奇心を抱いた。「心配しないのか？　連中が間違いを犯す可能性もありうるだろ？」

「今回はないでしょう」おれは言った。

「詳しく話したくないんだな、チェスター？」

おれは首を横に振った。「詳しいことはわからないんですよ」と言った。「おれは別に生意気なことを言ったり、質問をはぐらかしたりしてるわけじゃなくて、詳しいことはまったくわからないだけなんです。いろんな詳細がややこしすぎて、まったく筋が通らないんですよ」

「話してみたまえ」

「どこから話していいのかわかりません」

「初めからだ」

「おれはトミー・マッケイの死体を発見しました。すると、大騒ぎが起こったんです」

ラルフがドア口に現われた。「おれたちの友人からだった」とおれに言った。「すべて大丈夫だとおめえに伝えてくれと言ってたぞ」

「いいぞ」そして、おれはゴルダーマンに言った。「ねっ?」

「なるほど」彼はラルフの顔を見ていた。

「わたしは確信していない」ゴルダーマンがラルフに言った。「わたしはあんたを署まで連行して、いくつかの質問をしたいのかもしれない」

「時間の無駄だ」ラルフが言った。

「たぶんそのとおりだろう」ゴルダーマンが言った。「よし、ラルフ、行っていいぞ」

「感謝する」ラルフが言った。それが皮肉なのかどうか判断するのは無理だった。

「また会うことになるだろうな、たぶん」ゴルダーマンが言った。

「ああ、そうかもな」ラルフはそう言うと、おれの顔を見た。「おめえは運がいいぞ」とおれに言った。「カードではな」

「ふんふん」おれがそう言うと、彼は出ていった。

ラルフが出ていき、ドアがしまるまで、あとに残ったおれたち二人は何も言わなかった。やがて、ゴルダーマンが言った。「さてと、チェスター？　今ここで何か言いたいことはあるかね？」

おれは考えた。一部始終を話そうかどうか崖《がけ》っぷちで震えたが、話さなかった。まず、長いあいだ同じ嘘を警官に言っていると、真実を打ち明けようとは思わなくなる。次に、現状における真実は、頭痛を抱えた怪我人にとって複雑すぎて、説明を試みるのもむずかしい。第三に、まずアビーに相談しないで他人に話すべきではない。彼女に対してフェアではない。

第三の理由はただの言い訳だと信じているが、嵐《あらし》や苦境の中ではどんな言い訳でも許される。「ありません。何も」

「いいだろう、チェスター」彼が言った。「たぶん、またきみに会うことになるだろう」

「たぶん、そうなるでしょうね」おれが陰気な声で言うと、ゴルダーマンは出ていった。

20

おれがソリティアのひどい手札を持ったまま居眠りをしていると、ドアベルが鳴った。おれはぼうっと目をあけてから、両膝頭を揺らし、カード・デッキの半分を床に落とした。そして、その音ではっきりと目が覚めた。まず頭に浮かんだのは、口の中が中華料理屋の裏にある金属製ゴミ缶の内側のような味がするということだ。そのあとに思ったのは、誰かがベルを鳴らしたということだ。

だが、おれは何もするつもりはなかった。もしアビーだったら、ラルフが指摘したように、先にノックしてから、鍵《かぎ》で中にはいるだろう。もしアビーでなければ、何もするつもりはない。それで、おれはそこにすわったまま、歯垢の上で舌をいやいや動かしながら、腰が痛いし、頭がぼうっとする現状について考えていた。廊下のドアがあく音が聞こえると、自分が怖がっていることに気づいて驚いた。そこに横たわったまま、ドアを見つめた。

アビーだ。冷たい外気のせいで、顔は赤みを帯び、はつらつとしていた。オレンジ色の毛皮コートのおかげで、オリンポスの神からのリボンで結んだセクシーなプレゼントのように見えた。これまでおれに起こっていたひどい出来事を補ってくれるほどの贈り物だ。彼女が言った。「ただいま。あなた、温め直した死体みたいな顔をしてるわね」

「ありがとう」おれは言った。「でも、きみは素敵に見えるよ」

「ありがとう。あのにこにこ男はどこなの？」

「ラルフのことかい？　待っていた電話を受けて、出ていったよ」おれは言った。「ナポリはおれを無実と判断した」

「よかった。お腹《なか》はすいてる？」彼女はコートを脱いで、椅子の上に放った。

「歯を磨くまではすいてない。磨いたら、腹ぺこになる」おれはベッドカヴァーを撥《は》ねのけた。「ルイーズは葬式に来たかい？」

「もちろん、来なかったわ。あたしのほかは、トミーの昔からの客が二人、商売仲間が一人か二人、知らない高齢の女性が二人だけよ。メモを取るはずの刑事は誰も来なかったわ。歩くのに助けが必要？」

「必要なのはローブだけだ」おれは言った。

「持ってくるわ」彼女はクロゼットに行くと、トミーの古い茶色のローブをつかんで、ベッドに持ってきた。「重いわね」と言って、顔をしかめ、ローブを高くあげて、ポケットをたたき、その一つからタフに見える拳銃を取り出した。「なんてこと」と言った。「トミーの拳銃なの？　なんてとこに隠してあるのかしら」

おれは笑った。「いやいや、ラルフの拳銃だ。きっと忘れたんだろう。おれも忘れていた」

「ラルフだって？　ラルフがこのローブを羽織ってたの？」

「まず先に歯を磨かせてくれ」おれは言った。「それから、すべて話すよ」

「待ちきれないわ」

彼女の助けで、おれはベッドから起きあがり、ローブを羽織った。そして、普段より少しだけ弱々しくて、目がくらくらすることに気づいた。いくぶんか息切れをして、足元はわずかにおぼつかなかったが、昨日と比べると、今は巨人になり、手《て》強《ごわ》い強者《つわもの》になった。

バスルームから出る頃には、もっとましになった。廊下を通ってキッチンへ行くと、アビーはそこのテーブルの前にすわって、レヴァーソーセージ・サンドウィッチを作っていた。おれは彼女のむかいにすわって言った。「警官が訪ねて来た。ゴルダーマンという刑事だ。それで、ラルフはクロゼットに隠れた。コーヒーを飲んでもいいかい、それとも、まだ紅茶しか飲めないのかい？」

彼女はおれの顔を見た。「刑事が？」

「ゴルダーマンという名前だ。コーヒーを飲めるかい？」

「どんな気分？」

「牡牛《おうし》みたいに元気だ」

彼女はにやりと笑った。「オーケイ。コーヒーね。でも、ラルフとその刑事の話をしてよ」

それで、おれはその話をした。そのあいだ、アビーはコーヒーを淹《い》れた。彼女はおれの話のいくつかの箇所をおかしいと思い、もう終わったことなので、おれもそう思った。その出来事を体験するよりも話すほうがずっとおかしかった。おれの話が終わると、彼女が言った。「あたし、このゴルダーマン刑事に会ってみたいわ。面白そうだから」

「退屈な男だよ」おれは言った。「イボだらけだし。それに、結婚してると思うな」

彼女は横目でおれの顔を見た。「あなた、嫉妬《しっと》してるわね。あたしはその人にまだ会ってもいないのに」

「だが、きみは会いたがっている」

「あなたは速く元気になりすぎたと思うわ」

「ガオー」おれは吠《ほ》えた。

21

おれたちは静かな週末を過ごした。おれは睡眠をたくさん取った。夜に丸八時間か九時間の眠りと昼間に二度か三度の居眠り。目が覚めるたびに、少しずつ元気になっていく。おれの頬に血色が戻ってきたと、アビーがしょっちゅう言ってくれる。

彼女は金曜日に包帯を小さいものに、土曜日にもっと小さいものに取り替えてくれて、日曜日には包帯を外し、傷口を洗浄して、包帯を巻かないことに決めた。「空気に当てましょう」と言った。

妙に見えた。思ったほどひどくはないが、妙なのだ。左耳の上の側頭部に幅半インチの線が一本走っている。そこには髪の毛がなく、ピンクの皮膚と赤黒い傷跡が見える。まだやけに敏感で、切り傷のようにちくっと痛むわけではなく、傷口やその周辺に過《あやま》って触れると、頭がずきずき深く痛むのだ。アビーが傷口を洗浄してくれるときには、いつも歯を食いしばり、洗面所の縁を強く握りしめる必要があった。そのたびに、あとで三十分ほどひどい頭痛がした。

手にカードを持ったまま、週末の大半を過ごした。ジン・ラミーやオーヘルをやり、得点を記録するクリベッジ盤を見つけると、クリベッジをやった。もちろん、金を賭《か》けたが、勝ったり負けたりで、どちらも数ドル以上の勝ちを維持することはなかった。それに、アビーがカードのデッキでいくつかの芸当を見せてくれた。おれがメカニックス・グリップに慣れるのに、しばらくかかった。それは左手の平の上でデッキを持つ妙な方法で、ネズミが穀物袋にこっそりともぐり込むように、右手でデッキのカードを思いどおりに操れる。おれがアビーのようにデッキをなめらかに扱えるまでには何年もかかるだろうが、おれはかなりうまくやれた。日曜日の夜までには、ときおりアビーを騙《だま》すことさえできるようになったのだ。

おれたちの寝る場所については、カードの扱い方ほど満足のゆくものではなかった。おれが怪我人なので、ベッドを使うようにと彼女は主張して、リヴィングルームのカウチに移った。「おれたちが木曜日の夜に決めた方針を変える理由がわからないな」とおれが言うと、「その理由をあなたがわかる必要はないわ。あたしが二人のために考えてるんだから」と彼女は言った。「あのときはおれを信頼してくれたじゃないか」とおれが言うと、「あのとき、あなたは弱々しかったもの」と彼女は言った。

うん、彼女の言うとおりだ。日曜日の午後になるまでに、おれはいつもどおりのおれに戻り、退屈し始めた。おれはここに水曜日の夜以来ずっといたので、このアパートメントに嫌気が差してきた。その一方で、外の世界には元気なおれを見たくない連中がいっぱいいるようなので、ここでぶらぶらすることにそれほど苛立《いらだ》ちはしなかった。カードをプレイする合間に、ＴＶを観《み》たり、スナックを食べたり、ただすわって退屈したりしていた。

それに、好むと好まざるとにかかわらず、うたた寝をした。アビーがそうするように言い張ったのだ。彼女の主な心配はおれの健康ではないと信じている。彼女はしばらくおれを近くに寄らせたくないだけだ。それでも、彼女がうたた寝するように、おれをベッドルームに押し込むたびに、おれは実際に一時間か二時間眠りに落ちた。

じつのところ、日曜日の午後遅く眠っているときに、訪問客がやって来た。金切り声でおれの目が覚めた。上体を起こすと、フランク・ターボックの姿が見えた。あのガレージにいたひげの濃い尋問者がドア口に立っている。ヴェルヴェットの襟がついたコートを着て、おれの顔を見つめていた。さっきの金切り声がまだおれの頭の中で響いていて、アビーの声だとわかった。またベッドに横たわり、ベッドカヴァーを頭からかぶったが、その金切り声がただの単純な金切り声ではないことに気づいた。何かの言葉だった。名前だ。アビーは名前を叫んだのだ。

どうしてアビーはルイーズの名前を叫んだのだろう？

22

数日にも感じられるほど長いあいだ何も起こらないので、おれはベッドカヴァーの上端から部屋の様子をのぞいてみた。瞬《まばた》きをしながら、飛んでくるはずの銃弾を覚悟して、すでに顔をしかめていた。

誰もいない。

何があったんだ？　カヴァーを顔の上から完全に押し下げて、ドア口を見つめると、まったく誰もいない。誰もそこに立っていないのだ。フランク・ターボックも、ルイーズ・マッケイも、誰も。

夢なのか？　金切り声は現実で、そのほかは夢なのか？　もしくは、金切り声自体も夢の一部なのか？　夢の中の金切り声か？　おれは正気を失い始めているのか？

上体を起こして、部屋の中を見まわし、誰もいないドア口に目をやると、人の声が聞こえた。現実の声だと思えた。しかも、リヴィングルームのほうから聞こえる。男の声と女の声だ。

おれはベッドから起きあがった。おれのシャツとスラックスは——洗濯屋から戻ってきたものだ——椅子の背面に丁重にかけてある。靴はベッドのそばの床に並べてあった。急いで服を着て、ベッドルームを出ると、廊下を歩いて、リヴィングルームのほうへ向かった。そこではフランク・ターボックが立ったまま、しゃべっていた。ルイーズ・マッケイも立ったまま、しゃべっていた。そして、アビーも立ったまま、しゃべっていた。

もしかしたら、おれはまだ眠っているのかもしれない。これも夢の一部なのかもしれない。おれは「やあ」とか何とかかんとか言って、みんなの注意を引こうとした。そして、おれもみんなと同じように立ったまま、しゃべっていることに気づいた。それで、「ええい、もう、みんなくたばれ」と言って、またリヴィングルームから出た。もし世界が狂いたいのなら、おれも狂ってやろう。ターボックとルイーズが実際にリヴィングルームで立ったまま、しゃべっているあいだ、おれはキッチンへ行き、自分が食べるレヴァーソーセージ・サンドウィッチを作った。そして、コーヒーを温めた。おれもアビーも限りなくコーヒーを飲むので、コーヒー・ポットをずっとガス・レンジの上に置いてあるのだ。

リヴィングルームでのおしゃべりがだんだん収まったが、おれはどうなろうと構わなかった。ターボックか彼の手下の一人がおれを見つけて撃ってくるんじゃないかと、おれはこの五日間ここで恐れおののいていた。ターボックがやっとキッチンのドア口にやって来ても、おれに注意を払わなかった。ドア口から一瞬おれを見つめて、それだけだ。

ルイーズに関しては、一週間前に旦那《だんな》に死なれ、自分自身は影も形もなく姿を消した。そのあと、突然、自分のリヴィングルームに現われて、まるでずっとそこにいたかのように、立ったまま、しゃべっている。いや、それで納得するのは狂っている。とくに、おれはうたた寝から覚めたところなのだ。とくに、金切り声でうたた寝から起こされたところなのだ。

おれがキッチン・テーブルの前にすわって、レヴァーソーセージ・サンドウィッチを食べ、コーヒーを飲み、《デイリー・ニューズ》を読んでいると、みんながおれを捜しに来た。アビーが先頭で、ほかの二人があとに続いた。アビーが言った。「チェット、頭がおかしくなったの？」

「もぐ」おれはレヴァーソーセージを口いっぱいに頬張ったまま言った。そして、首を横に振った。〝ノー〟という意味だ。

「誰が来たのかわからないの？」彼女は問い詰めると、まるでおれにはターボックの姿が見えないかのように、実際にそこに紛れもなく立っている本人を指さした。おれはうなずき、おれの口を指さすと、手を前にあげて、しばらく待ってほしいと合図した。そして、素早く噛《か》んで、呑《の》み込み、食べ物をコーヒーで流し込んで、また呑み込み、ほんの少しげっぷをして言った。「ああ、見えるよ。二人ともよく見える」

「あなたがわからないわ」彼女が言った。「ここにすわってるだけなんだもの」

「きみの金切り声で目が覚めて」おれは言った。「フランク・ターボックがベッドルームのドア口にいるのが見えたとき、おれはきみがこれまで見たこともないような見事な恐怖の反応を示した。おれは無声映画のヒロインみたいにカヴァーを頭からかぶって、じっとしてたんだ。すると、ターボックはどうしたと思う？　むこうを向いて、立ち去ったんだ。それで、おれはどうしたと思う？　おれは起きあがると、服を着て、何事が起こっているのか調べるために、リヴィングルームへ行ったが、誰もおれに注意を向けなかった。みんな同時にしゃべっていて、誰も聞いていなかった。ジョーンズ・ビーチの砂浜でバーベキュー・パーティーをしているみたいだったので、おれは〝ええい、もう、みんなくたばれ〟と考え、ここへ来て、サンドウィッチを作ったんだ。もしきみたちが今ここでおれに注意を向けるつもりなら、おれはいつでも床に倒れるとか、金切り声をあげるとか、命を乞《こ》うとか、意味のわからない説明をくどくどと始めるとか、この状況にふさわしいと思われることなら何でもやる準備はできてるぞ。だが、観客のいないところでは演じてやるもんか」そう言って、レヴァーソーセージ・サンドウィッチをまた一口食べた。

アビーは口をぽかんとあけたまま、おれの顔をただ見つめていた。次に口を開いたのはターボックだった。例の太い声で言った。「コンウェイ、何についても何も知らない男にしては、しょっちゅう現われるやつだな」

おれはレヴァーソーセージを片方の頰に押し込んで言った。「今までは犯人があんただと思っていた。もしくは、あんたの下で働いている誰かだと。だが、あんたは今ここにいて、何もしていないから、今はわからない。まあ、水曜日以降にあんたの気が変わったら、別の話だ」

「水曜日だと？」彼の顔は四角くて、ごつごつしていて、白く、ひげが濃く、陰気なので、それほど表情豊かにはならなかったが、苛立ち気味の当惑らしき感情を伝えた。

「どういう意味だ、水曜日とは？」

おれはサンドウィッチを彼のほうへ向けた。「あんたか」と尋ねた。「ウォルター・ドローブルの部下か、あんたかドローブル本人か、その仲間が水曜日の夜におれを狙撃《そげき》したかい？」

まるで突然おれたち二人のあいだに煙草《たばこ》の煙が充満したかのように、彼は目を細めた。「おまえをどうしたって？」

「狙撃だよ」おれはサンドウィッチを拳銃《けんじゅう》に見立てた。「バンバン」と言って、もう一方の手で側頭部の治りかけの傷口を指さした。

彼は首を斜めに傾けて、その傷口を細目で見た。「これが傷口か？　おまえはかすり傷を負ったのか？」

「かすり傷を負った。あんたの仕業か？」

陰気な顔が陰気な笑みを浮かべた。「コンウェイ」と言った。「もしおれが撃っていたら、もう少しその右を狙《ねら》っていただろうよ」

「あんたの部下か、ドローブルか、その関係者の仕業じゃないのか？」

彼は首を横に振った。「おれたちはただの練習のために人を殺さないんだ」と言った。「おれたちがトラブルを起こすのは、相手が本当にド派手な方法で注意をひきつけたあとだ」

「わかった」おれは言った。「ナポリでも、彼の部下でもないし……」

「ナポリじゃないと誰が言ったんだ？」

「ナポリが自分じゃないと言ったんだ」

まるでおれの言っていることをよく聞こうとするかのように、彼は首を前に傾けた。そして、柔らかい声で言った。「ソロモン・ナポリか？」

「もちろん」

「あいつが自分じゃないと言ったのか？　本人がじきじきにそう言ったのか？」

「ああ。あそこのベッドルームで木曜日の夜に」

「どうしてあいつはおまえにそんなことを言ったんだ？」

「話せば長くなる」おれは言った。「今は話したくない」

「おれが訊《き》いている理由を教えてやろう」彼が言った。「おれたちが先週に話し合ったとき、おまえはソル・ナポリを知らないと言った。そのとき、おれはおまえを信じた。それなのに、あいつが木曜日におまえを訪ねてきて、おまえの殺しを命じていないと本人がじきじきに言ったと、おまえは今言ってるんだぞ」

「あの男に会ったのはそれが初めてだ」おれは言った。「おれは自分がネロ・ウルフになったような気分だよ。おれはこのアパートメントから一歩も出る必要がなくて、遅かれ早かれ、このいまいましい騒ぎの関係者全員がおれを訪ねてきてくれる」

「おまえがソル・ナポリに会ったのは本当にそのときが初めてなんだな？」ターボッ

クが問い質《ただ》した。彼は自分で会話を進めていて、おれの台詞はほとんど重要ではない。

「それで、あいつはわざわざここへ来て、自分がまったくこの騒ぎに関係ないことを……」

「ねえ、もういいじゃないの、フランク！」ルイーズ・マッケイが突然言った。その声は軽蔑《けいべつ》の念に満ちていた。「誰を騙そうとしてるのよ？　どうしてやめないの？　この人たちを放っておいてあげなさいよ」

すぐに彼はルイーズのほうを向いた。「おれはきみに言ったはずだ、ルイーズ」と言った。「きみは百パーセント考え違いをしている。おれに構わないでくれ」

「だから、わたしを拘束してたの？　わたしが考え違いをしてたから？　だから、わたしは一週間のあいだ囚《とら》われの身だったの？　わたしはトミーのお通夜《つや》やお葬式にも行けなかったし……」

「そうだ」彼の太い声がその一言で彼女の声を圧倒した。「そうだ、それが理由だ。きみが考え違いをしていたからだが、考え違いのせいで、以前にシンシン刑務所にぶち込まれた男たちがいる。きみが警官たちに考え違いの話をふれまわったら、やつらにはそれだけで充分なんだ。何の質問もなく、トミー・マッケイ殺人事件は解決したと判断し、お互いの背中をたたいて、褒め合い、まったく何の心配もせずにぐっすり眠るだろう」

「たとえあんたが無実であっても？」ルイーズが問い詰めた。

「まったくそのとおりだよ！　馬鹿《ばか》な真似《まね》はやめるんだ、ルイーズ。おれと同じくらい、きみもよく知ってるはずだ。おれはサツどもが容疑をかけるあらゆる犯罪において有罪だ。それが濡《ぬ》れ衣《ぎぬ》であろうがなかろうが、関係ない。たとえおれがやってもいない何らかの犯罪でつかまったとしても、濡れ衣でも大丈夫だと、連中は考えるだろう。おれが実際にやった何らかの犯罪の償いをしてるわけだからと、あいつらは考えやがるんだ」

「あんたはわたしの夫を殺したわ」とルイーズがすごく辛辣《しんらつ》に言ったので、おれとアビーはちらっと目を合わせた。

「おれは殺してない」彼の太い声は部屋の中で実際のウェートに近いものだった。

「おれがここにいるドジ野郎を狙撃していないようにな」

「あんたが殺したのよ」

アビーが彼に言った。「ほんとに殺《や》ったの？」

彼は不機嫌な驚きの目でアビーを見た。まるで檻《おり》の鉄棒のあいだから木の棒で突つかれたライオンのようだった。彼がジャングルの王様で鋭い牙《きば》を持っていることを、彼女たちは気づいていないのか？「おまえもか？」と言った。

「あたしはトミーの妹よ」アビーが言った。「トミーを殺したのが誰なのか知りたいの」

ルイーズが言った。「ほらっ、犯人はこいつよ、アビー。よく顔を見ておきなさい」そして、ターボックを指さした。

ターボックは拳《こぶし》を作って、ルイーズに見せた。「もう一度言ったら」と言った。「きみの頭をぶん殴ってやるぞ」

「いいわよ」ルイーズが言った。「どうしてわたしも殺さないのよ？　トミーを始末したみたいに、どうしてわたしも始末しないの？」

ターボックはまるで今にも失いそうになっている平静を取り戻そうとするかのように、爪先《つまさき》で立ちあがった。その緊張感を破る何かが起こらなければ、彼がルイーズを始末するか、なんとか彼女の顔をぶん殴るような雰囲気だった。それで、おれはできるだけ冷静に、さりげなく言った。「女ってのはそんなもんだよ、ターボック。おれが犯人だと、アビーもしばらく思っていた」

彼は落ち着きを取り戻し、踵《かかと》を床におろし、拳をほんの少し広げた。パート・ランカスターが重要点を指摘しようとするときのように、ゆっくりとこっちを向いて言った。「この女が？　どうしてだ？」

「みんなが一度はそう思っていた」おれは言った。「あんたもおれがこの事件に関わっているかもしれないと思っていたし、ナポリもそう思っていたし、アビーもそう思っていた。おそらく、警察もそう思っていた」

ターボックは上体を前に傾けた。拳を作った手を今ではテーブルに置いて、体重を支えている。「どうしてなんだ、コンウェイ？」と言った。「どうしておまえがマッケイを殺したと、みんなは思うんだ？」

「みんな、別々の理由があった」おれは言った。「あんたは自分の理由を覚えてるな。おれがミセズ・マッケイと浮気をしていて、一緒になれるように、トミーを殺したと、アビーは思った」

「それで、この馬鹿が殺したのよ」ルイーズが叫んで、まるで質問をしたければやってみたらどうなのと挑《いど》んでいるかのように、アビーとおれをにらみつけた。

ターボックはルイーズのほうを向いて、彼女の顔を見た。「黙れよ、ハニー」とゆっくりと明確に言った。「おれはこのドジ野郎と話してるんだ」

「おれはドジ野郎じゃないぞ」おれは言った。

彼は憐《あわ》れみの一瞥《いちべつ》をくれた。「人間は間違いを犯すものだとわかったか？　どうしてソル・ナポリはおまえの仕業だと思ったんだ?」

「ナポリはこう思ったんだ。トミーが秘《ひそ》かにナポリ側についたことを、あんたたちが突きとめて、トミーを殺すために、おれを雇ったとな」

ターボックがおれの顔を見つめた。静寂が突然膨張した。ターボックが言った。

「誰が何をしたって?」

「トミーは秘かにナポリ側についた。ナポリ本人がそうおれに……」

「嘘《うそ》っぱちよ!」

おれはルイーズの顔を見た。「ごめんなさい、ミセズ・マッケイ」と言った。「おれは言われたことしか知らないんですよ」そして、ターボックのほうに目を戻した。

「本当のことでなければ、どうしてナポリはわざわざそんなことを言ったんだ?」

ターボックが突然言った。「誰もどこへも行くなよ」そして、まるで二人の女性が地下鉄駅のプラットフォームにいる赤の他人であるかのように、その二人を脇にどけると、キッチンを出て、アパートメントのほかの部屋へ向かった。

あとに残ったおれたちは、お互いに顔を見合わせた。一番に口を開いたのはおれで、ルイーズに言った。「あなたが犯人だとアビーは考えてるんですよ」

ルイーズはおれの顔を見た。おれは彼女の注意を無理矢理に引きつけた厄介者になった。「何のこと？」

決まりが悪くなったアビーが言った。「チェット、やめてよ」

おれはやめなかった。「ミセズ・マッケイ、あなたの義理の妹はあなたがトミーを殺したと信じてるんです」

ルイーズはやけに気の短い女性だった。眉毛《まゆげ》が威圧的に垂れ下がり、おれとアビーをにらみつけた。「それはどういう意味なのよ？」

アビーがおれに言った。「チェット、あたしは考えを変えたのよ」

おれは気にしなかった。ルイーズに言った。「トミーはアビーに送った手紙の中で、あなたが誰かと浮気をしていると書いたので、当然のことながら……」

「トミーはそんなことをしてないわよ！」

アビーが穏やかに言った。「いいえ、したわよ、ルイーズ。もし見たかったら、あたし、まだその手紙を持ってるわ。警察に見せようとしたけど、警察は気にしてないみたいだった」

ルイーズのにらみつける目の鋭さが縁から崩れ始めた。彼女は眉毛をぴくぴく動かして、鋭さを保とうとしたが、あごが震え始めて、ついに平常心を保てなくなった。

アビーが顔に同情的な表情を浮かべ、慰めるために手を差し出しながら、ルイーズに近づいた。ルイーズはその手を無視して、おれのむかいの椅子《いす》にどすんとすわり、組んだ両腕の上に頭をのせ、これまでの一週間分の我慢を埋め合せるために、泣き始めた。アビーは片手をルイーズの肩に置いたまま、横に立ち、顔に〝あたしたち、どうしたらいいの？〟という表情を浮かべながら、おれの顔を見た。おれは首を横に振って、〝おれたちにできることは待つことだけだ〟と伝えた。すると、ターボックが部屋にのっそりと戻ってきて言った。「ベッドルームの電話はいったいどうしたんだ？」

おれは言った。「おれが警察に電話しようとしたら、ナポリの部下の一人が電話線を引き抜いたんだ」

彼は苛立ったしかめ面《つら》をおれに見せ、ルイーズにもっと苛立ったしかめ面を見せ、またどすんどすんとむこうへ行った。

ルイーズの押し殺した泣き声を別にして、おれたちは約三十秒の沈黙を守った。すると、誰かが玄関ドアをどんどんたたいた。

おれは言った。「おれが出る」

「気をつけて」アビーが言った。

「もちろん」おれはキッチンを出ると、玄関ドアへ向かった。のぞき穴のむこうにラルフの顔が見えた。いらいら、むかむかしているようだった。

おっと。おれがドアをあけると、ラルフは何も言わずに、中にはいり、廊下を抜けてベッドルームのほうへどしんどしんと向かった。おれはドアをしめて、キッチンに戻った。アビーが眉毛をあげたので、おれは言った。「ラルフだ。拳銃を取りに来たんだ」そして、テーブルの横をまわって、またすわった。

アビーが言った。「そう言えば、あたしの拳銃はどうしたの？」

「おれのオーヴァーコートのポケットの中だ」おれは言った。「うん、おれもそのことを忘れてたよ」

「いいえ、そうじゃないわ」アビーが言った。

「何だって？」

「あなたのオーヴァーコートのポケットにはないわ。調べたもの」

「ふうむ、おれはそこに入れたのにな」おれがそう言うと、ラルフがドア口に現われた。おれは彼の顔を見た。

彼が言った。「おい、あれはどこだ？」

「そうか、悪かった」おれは言った。「化粧だんすの上だ」

「化粧だんすの上だって？」

「ああ」おれは言った「化粧だんすの上だ」

彼が消えると、アビーが言った。「信じてよ、チェット、あたしはあなたの服をみんな調べて、あの拳銃を捜したわ。役に立つかもしれないと思ったから」

「誰かがくすねたんだ」おれは言った。

「なんて素晴らしいんでしょ」アビーが言った。「あたしはあれをあなたに預かってもらったのに、あなたは紛失したわけね」

「まずだな」おれが言うと、ターボックが戻ってきた。「あとにしよう」おれはアビーに言って、ターボックの顔を見た。

「ウォルター・ドローブルが来るぞ」ターボックが言った。

「やっぱりおれはネロ・ウルフだ」おれは言った。

ターボックが言った。「何だって？」すると、ラルフはドア口にいるターボックのうしろに現われ、拳銃を空中で振って、おれたちに見せた。「見つけたぞ」

そのときまでラルフがアパートメントにいることを知らなかったターボックが、そちらを向いた。そして、その拳銃を見て、ラルフの顔を見て、叫び声をあげ、地面に伏せた。いや、リノリウムの床に伏せると、テーブルの下で体を転がし、椅子の脚のあいだに隠れた。おれは体を屈《かが》めて言った。「大丈夫だ。彼は誰も撃つつもりはない、大丈夫だから」

一方、ラルフは突然用心深い表情を浮かべて言った。「あれはフランク・ターボックか？」

「そこで待っててくれ」おれはターボックに言って、立ちあがった。そして、ラルフに言った。「おい、やめろよ。この事態を今以上にややこしくしないでおこうぜ」

「あれはフランク・ターボックなのかよ？」

「ああ」おれは言った。「フランク・ターボックだ」

ラルフは突然拳銃をおれのほうに向けた。「壁の前に立つんだ、このクソ野郎め」と言った。

23

ターボックがラルフに命じられたとおりに、両手をあげながら、テーブルの下から出てきて、冷蔵庫の前にいるおれの横に立った。「忘れないぞ、コンウェイ」と言った。

「黙れ」ラルフが言った。そして、拳銃をアビーとルイーズのほうに振った。「おめえら二人はそいつらと一緒に並べ」

「嫌よ」アビーが言った。

ラルフはアビーの顔を見た。「何だと？」

「消えてよ、ラルフ」アビーが言った。「あたしたちはほかの問題を抱えてんだから、さっさと消えてちょうだい」

「おや、そうかい？　ナポリがこの事態に興味がねえとでも思ってるのかい？　何についても何も知らねえはずのこのチェスター・コンウェイが、フランク・ターボックと二人で楽しくおしゃべりしてるってんだぞ」

「おい、馬鹿なことを言うなよ」おれは言った。

「言葉に気をつけろよ、おめえ」ラルフがおれに言った。

おれは言った。「よく考えろよ、ラルフ。もし何かがここで行なわれてたら、おれがあんたをアパートメントに入れると思うのか？」

　ターボックが口の端から言った。「おれとおまえはあとでこのことを話し合うからな、コンウェイ。信じろよ」

「おい、あんたも黙るんだ」おれは言った。「あんたたちこそドジ野郎だよ、おれじゃなくってな。こんなにたくさんの人間がこんなにたくさんの間違った結論に飛びつくのを、今まで見たことがないぞ。あんたたちはパラノイアか馬鹿のどちらかだが、今はその両方だと思い始めてきた」

　物騒なことに、アビーが言った。「あなたがあたしもその仲間に加えてないことを願うわよ、チェット」

「今更その話はやめろよ」おれは言って、冷蔵庫の前からラルフのほうへ歩み寄った。ラルフは威《い》嚇《かく》的な表情を顔に浮かべている。「ラルフ」おれは言った。「フランク・ターボックがここへ来たのは、ソロモン・ナポリにひどいことをする計画をおれと一緒に練るためじゃない。私人として、トミー・マッケイの未亡人の付き添いとして来たんだ。キッチン・テーブルにすわって涙を流しているのがその未亡人だ」

「おめえがそう言ってるだけだ」ラルフが言った。

「そのとおりだ」おれは同意した。「そして、事実だ。あんたは拳銃を取りに戻ってきたんだ、ラルフ。そして、その拳銃を見つけたので、これからそれを使うか、立ち去るかの選択を迫られているようだな。どっちにする？」

アビーが言った。「チェット、気をつけてよ」

おれはアビーのほうを向いて言った。「大丈夫だ。もう我慢できないんだ、アビー。厄介事が少し収まるたびに、別の脳たりん野郎が頭に馬鹿な考えを抱きながら、やって来て……」

「おい」ラルフが言った。

「ああ」おれはラルフのほうを向いた。「あんたのことだ。あんたが脳たりんでなければ、一時間ちょっとのジン・ラミーで十三ドルを巻きあげられることはなかっただろうよ」

「おめえがずっといい手札を持ってやがったんだ」ラルフが言った。「おめえがいつもいい手札を持ってたから、おれは何もできなかった」

「そのとおりだ」おれは言った。「それに、あんたが脳たりんでなければ、拳銃を持たずにここから出ていくことはなかっただろうよ」

「あのデカのせいだ」今のラルフはやけに言い訳がましくなった。「あいつが事態を滅《め》茶《ちゃ》苦《く》茶《ちゃ》にしやがって、おれを……」

「そうだよ、あのデカだ」おれは言った。「それに、あんたが脳たりんでなければ、フランク・ターボックがトミー・マッケイのアパートメントにいるだけで、狂人みたいに振る舞わなかっただろう。トミーはフランク・ターボックの下で働いていたんだ。トミーの未亡人がフランク・ターボックと一緒にいて、どこがおかしいんだ？」

「わたしはあの野郎と一緒にいないんだから！」おれがラルフに収拾のかすかな光を見せ始めたところで、ルイーズが突然叫んで、事態を余計に混乱させた。「さあ、この男を撃ちなさいよ！　この男がわたしのトミーを殺した張本人なんだからね！」

「ねえ、やめてくださいよ」おれは言った。「ターボックは殺してませんから。ミセズ・マッケイ、あなたはラルフよりひどいですね」

「ちょっと待て」ラルフが言った。「未亡人にしゃべらせろ」

「この未亡人は口から出まかせを言ってるんだ」おれは言った。「シマリスと同じくらいの脳みそしか持ってない」

「チェット！」ショックを受けたアビーが言った。「ルイーズは大変な目に遭ったのよ！」

「それでも、彼女はちっとも賢くなっていない」おれは言った。「彼女は未亡人になりきるまで一週間の余裕があったし、トミーが生きてるときに、陰で浮気をしていることを考えると、率直に言って、彼女の泣き崩れる姿に感銘を受けはしない。おれに言わせると、彼女がこんな騒ぎを起こしてるのも、自分自身がトミーにしたことで今頃罪悪感にさいなまれてるからだろう」

「あんたはひどいことを考えてるのね、チェスター・コンウェイ」ルイーズが言った。「そして、それに負けないほど口汚い。でも、事実は変わらないのよ。フランク・ターボックがあたしのトミーを殺したという事実はね」

「どうして？」おれは言った。

「そうすれば、わたしを手に入れられると考えたからよ」ルイーズが言った。

「馬鹿げたことを言わないでくれ」おれは言った。「ターボックはすでにあんたを手に入れていた。ターボックが手に入れたいときにはいつでも」

ルイーズは顔面蒼白《そうはく》になった。「あなたはまったく口汚いやつだわ」

「そうだ。そして、あんたは清廉《せいれん》潔白な尼さんだよ」そして、おれはラルフのほうを向いて言った。「ラルフ、よく考えろ。フランク・ターボックは女のために誰かを殺すような男かい？　とくに、すでに一緒に寝ている女のために？」

ラルフはみんなの顔を見渡した。ここでの事態は彼の理解力の何マイルも上を超えているが、そのことを理解するほどの脳みそは備えていた。「おれは何についても何も知らねえ」と言った。「知ってることは、ソルがこの事態にすげえ興味を持つだろうってことだ」

「それなら、ソルにこのことを急いで話したほうがいいぞ」おれは言った。「もしかしたら、あんたにご褒美《ほうび》バッジをくれるかもしれない」

「言葉に気をつけろよ」ラルフが言った。

おれは一言言おうと口をあけたが、考え直して、こう言った。「ラルフ、おれがあんたの囚人だったとき、あんたはおれに対して悪いやつじゃなかった。じつのところ、かなりいいやつだった。信じてくれ、おれはそのことを思い出そうと懸命に努めている。だから、あんたもおれのことを思い出そうと努めてくれ。おれはソル・ナポリやその部下に何もしなかったし、そのうえ、おれはソル・ナポリやその部下に何かをする立場になかった。おれはあんたにとって脅威ではないんだ、ラルフ、神に誓ってもいい。よく考えてくれ」

　ラルフはよく考えた。彼がこの問題について悩んでいるのがわかった。彼の目は冷蔵庫の前で両手をあげたまま立っているフランク・ターボックのほうへしょっちゅう動いている。彼が克服すべきものがわかった。ターボックは彼の敵で、おれはその敵と一緒にいて、そのことは何かが起こっていることを意味するはずだ。では、何が起こっているんだろうか？　それが問題なのだ。

　ラルフはついにあきらめた。「いいだろう」と言った。「オーケイ。おれはソルに話をしに行く。ソルはおめえにまた会《え》えたがるかもしれねえぞ」

「おれはずっとここにいるよ」おれは言った。「いつでも寄ってくれ。一緒にわいわいやろう」

「用があれば、ソルはおめえを見つけられるんだぜ」ラルフが言った。

「わかってる」おれは言った。

　タフガイだという評判が傷ついていないことを確かめるために、ラルフはみんなをにらみつけてから、拳銃を少しあげて、まるで西部劇映画の悪徳牧童頭が酒場から立ち去るように、キッチンからうしろ向きに出ていき、右手に消えた。まもなく、ドアがあいて、しまる音が聞こえた。

　ターボックは両腕をおろした。「コンウェイ」と言った。「いったいおまえはどうしてあいつを中に入れたんだ？」

「あいつは拳銃を忘れて帰ったんだ」おれは言った。「それで、それを取りに戻った。正直に言うと、あんたがここにいることをすっかり忘れてたよ。つまり、あいつとあんたとの関係を」

「あいつは拳銃を忘れて帰ったのか」ターボックは倒れた椅子を立てて、どすんとそれにすわった。そして、首を横に振って言った。「おまえと話をするたびにな、コンウェイ、事態がややこしくなるぜ」

「その逆だと思ってたよ」おれはそう言うと、テーブルの横をまわって、自分のレヴァーソーセージ・サンドウィッチの前にすわり直した。そして、それをつかみあげながら言った。「いつウォルター・ドローブルが来る予定なんだ？」

「三十分後だ」

「オニオン・ディップを作っておくべきかな？　彼はブリッジをやるかい？」

ルイーズが突然言った。「アビー、あなたがニューヨークにいるときは、ここに泊まってもいいけど、ほかの人は連れてこないでほしかったわ。とくに、この男みたいな口汚いやつをね」

おれは言った。「ミセズ・マッケイ、あなたを傷つけたのなら、お詫《わ》びします」

「ふん！」ルイーズが言った。

「でも」おれは言った。「あなたはひどく甲高い声で感情的なことを口走るし、まともに考えていなかった。もしラルフが拳銃を撃とうと思ったら、おれたちはみんな殺されていたかもしれないんですよ。彼がターボックをここで殺したあと、三人の目撃者を生かしておくと思いますか？　おれがラルフを静かにここから追い出そうとしているちょうどそのときに、あなたはターボックがあなたのご主人を殺したとか何とか叫び始めたんですよ。ターボックが殺してないことを充分よく知っているくせに」

　ルイーズがおれの顔を見つめた。「そんなこと知らないわ」

「知らないかもしれません」おれは言った。「最初はターボックが殺したと、たぶん考えたんでしょうが、今は殺していないことを知っています。あなたはただ勢いにつられて言ったんですよ。あなたはターボックに腹を立てていたし、それは当然のことかもしれませんが、それを理由にして、ターボックがトミーを殺したと言い続けているんです」

「この男が殺したからよ」

「違います。動機が正しくないことをあなたは知っているし、あなたと結婚するためにターボックがトミーを殺すわけがないことも知っています。そのうえ」おれは頭の傷口を指で示した。「誰かが水曜日の夜におれを狙撃したんです」

　ルイーズはそこにすわって、おれが話を続けるのを待っていたが、おれは言いたいことをすべて言いつくしたので、彼女がついに言った。「それで？　それで何が変わるのよ？」

　おれは言った。「ドローブルの組織は狙撃していないし、ナポリの組織もしていない。では、誰がやったのか？」

「わからないわ」ルイーズが冷淡に言った。「あんたは最近ほかに誰を侮辱したのよ？」

「やめてくださいよ」おれは言った。「真剣になってくださいよ。これまで誰もおれを狙撃しませんでしたし、これからは誰もおれを狙撃してこないでしょう。ただ、トミー・マッケイ殺しと何かしら関係してれば話は別ですがね。二件の銃撃事件が関係してなければ、偶然すぎますから」

「あなたが何を強調したいのか、わたしにはわからないわ」ルイーズが言った。

　おれは言った。「おれが強調したいのは、おれを狙撃するようなやつは、トミーを殺したのと同じやつにちがいないということですよ。それに、フランク・ターボックは殺してないということも。水曜日の夜におれを狙撃してません」

ターボックが言った。「何時に？」

「一時半頃よ」アビーが言った。

ターボックはルイーズの顔を見た。「おれが水曜日の夜一時半にどこにいたのか知ってるはずだ」

「そんなことは何の証明にもならないわ」ルイーズが言った。「あなたがそう言ってるだけよ」とおれに言った。「水曜日の夜一時半に狙撃されたって」

「でもね」おれは言った。「おれの側頭部に治りかけの傷口がある。これは証明になるはずです」

ルイーズはおれの側頭部をちらっと見たが、表情は変わらなかった。彼女の心は冷淡だし、閉じたままで、はいり込めない。「傷口には水曜日の夜だと書いてないわ」

「あたしは水曜日の夜一時半だと言えるわよ」アビーが言った。「そのときに、チェットと一緒にいたから」

ルイーズは一瞬たじろいだが、いらいらと言った。「それで何が変わるのよ？　その狙撃は何の証明にもならないし、この殺人事件に関係してるとは限らないわ。裏社会の人間と付き合ったら、遅かれ早かれ狙撃されても驚くべきことじゃないもの」

「これまでおれが付き合った裏社会の人間はね」おれは言った。「あなたのご主人だけですよ」

ルイーズはさらに体を強張《こわば》らせ、立ちあがった。「あんたが言ってることは事実を変えないわ」と言った。「フランク・ターボックがわたしの主人を殺したという事実をね。フランクは外部と連絡させずに、わたしを一週間も閉じ込めて、わたしが知ってることを警察に話さないようにしたわ。わたしにはそれだけで充分な証明よ」

「ターボックが一週間あなたを閉じ込めていなかったら、どうなんですか？」おれは言った。「それでも、充分な証明なんですか？」

しかし、ルイーズは聞く耳を持たなかった。いや、彼女は全然聞いていなかった。今は答えることもない。むこうを向いて、やけに横柄《おうへい》な態度でキッチンのドアのほうへ歩き出した。ターボックが太い声で言った。「電話をかけようとするなよ」

ルイーズは返事もせずに部屋を出ていった。

アビーは顔をしかめながら、ドア口を見た。「あたしがルイーズに話をしに行くべきかもしれないわ」

「やめておけ」おれは言った。「彼女は心が狭いんだ」

「ルイーズに何かを納得させるつもりはないわ。ただ少し慰めるためよ」アビーは立ちあがった。「ほんとに慰めてくるわ」そう言って、部屋を出ていった。

おれはターボックに言った。「レヴァーソーセージを食べるかい？」

「結構だ」ターボックが言った。「この数日間、胃の調子が悪いんだ」

「不思議だとは思わないね。コーヒーは飲むかい？」

「いや、いらない」彼はおれの顔を見た。「誰なのか見当はつくかい？」

「殺人犯か？」おれは言った。

「ほかに誰がいる？」

「いや、見当もつかない。ついていればいいんだがな。アビーはルイーズの犯行だと思ってたが、おれはそう思ったことがないし、今も思っていない」

彼は首を横に振った。「いや、ルイーズは犯人じゃない。彼女はトミーに隠れて浮気をしたが、トミーのことが好きだった。おれが女房を好きなようにな。おれとルイーズは二人ともこれが遊びだとわかっていた。二人とも永久に続く変化を求めてはいなかった」

「わかった」おれは言った。「すると、ルイーズではない、あんたでもないし……」

「まったくそのとおりだ」

「わかった。それに、ナポリでもないし、彼の部下でもない。トミーが彼らの下で働いていたからだ。ドロープルでもその部下でもない。トミーが裏切っていることをドローブルは知らなかったからだ。すると、誰が残る？　わからない」

「突きとめないといけない」ターボックが言った。「犯人が誰にせよ、突きとめたら、おれたちは二人とも落ち着けるだろう」

「そうだな」おれは言った。「あんたはルイーズを追い払えるし、おれは殺人犯を追い払える」

「おれたちは一緒に行動すべきかもしれない」ターボックが言った。「おれたち二人で何かを突きとめられるかもしれない」

おれは彼の顔を見つめた。「つまり、探偵ごっこをするのか？　おれとあんたとで？」

「いいだろ？　警察は捜査らしい捜査をしていない。誰かが捜査をするべきだ」

「警察はまだ事件を調べている」おれは言った。「とにかく、金曜日時点では調べていた」

「まあ、今は調べていない」ターボックが言った。「そういう情報を得たんだ。保証する」

「へええ」おれは言った。「それは問題になるな」

「犯人が見つからないと、二人ともすごく厄介なことになる」

「そのとおりだ」

「じゃあ、力を合わせて、見つけよう」

「アビーも捜している」おれは言った。「彼女の兄貴の仇《かたき》を討つためにな」

「アビーも仲間に入れていい」彼が言った。「まだ余裕は充分ある。どう思う？」

おれはにやっと笑いかけた。「ドジ野郎と組みたいのかい？」

彼はにやっと笑い返した。表情の変化が彼の印象を驚くほど変えた。今ではほぼ人間らしく見える。「おまえは最高のドジ野郎だ」と言った。「おまえは馬鹿なことをするが、それにはいつも賢い理由がある」

「ふうむ」おれは言った。それは自分でも否定したくても否定できないおれの性格だからだ。

彼は手を差し出した。「取引成立か？」

おれは肩をすくめて、彼の手を握った。「取引成立だ」と言った。おれたちは握手した。ライオンとネズミ以来のもっとも不似合いなチームだ。そのとき、またドアベルが鳴った。

24

ウォルター・ドローブルだ。

このウォルター・ドローブルはさらにギャングスターらしかった。五十代のずんぐりした男で、顔はあごが二重にかなり垂れ下がっていた。背丈は中くらいで、白髪混じりの髪をうしろに梳《す》き、ほんの少しよれよれになった茶色のスーツを着ている。チェーン・ストアのドライ・クリーニング店のオーナーのように見える。いや、本来の彼らしく見える。まさに、ＴＶ中継されている連邦議会の組織犯罪に関する公聴会に召喚された組織幹部に似ている。

もちろん、彼は葉巻を喫《す》い、あからさまな疑惑と嫌悪《けんお》の目でおれを観察した。彼の態度はもっと高いレヴェルの交渉に慣れていることを明確に表わしていた。

彼が言った。「マッケイについてはどういうことなんだ？」

おれたち三人はキッチン・テーブルのまわりにすわっていて、ドローブルのボディーガードたちはリヴィングルームで女性たちと一緒にいる。おれはコーヒー・カップとレヴァーソーセージ・サンドウィッチを片づけた。だが、パンくずをいくつか残していた。冷蔵庫が数分ごとにモーターを動かしたり、とめたりすることを除けば、細目で見ると、ロックフェラー・センター内のどこかの実際の会議室にいると思い込める。

それで、おれはウォルター・ドローブルにトミー・マッケイについて話した。途中で、フランク・ターボックが立ちあがったので、おれは口ごもったが、ターボックはドローブルが葉巻の灰を落とすための白いカップの受け皿を取りに行っただけなので、おれは話を続けた。ドローブルはそこにすわって、一度もおれの邪魔をすることもなく耳を傾けた。その目はずっとおれの目から離さず、顔は無表情だった。集中する方法を心得ている男だった。

おれが話し終えると、彼はやっとおれから目を離し、しかめ面で葉巻を見おろした。百年ぐらいに感じられる長い時間、その姿勢を保ってから、またおれの顔に目を戻して言った。「おれがおまえを信じる理由がわかるか?」

「いいえ」おれが言った。

「おまえの利益が見えないからだ」彼が言った。「マッケイがおれを裏切ったことをおれに納得させても、おまえが五セントも儲《もう》からないとわかるからだ。だから、おまえを信じるんだ」

「よかった」おれは言った。

「さてと」彼が言った。「おれがおまえを信じない理由がわかるか？」

おれは瞬《まばた》きをした。「えっ？」と言った。

「その理由はな」彼が言った。「その話は何の意味もなさないからだ。マッケイはソルのために何をした？　ソルはマッケイから何を求めた？」

「わかりません」

「おまえはわからない。おれもわからない。マッケイの利益がどこにあるのかも、わからない。おれを裏切って、マッケイに何の得があるんだ？」

「保険でしょう」おれは言った。「簡単です。あなたとナポリとのあいだのトラブルは頂点に達しそうです。あなたが勝てば、トミーはいつもあなたの仲間です。ナポリが勝てば、トミーは忠誠をずっとナポリに尽くしていたというわけです」

彼は葉巻を喫い続けた。その葉巻はニューヨークの衣料地区のエレヴェーターのようなにおいがしないので、すごく高価なものだと推測した。「そうかもしれない」彼はおれの考えを認めた。「かもしれないだけだ」そして、ターボックをちらっと見た。

「マッケイの女房をここへ連れてこい」

ターボックが言った。「ウォルト、女房はそのことについて何も知りませんでした。女房にとっても、みんなにとっても、すごい驚きだったんです」

「そうかもしれない」ドローブルが言った。「女房に尋ねてみよう」

おれは言った。「ターボックの言葉を信じてもいいと思いますよ。彼はミセズ・マッケイのことをかなりよく知ってますから」

ターボックがおれに不快な一瞥をくれると、ドローブルが言った。「それはどういう意味なんだ？　フランク？」

ターボックは口ごもって、「えへん」とか「おほん」とか言った。

ドローブルがしかめ面でターボックを見た。「フランク、おまえはあの女とよろしくやってるのか？　あの女が一週間も隠れていたのは、おまえのせいなのか？」

ターボックはため息をついて、おれにまた一瞥をくれて言った。「ええ。おれとあの女はよろしくやってたんです」

「うん、それはいいな」ドローブルが言った。「あの女がこっそりと姿を消すべきだと言い出したのは、誰の考えなんだ？」

ターボックをこの事態に巻き込んだのは悪いと思っているが、混乱が雑草のように広がるのを防ぐ唯一《ゆいいつ》の方法は、機会があるたびに真実を述べることだと、先週学んだ。ときどき真実は最初に混乱を増幅させることもあるが、遅かれ早かれ、いつも混乱を鎮《しず》める効果がある。

それで、おれは椅子の背にもたれたまま、ターボックがボスに事情をためらいがちに説明しているあいだ、二人の会話から遠ざかっていた。ドローブルはずっと質問を浴びせる必要があったが、ターボックは少なくとも嘘をつこうとはしなかった。二人の会話が終わったときには、ドローブルは状況をはっきりと理解していた。

しかし、嬉《うれ》しくはならなかった。彼が言った。「フランク、おまえはおれたちの弁護士たちをもっと信頼すべきだったな。あの女には警察にしゃべらせてもよかった。少しは不愉快だが、すぐにおれたちが処理していただろう。マッケイが殺されたのは、いつだっけ、うん、先週の月曜日で、普段の流れでは、警察は事件を水曜日までに処理して、未解決ファイルに保存していただろうが、突然、未亡人が姿を消し、木曜日の夜まで警察は足止めを食わされた。未亡人がギャング抗争に巻き込まれるのを恐れて逃げたと、弁護士たちがやっとみんなを納得させる。しかし、ほかの方法のほうがずっと簡単だっただろう。未亡人は月曜日に警察へ行き、しゃべりまくる。おまえは月曜日の夜に留置所で過ごす。火曜日の朝におれたちはすべてを処理して、火曜日に警察は通常の書類作業と手続きを終える。水曜日の朝には、事件は予定どおりのファイルに保存される。おまえはおれたちを一日半も苛立《いらだ》たせたんだぞ、フランク」

ターボックは頭《こうべ》を垂れた。「申し訳ない、ウォルト」と言った。「おれはパニックを起こしたんだと思います」

「おれに相談しに来るべきだったな、フランク。おれのオフィスのドアはいつもあいていることを知ってるはずだ」

「ボスの邪魔をしたくなかったんですよ」

「そのためにおれがいるんだぞ、フランク。おれが組織を円滑に運営したいことを知ってるはずだ。もしみんなの私生活が仕事の邪魔をするのなら、組織は円滑に運営できない。だから、おれはいつも手助けをする準備ができているんだ、フランク。おれのところへ来るべきだったな」

「わかりました」ターボックが言った。「よく考えるべきでした」

「よし」そう言うと、ドローブルは葉巻を持っていないほうの手を伸ばし、ターボックの手を軽くたたいた。「さて、このことは忘れよう、フランク」と言った。「すんだことはすんだことだ。これからはあしたのことを考えよう」

ターボックの頭があがった。「そのことを話したかったんですよ、ウォルト」と言った。「問題は、ナポリが殺《や》ってないのなら、誰がマッケイを殺ったのかということです」

ドローブルが顔をしかめた。「おまえの言ってる意味がわからないな」

「おれたちはナポリの仕業だと思い込んでいました」ターボックが言った。「コロナ地区でのあの事件の報復として」

ドローブルはおれに素早い一瞥をくれて、ターボックに言った。「待て。民間人の前ではやめろ」

「詳しい話はしませんよ、ウォルト。とにかく、要点は、もしマッケイがナポリの下で働いていたのなら、ナポリは殺ってないってことです」

「もしもの話だ」ドローブルが言った。「おれたちはまだその件については明らかにしていない」そして、またおれの顔を見た。「おまえにすでに話したように、おれはこの件に関してまだ心が決まっていない」と言った。「どちらが正しいか、おまえはおれに納得させられるか？」

おれはこの機会をずっと待ちわびていた。おれが水曜日の夜に狙撃されたこと、ナポリの部下たちがやって来たこと、その連中がトミーの復讐《ふくしゅう》のためにおれを殺すつもりだったこと、そのあとの二十四時間その連中がこのアパートメントにいたこと、ナポリが訪ねて来たこと――ドローブルがナポリの特徴を説明させたので、おれは説明した――そのほか、ナポリの訪問と関心から察して、トミーが本当にナポリの下で働いていたという紛れもない結論に達したことを簡潔に話した。

おれが話し終えると、ドローブルはやけに不機嫌に見えた。「よし。納得してないが、とにかくいいだろう」

ターボックが言った。「それで、問題が生じます。ナポリでなければ、マッケイを殺ったのは誰なのか？」

ドローブルが言った。「そんなこと、誰が構うもんか」

ターボックが構う理由をおれは知っているが、ドローブルがその理由に同情するとは思えなかった。ターボックがトミーを殺したと浮気相手のルイーズが信じるかどうか、ターボックには重要なことだが、ドローブルにとってはそれほどの緊急な問題ではないだろう。それで、ターボックがいかにこの問題を扱うつもりなのだろうかと、おれは思った。

口実を作って扱うのだ。上体を前に傾けて、ターボックが言った。「ウォルト、おれたちは犯人が誰なのか知るべきですよ。おれたちの組織内部で起こったことですし、犯人が誰なのか知らないままではすませられません。犯人が誰にせよ、そいつはトラブルを起こしたんです。もう少しのことでおれたちは準備も完了しないうちに、ナポリに戦いを挑むところだったし……」

「黙るんだ、フランク」

ターボックはおれの顔をちらっと見て、おれの存在を思い出し、ドローブルに上体を寄せて言った。「オーケイ、あんたには状況がよくわかっているはずですよ、ウォルト。おれが詳しく説明する必要はないですよね」

「詳しく説明する必要なんかないぞ」

おれは言った。「もしよければ、おれはリヴィングルームへ行ってもいいけど」

ターボックが言った。「いや、おまえはここにいろ。おまえはこの事態に関わっているから」

「そのとおりだ」そして、ドローブルがおれに言った。「おまえはそこですわったままでいろ」

ターボックがドローブルに言った。「オーケイ、おれは詳しく説明しません。でも、あんたもおれもよく知ってるとおり、組織に予測不可能な行動をするやつを置いておけませんよ。おれたちが何も知らないことをしている誰かが動きまわってるんです。そいつはマッケイを殺し、このコンウェイを狙撃《そげき》して、今度はどこに現われるのかわかりません。釣り合いを安定させるためには、誰の仕業なのか知る必要があります。そいつを警察に突き出すかどうかは、また別の問題です。おれたちはそいつが誰なのか、これから何をするつもりなのか、知る必要があるんです」

ドローブルはためらいがちだが、思慮深くうなずいた。「そのとおりだ」と言った。「それで、おまえが扱いたいんだな？」

ターボックはおれが思っていた以上に手《て》際《ぎわ》よく言った。「そうです。とにかく、おれはこの事態に個人的な利害があるんですよ。おれがマッケイを殺したとはルイーズ・マッケイに思われたくないんです」

「問題は」ドローブルが言った。「こいつをどうするかだ」おれのことだ。

「おれが見張ってます」ターボックが言った。「おれがルイーズと一緒に隠れているときに、こいつはこの事態の中心にずっといましたから」

ドローブルがおれの顔を見た。「疑問がもう一つある」と言った。「どうしておまえはこの事態の中心にずっといるんだ？」

おれは言った。「おれはずっとそのことについてあんたに話すつもりでした」そして、おれの九百三十ドルについてドローブルに話した。「すると、おれはあんたにそれについて話すべきなんだと思いますね」

「何についてだ？」

「おれの九百三十ドルについてですよ」

ドローブルが顔をしかめた。「それがどうしたんだ？」

「おれはそれを受け取りたいんです。あんたはまだおれに借りがあるんですよ」

ドローブルが首を横に振った。「それはありえない」と言った。「その金はマッケイに渡った。組織に関する限り、おまえにはもう支払われているんだ」

「ねえ、待ってくださいよ」おれは言った。「トミーはもう金を受け取ったかもしれませんが、おれはまだなんですよ」

「それはおれたちの問題じゃない」ドローブルが言った。「未亡人と交渉したいのなら、そうしてくれ」

おれはターボックの顔を見たが、彼は何の役にも立たなかった。おれは言った。

「その金はどうなったんですか？」

ターボックは首を横に振り、ドローブルは肩をすくめた。その二人にはどうでもいいことだったのだ。

おれは言った。「ちょっと待ってくださいよ。これは大事なことかもしれませんよ。トミーが受け取ったことは確かですか？　その金が実際にトミーに渡ったことは確かなんですか?」

「おれたちの運び屋が五時三十五分にここに着いた」ドローブルが言った。「すでにそれは確かめた」

おれは言った。「確かですか? この運び屋はどうなんです?」

「おれの義理の息子だ」ドローブルがそっけなく言った。「トップにするために、育てているところで、それはあいつもわかっている。おまえの九百三十ドルのためにマッケイを殺しはしない」

「ふうむ」おれは言った。「それで、ここに五時三十五分に着いたんですね? トミーはそのとき生きていて、おれが六時十分にここに着いたときには死んでいた。三十五分の空白がある」

「マッケイは五時五十分に生きていた」ドローブルが言った。「おれたちは確かめた。組織の誰かが六時十分前に電話でマッケイと話をした」

ターボックが言った。「すると、二十分の空白だ」

おれは言った。「おれがそれよりも早く着かなくて、よかった。そのあと、金はどうなったんですか?」

「なくなった」ドローブルが言った。「現場にいたおれたちの警官によると、札束はここになかったらしい」

「どれだけその警官を信頼できるんですか？」おれは尋ねた。

「そんなことで嘘《うそ》をついても、何の得にもならない」ドローブルが言った。「もし金がここにあったら、警官たちが拾いあげて、分け合っていただろう。それで、おれたちの警官はそのことを話してくれただろう。だから、おれたちが金を取り戻すかどうかという問題は起こらなかった」

「すると、犯人が金を持ち帰ったわけですね」

「そうだ」ドローブルが言った。「これがおまえへの答えだ。犯人を見つけて、おまえの九百ドルちょっとを受け取れ」

「それは不公平だ」おれは言った。「おれは誠意をもって賭《か》けた。あんたの組織内部で経営上の問題が起こったからって、おれが……」

「経営上の問題だと？」

「ほかに何て呼べばいいんですか？　あんたの組織内部の誰かが輸送中におれの金をなくしたから、おれは金を受け取れなかったんですよ。それを埋め合わせるのはあんた次第です」

「おれたちを相手取って訴訟を起こしたいのか？」ドローブルが尋ねた。

「ねえ、頼みますよ」おれは言った。「あの金はおれにとって大事なんですから」

「問題は金じゃない」ドローブルが言った。「前例だ。おれたちは配当金を二度も支払わない。それだけのことだ。なあ、あの日のもう一人の高額当選者は苦情を申し出なかったぞ。そいつは状況を理解した。どうしておまえも理解しないんだ？」

「ほかの高額当選者だって？」

「ああ。もう一人のやつは」おまえと同じ馬に賭けたが、百ドル賭けたんだ。三千ドルに近い配当額だ」

「誰です、そいつは？」

「それを訊《き》いて、どうするんだ？」ドローブルが言った。

「わかりませんが、ただ訊いてるだけです。誰ですか？」

ドローブルはいらいらと肩をすくめた。「おれにはわからん。マッケイなら名前を知ってるだろう。マッケイの記録帳がこのあたりに……」

ドローブルは言葉を切った。目を見開いている。ターボックの顔をちらっと見ると、ターボックはドローブルの顔を当惑の目で見て言った。「ウォルト？」

「畜生め」ドローブルが言った。「あの野郎はナポリのためにこんなことをやりやがったんだ！　おれから好き放題に盗んでやがったんだ！」

ターボックがおれほど理解していないので、おれは嬉しかった。ターボックが言った。「どうしてわかったんです、ウォルト？」

「思い出したんだ」ドローブルが言った。「経理課のヒギンズが二カ月ほど前におれにこんなことを言った。マッケイには規則的に勝つ当選者が二、三人いる。週に二頭か三頭の大穴の馬に賭けている。ぼろ儲けしてると。そういうやつらのせいで、マッケイは実際に損をしてたが、経営上の全体像からは消えていた。わからないのか、フランク？　あの野郎はレイト・ベッティングをしてやがったんだ！」

おれはにやりと笑った。素晴らしい手際だ。例えば、ナポリは一日に一人か二人の高額当選者の名前をトミーに伝え、レースの結果が公表される直前に結果をトミーに知らせる。すると、トミーは存在しない当選者のために金を賭けて、たぶん配当金をナポリとで山分けしたのだろう。ナポリにとって、ライヴァルの懐《ふところ》を襲撃して、ギャング抗争が始まるときのために軍資金を貯《た》めるにはいい方法だ。とくに、ナポリがドローブルの複数のノミ屋に同じことをさせているとすれば、なおさらだ。

おれは言った。「ミスター・ドローブル、おれがいなかったら、あんたはこのことにまったく気づかなかったでしょうよ。ナポリはあんたの組織を底辺から買収していて、あんたの金をそれに使ってたんです。今のあんたはそれに気づき、その対策を立てられるんです。もしおれがいなかったら、あんたは組織を乗っ取られるところだったでしょう。そのことに九百三十ドルの値打ちがないとしたら、いったい何に……」

「ケチな九百ドルちょっとのことをごたごた言うな」ドローブルは激怒していたし、心配もしていて、いろんなことに公平な決断をしようという気分ではなかった。

しかし、驚いたことに、ターボックはそんな気分だった。「ウォルト、コンウェイの言うとおりですよ。こいつには借りがあります。それに、これからもおれたちのために役に立ってくれると思います。おれたちにそれぐらいの金は……」

「ナポリの野郎がおれの金を絞り取ってるのにか？　ありえないな。二人とも、二度とその九百……」

　そのとき、ドアベルが鳴った。

　おれは言った。「おれが出る」そして、立ちあがった。おれがキッチンを出るときには、経理課にほかのノミ屋たちを調べるように、ドローブルがターボックに指示をし始めていた。

　おれは本当に怒っていたが、おれにはどうすることもできなかった。実際にはおれにそれ以上の借りがあるというのに、おれに払うべき配当金を払わないほどケチなやつだ。まったく、本当に金を出し惜しみするブタ野郎だ。

玄関ドアののぞき穴から外を見ると、ソロモン・ナポリ本人がいて、あのチクリ屋ラルフも含めた数人のタフそうな連中がそのうしろに控えていた。

おれはこいつら道化野郎たちに何の借りがあるんだ？　むこうのほうがおれに借りがあるように思える。おれはドアをあけて、麗々しくお辞儀をした。「さあ、どうぞおはいりください、皆様方」と言った。「ちょうどパンチ・パーティーに間に合いましたね」

25

二匹の猫が曲がり角かドア口で思いがけなく出会うところを見たことがあるかい？ それなら、ウォルター・ドローブルとソロモン・ナポリが思いがけなく出会った場面を説明する必要はないだろう。そして、ナポリの突撃隊員どもが外から玄関ホールを占領し、ドローブルの手下どもがリヴィングルームから急いでやって来ると、そこが大混乱する場面を説明する必要もないだろう。

おれはキッチンへするすると戻り——ダイエットをしていない人間にとっては悪くない——冷蔵庫のむこう側にまわった。もし撃ち合いが始まれば、銃弾の飛んでくる場所から遠ざかっていたいし、そこからドラマの開幕場面を目撃したい。

ナポリがキッチンのドア口に現われた瞬間、ドローブルはもちろん椅子《いす》から跳びあがった。数年たったと思える長い時間、その二人は立ったまま、じっとにらみ合った。二人とも半ば屈《かが》み、西部劇映画で拳銃《けんじゅう》の決闘場面が始まるときのように、殺気がそこいらじゅうにみなぎった。ライヴァル同士の騒音やどなり声が玄関ホールから聞こえてきたが、その騒ぎが異世界で起こっているように思えた。まるで分厚いガラス板がおれたちのよく知っている地球からこのキッチンを分離しているようだ。フランク・ターボックはさっきと同じ場所にとどまり、テーブルの前にすわったまま、両手をテーブルの上の見えるところに置いていた。

ドローブルが先に話した。「おまえはおれのノミ屋でレイト・ベッティングをしやがったな、この畜生野郎め」

小柄で悪質で小粋《こいき》な身なりのナポリが言った。「そして、おまえはあのイースト・ニューヨーク地区での事件ではまったく正直なボーイスカウトだったよな」

「おまえがグリフィンにあんな真似《まね》をしなければ、イースト・ニューヨーク地区では何も起こらなかっただろうよ」

ナポリが答えようとすると、ターボックが言った。「ウォルト、民間人がいるのを忘れないでくださいよ」

ドローブルは怒りの目であたりを見まわし、その邪魔に苛立った。そして、ターボックと目を合わせると、ターボックはおれのほうにうなずきかけた。そして、みんながおれの顔を見た。

おれはこれまで自分の存在感をそんなに意識したことがなかった。顔から噴き出す汗のように、みんなに見える場所に立たされている。おれは〝う～ん〟と言いたい衝動を抑えた。

でも、何か言わないといけない。突然にこの場の雰囲気が変わるのを感じたからだ。キッチンの中は、はけ口を捜す緊張感で満ち満ちていた。おれは他所者《よそもの》で、部外者で、民間人であり、そこにいるべき人間ではなかった。そこのみんなが一緒になって、おれをリノリウムの床に踏みつければ、みんなの気持ちが和らぐだろう。

おれは「ええっと」と言って、顔にひどい笑みを浮かべた。「これはあんたたちが意見の衝突を解決するいいチャンスです。こんなふうに口論すると、お互いにトラブルを起こすだけです。ニューヨークはみんながそれぞれの居場所を持てるほど充分に大きな街なんです。これはゆったりとすわって、いろいろと話し合い、みんなが満足するように、あらゆることを解決するのに申し分ない機会ですよ。ミスター・ナポリ、あそこにあるおれの椅子にすわったらどうですか？　おれはリヴィングルームで待ってますから。部外者に聞かれたくないことは、よくわかっています。なので、おれは、そのう、リヴィングルームに、ええっと、行きますので、あとでおれと話がしたければ……」そう言って、ゆっくりと歩き始め、持っていない自信があるように見せつけながら、ドア口へ向かった。「……あそこにいますから、いつでも協力しますし……」そう言って、ナポリの横をジリジリと進み、顔にひどい笑みを作りながら、ずっと話し続けた。「……あんたたち二人が意見の違いを調整して、お互いの得になるように、過去の問題を葬《ほうむ》って……というか、解決して……」そう言って、ドア口を抜けて、彼らの視界から消えた。

首尾よく消えたのだ。これまでのところはね。マフィアの通夜《つや》のように廊下に立っている鼻っぱしらの強いやつらのあいだを、おれは少しずつ進んでいった。連中はスーツのジャケットの内部に隠している拳銃を邪悪な気持ちで意識しながら、廊下に群がっていた。連中はおれを悪意の目で見たが、誰もおれを立ちどまらせようという動きは見せなかった。キッチンからの指示がなければ、誰も動かないのだ。

そんな指示はなかった。ナポリもドローブルも〝その男をとめろ!〟とか、〝そいつを殺せ〟とか、〝その間抜け野郎をここへ連れ戻せ〟とか、ほかの危険な指示を与えなかった。おれはそういう連中の最後の男の前を通りすぎ、リヴィングルームにはいった。そこでは、アビーとミセズ・マッケイが部屋の反対側にそれぞれ一人ずつすわっていた。おれは一番近くの空いた椅子に神経麻痺《まひ》状態で倒れ込んだ。「あああああ」と言って、両腕を両脇《りょうわき》に垂らした。

アビーがおれの元へ急いで寄り、ささやいた。「どうなってるの？」

「サミット会議だ」おれは深く息を吸って、すわり直し、額を手で拭《ぬぐ》った。「ナポリとドローブルがキッチンでいろいろと話し合っている」

「ナポリとドローブルが？　二人で？」

　おれはうなずいた。「あそこでその二人と一緒にいるとき、どんな気持ちだったか、きみにはわかるまい」

「想像できるわ」彼女が言った。

　彼女に想像できるとは、おれは思わなかった。「なあ、四、五年前に、誰かがニューヨークの二、三の新聞に広告を出したんだ。確実な殺虫兵器と完璧《かんぺき》な取扱い説明書を送りますという広告だ。値段は一ドルか二ドルか忘れた。それで、多くの人が金を送り、小荷物を受け取った。小荷物の中には、普通のレンガが二個はいっていて、一個には『Ａ』という文字、もう一個には『Ｂ』という文字が書いてあった。そして、説明を書いた紙が一枚だ。『虫をレンガＡの上に置いてください。レンガＢで打ちつけてください』と書いてあった。あのキッチンで、その虫がどんな気持ちだったのか、今わかったよ」

　おれの前にしゃがんでいるアビーが、両肘《りょうひじ》をおれの膝頭《ひざがしら》に置いたまま、おれの手をつかんで、握りしめた。「わかるわ」と言った。「さぞひどかったんでしょうね」

「おれが望むのは」おれは言った。「この騒ぎが収まったら、あの連中がおれたちのことを締めくくるべき未解決部分だと判断しないことだ。海賊キャプテン・キッドが宝物を埋めたあと、穴掘り人たちを始末したようにね。きみの拳銃をまだ持っていればよかったのになあと思うよ」

「持ってないほうがいいわ」彼女が言った。「どちらにせよ、役に立たなかったわ。いつも左にそれるのよ。標的に当てたかったら、少し右を狙《ねら》わないといけないの。それに、軽すぎて、誰かに当てても、たいした傷にはならないわ。それに、拳銃を持っていて、廊下の連中に見せたら、あなたは鉛の弾をたくさん撃ち込まれるから、あたしたちはあなたの体に黄色のペイントを塗って、あなたを巨大な鉛筆として使えるわね」

「おれの体に黄色のペイントなんか塗る必要はないよ」

アビーはほほえんで、首を横に振った。「あなたって、自分で思ってる以上に勇敢だわ」

「そんなことはない。どっちが見せかけなのか、きみは判断を過《あやま》っている」

誰かが怒りの叫び声をあげた。

おれたちは目を合わせた。そして、廊下を見た。

ほかの誰かが叫び声をあげた。これも怒りの叫び声だった。二人が同時に怒りのどなり声をあげた。

おれは言った。「馬鹿《ばか》だったのは、おれがみんなを中に入れたことだ。その理由が思い出せない」

アビーが言った。「あたしたち、危険な状態かしら?」

「いや、そんなことはない」おれは言った。「おれたちはいらいらしているワニでいっぱいの檻《おり》の中にいる。おれたちのほうは何も心配する必要はない」

「あたしたちはここから出たほうがいいのかもよ」彼女がささやいた。

「おれたちと入口ドアのあいだに何があるのか、最近見たかい?」

彼女は上体をおれに近づけた。「非常階段よ」

「何だって?」

彼女は頭を窓のほうへ傾けた。その窓際には、ミセズ・ルイーズ・マッケイがすわっている。おれがリヴィングルームにはいってきたときから、ルイーズはそこにずっとすわっていた。おれたちを無視し、今では収まった叫び声を無視して、あらゆることを無視している。両腕を組んで、背中をまっすぐ伸ばし、あごを固く閉じていた。

まるで気に入らない幻影を見ているかのように、空中をにらんでいる。

おれは頭をアビーの頭のそばに寄せて、その耳元でささやいた。「あそこに非常階段があるのかい？」

「ええ」アビーがささやいた。

「どこに続いてるんだい？」おれはささやいた。

「アパートメントの外に」彼女がささやいた。

「それはいい」おれはささやいた。「行こう」

おれは立ちあがり、アビーを引っ張りあげた。二人は抜き足差し足で部屋を横切った。目に見える人物はルイーズだけで、おれたちが近くへ行くまで、おれたちを無視していた。すると、おれが会話を始める場合に備えて、彼女はおれに凝視の焦点を合わせ、おれを突き刺す準備をした。

おれは会話を始めなかった。「失礼」と言って、ルイーズのすわっている椅子とその横のフロア・ランプのあいだをすり抜けた。そして、窓のシェードをあけた。

ルイーズが言った。「何をしてるの？」

おれは返事をしなかった。窓のロックを外すのに忙しかったのだ。しかし、アビーが低い声で言った。「あたしたち、ここから出るのよ。一緒に来る？」

「わたしはここに住んでるのよ!」ルイーズがやけに大きな声で言った。

窓を上にあげると、冷たい突風がはいってきた。外が冬だということをすっかり忘れていた。それに、おれは長袖《ながそで》シャツ姿だ。言うまでもなく、アビーはミニスカート姿だ。

ルイーズが叫んだ。「窓をしめなさい! 何をしてると思ってるのよ?」

「まったく、厄介な人だ」おれは我慢できなくて腹を立て、片脚を窓の下枠の外に出した。「来いよ、アビー、このいかれた女がワニどもを起こさないうちに」

アビーは低い声でルイーズに道理を説明しようと努めたが、ルイーズは別の質問か要求か指図か何かを叫び、アビーの言葉を中断させた。一方、おれはあいた窓から外部非常階段に出た。そして、うしろを向くと、頭を窓の中に入れて、甲高い声でささやいた。「アビー、早く来いよ!」

ルイーズは本当にどなり声をあげた。いまいましい理由で、与太者たちに知らせているのだ。アビーはついに馬鹿な女に伝道活動の施しをあきらめると、その椅子のうしろをまわって、必死に手を振っているおれのほうへ急ぎ足でやって来た。彼女が窓の下枠をまたぐのに手を貸したときに、リヴィングルームのむこう端で凶暴そうな連中が手に拳銃を持って集まっているのが、彼女の肩越しに見えた。

「とまれ！」誰かが叫んだ。

〝とまれ！〟だって？　おいおい、そいつは気が確かなのかよ？

26

一月半ばの凍るように寒く、風の強い日曜日の午後五時、空には七マイルの厚さがある灰色の雲がぎっしり垂れ込め、薄明るい昼の日光が黄昏《たそがれ》に近づくにつれ、だんだん暗くなっていき、気温は摂氏零下十度前後なのに、おれはどこにいるんだろう？　長袖シャツ姿で通りから四階上の外部非常階段に立っているが、うしろでは拳銃を持った男たちがおれに「とまれ」と叫んでいる。一発の銃弾がおれの側頭部にかすり傷を負わせたために、ずっと安静にしていたことは言うまでもない。

おれたちがこれまで多少安全だったのは、誰も何が起こっているのか本当にはわからず、みんなは頭がずっと混乱していて、目撃者を始末するとかいうような、取り返しのつかないことをする前に、何がどうなっているのか、はっきりさせたいと思っていたからだ。しかし、今はナポリとドローブルがキッチンで話し合っていて、その二人が協定に達するかどうかは重要ではない。どちらにせよ、おれとアビーはもうすぐ関係者以外になるからだ。おれたち二人は放っておくには多くを知りすぎているし、近くに置いておくには知らなすぎる。あとには唯一の選択肢しか残らない。それゆえに、この外部非常階段が残ったのだ。

　アパートメント・ビルディングの裏手にあり、下を見ると、袋小路しかないように思える。全体にコンクリート敷きで、三方に高い壁が立ち、このビルディングがあとの一方になり、一階の裏口ドアは施錠《せじょう》されているはずだ。おれは上を見て、下をまた見て、上をまた見て、窓のむこうで拳銃を振りまわしている肩幅の広いゴリラ野郎たちがリヴィングルームのむこうからおれのほうへどたどたと近づいてくるのが見えた。アビーが非常階段をおり始めると、おれは彼女の腕をつかみ叫んだ。「駄目だ！　上だ！」

「速く！」おれの声が聞こえなかったためか、おれの言ったことが理解できなかったためか、彼女は叫んだ。下へおりたがっていたのだ。

　説明している時間はない。おれはただ手で彼女の手首をつかんで、引っ張った。

　彼女はしばらく抵抗しながら、おれの名前やほかのことをどなったが、ある種の切迫感がおれに力を与えた。おれが金属製の非常階段をあがると、アビーは跳ねたり、ぶつかったり、文句を垂れたりしながら、あとに続いた。しかも、一発目の銃声が聞こえるまで、文句を垂れていたのだ。

実際のところ、やけに妙な音だった。バーンディンディンディンという音で、最初の部分は拳銃が火を吐いた音で、そのあとは銃弾が非常階段付近を撥《は》ね返る音だ。おれが知る限り、おれたちのそばから聞こえたわけではないが、アビーはためらいがちに、抵抗することをやめた。

そのビルディングは六階建てだった。おれたちは非常階段をどかどか、かんかんとのぼった。手すりに触れると、氷のように冷たく、風がまわりに吹いていて、五、六発の銃弾が飛んできたが、一発も当たらなかった。非常階段自体がスクリーンのような役目を果たし、それを抜けた銃弾はまっすぐ飛んでこないようだった。

やがて、おれたちは屋上に着いた。下を見ると、二人の男が四階の窓から非常階段に出ようとしているところが見えたが、急いでいるので、お互いの邪魔になっている。見守っていると、その二人は口論をしたり、押し合ったりしているため、相手が邪魔になり、どちらも窓の外に出られなかった。それぞれのギャングから一人ずつにちがいない。

まあ、その二人は永久に相手を阻止しておくことはできないだろう。おれがアビーのほうを向くと、彼女はそこに立ったまま、手首をこすって、おれをにらみつけた。

風に声を掻《か》き消されないように、彼女は叫んだ。「どうしてここへあがってきたのよ。行き止まりだわ！」

「袋小路だ！」おれは下を指さして叫んだ。「下へおりたら、出口はないぞ！」

「ここも出口はないわよ！」

「来いよ！」

おれは彼女のもう一方の手首をつかんで、走り出した。彼女は言い争いたかったのかもしれないが、言い争いながら走ることはできない。それで、しばらくそれ以上の話し合いはなかった。

このビルディングは区画の一辺の真ん中にあり、同じ高さの屋上があるよく似たビルディングの並びの一つだった。膝の高さまであるレンガ塀がそれぞれのビルディングの屋上を分けている。そして、それぞれの屋上には、内部階段とエレヴェーター機械室を収納するレンガ造りの建造物のほか、煙突や、防御シールドつきの換気扇にふたをされたいくつかの狭い空気孔、数多くのぐらぐらしたＴＶアンテナがあった。おれたちはすべての建造物をまわり、すべてのレンガ塀を跳び越えた。三棟目のビルディングで、おれは立ちどまり、内部階段用ドアを試した。施錠されていた。おれはアビーの手首をまたつかんで、走り続けた。

四棟目のビルディングのドアも施錠されていた。五棟目のビルディングのドアも施錠されていた。誰かがおれたちを狙撃した。近くのTVアンテナがピーンと音を立てた。うしろを向くと、五、六人の男たちがおれたちが走り始めた屋上に姿を見せた。

「ええい、こん畜生め」おれはそう言って、走り続けた。うしろでバーンという音がさらに聞こえた。近くでピーンという音がさらに聞こえた。おれは銃弾をよけるために、ジグザグに走り始めた。

六棟目のビルディングのドアも施錠されていた。

「畜生！」おれは言った。「きみのいまいましい拳銃さえあればなあ。ドアの錠を銃弾で壊して、ドアをあけられたのに」

「しゃべらないで」アビーがあえぎながら忠告した。「走るのよ」

おれは走った。おれがアビーの手首をつかんでいないので、彼女はおれの横に並んで走った。彼女のことはわからないが、おれはまったく寒さを感じなかった。

七棟目のビルディング。おれはドアに体をぶつけた。ドアが大きくあいた。おれは階段から転げ落ちた。

27

アビーはおれの肩を揺らしながら言った。「チェット？」

「やれやれ」おれはなんとか上体を起こした。「わお」と言った。

「大丈夫なの？」

「おれの体は調整不足のようだ」アビーと手近な壁の助けを借りて、おれは立ちあがった。

「もっと慎重に動かないといけないわ」アビーが言った。「死ぬほど心配したのよ」

「思慮が足らなかった」おれは手足を動かして、首を左右にまわした。すべてうまく機能しているようだ。

「走れる？」彼女が尋ねた。

「ああ」おれはそう言って、ふらふらと階段をのぼろうとした。

「そっちじゃないわよ！」彼女が叫んだ。「それはあたしたちが来た方向よ」

「わかってる。エレヴェーターを呼んでくれ」

おれはよたよたと階段をのぼり、ドアをばたんとしめた。ドアのボルトをしめてから、とことこと階段をおりて、今回はなんとか倒れないように努めた。

エレヴェーターがまだ来ていなかった。「一階にいるわ」アビーが言って、ボタンの横の小さなダイアルを細目で見た。「四階を通りすぎたところ」

誰かが屋上のドアをどんどんとたたいた。

「やつらはドアの錠を拳銃で撃ち壊すだろうか？」おれがそう言って、上を見ると、拳銃がバーンと音を立て、ドアがゴンゴンと音を立てたが、あかなかった。

エレヴェーターが見えてきた。二人で跳び乗ると、おれは一階ボタンを押した。屋上のドアがまた一発の銃弾を受けた。エレヴェーターがのんびりと下がり始めた。

おれは言った。「きみの車はどこだい？」

「四十八丁目の駐車場よ。でも、半券を持ってないの。ハンドバッグも持ってないし。何も持ってないわ」

おれは自分の尻《しり》をたたいた。よし、札入れを持っている。自分の服を着ていたのだ。唯一の問題は服を充分に着ていないことだ。おれは言った。「そこの係員がきみを覚えてることを願うのみだ」

「広い駐車場なのよ」彼女が言った。「百人ほどの係員が働いてるわ。あたしを覚えてないでしょうし、あたしは身分証明書を持ってない」

エレヴェーターが三階を通りすぎた。おれは言った。「車が必要だ。ないと、通りを走りまわれない。あいつらがおれたちを殺さなくても、寒さが殺すだろう」

「わかってるわ」彼女が言った。「あいつらはみんなで追いかけてくると思う？もしかしたら、あのアパートメントにそっと忍び込んで、持ち物を取って来られるかも」

「アビー」おれは言った。「きみはまともに考えていないぞ」

「空想をしてるんだと思うわ」

二階がゆっくりと通りすぎていった。

おれはエレヴェーターのドアを見つめた。「車が必要だ」と言った。おれが考える番だ。機転の利《き》くヒーローになるときだ。

エレヴェーターのドアがあいた。一階です、皆様、お降りください。

アビーが言った。「これからどうするの、チェット？」

彼女はおれに頼っている。おれは彼女の顔を見て言った。「これから走るぞ。考えるのはあとだ」

「あの音、聞こえる？」

聞こえた。階段をどたどたとおりてくる足音だ。おれはアビーの手をつかみ、走った。

エレヴェーターの中に立っていたので、おれたちは少し体温が下がった。外気に当たると、汗で湿っている服を着ているので、二人とも寒さの衝撃でくらっとした。

「わあ、さみいっ！」おれは叫んだ。

「ぶるぶるぶる」アビーが言った。

右のほうを見ると、トミーのビルディングの前の歩道にいる三人の男がおれたちに気づき、おれたちの姿を半狂乱で指さした。まもなく、そいつらは指さすのをやめて、走り出すだろう。おれは左のほうを向いて、そっちへ走った。アビーの手をまだおれの手でつかんでいるので、アビーはウォーター・スキーヤーのようにおれのあとに続いた。

ナインス・アヴェニューに着くと、うしろを振り向いた。歩道にいた三人はおれたちが出てきたビルディングの前を通ったところだし、ほかの連中がちょうどそのビルディングから噴きこぼれてきたところだ。いいぞ、いいぞ、仲間はみんな揃《そろ》ったぞ。

慎重に考え抜いた二つの理由で、おれは左に曲がった。まず、通りを横切らなくてもいい。次に、連中の視界から速く消えることができる。つまり、やみくもに走っているだけだ。

ニューヨークの人々はどんなことにも注意を向けることはない。一月半ばの午後五時にナインス・アヴェニューを、コートなしで帽子なしの人間二人が無茶苦茶に走っている。歩道では、子どもたちが歩いていて、太った女性たちがしゃべり合っていて、布製帽子をかぶった男たちがバスを待っている。そういう人たちはみんな、おれたちに一瞬目をやるだけだ。もしかしたら、ほかの子どもより感受性の強い一人の子どもがほかの子どもにこう言うかもしれない。「おい、あのいかれたやつらを見ろよ！」だが、おれたちが与えた興奮はその程度のものだ。

おれはまっすぐ直線を走っていた。それで、四十七丁目との角に来たとき、さっき慎重に考え抜いた理由を無視して、そのままっすぐ通りを渡った。信号が赤か青かも無視したので、空車のタクシーに轢《ひ》かれるところだった。その運転手はブレーキ・ペダルを踏み込み、おれはタクシーのボンネットにぶつかり、アビーはうしろからおれの体の上に折り重なるように倒れた。

運転手は窓をあけると、首を出して言った。「いったいどうしたんだよ？　前をちゃんと見ろよ！」

もちろん、悪いのはおれのほうだが、それを認めなかった。いつもの攻撃的反応を示そうとしたとき、もう一度よく見て、このタクシーに見覚えがあることに気づいた。運転手ではなく、タクシー自体だ。おれがいつも運転しているタクシーで、〈V・S・ゴス・サーヴィス会社〉の所有物だ。

もちろんだ！　タクシーだ！

おれは言った。「乗せてくれ……」

「ルーフ・ライトが見えねえのかよ、間抜け？」運転手は上体を窓から乗り出し、腕を上にあげて、非番を示すライトを指さした。

「あんたはイレヴンス・アヴェニューと六十五丁目の角に行くんだろう、間抜け」おれは言った。「おれたちもだ」そして、運転手の頭の横をまわって、後部ドアをあけた。五、六人の少し太りすぎた悪党どもが歩道の真ん中で、はあはあとあえいでいた。数人のニューヨーカーでも見ないではいられない光景だった。

アビーがタクシーに跳び乗り、おれもそのあとから跳び乗った。運転手が言った。

「あの連中はあんたらの友だちかい？」

「おれたちは駆け落ちしたんだ」おれは言った。「あの連中は彼女の兄弟なんだ。さあ、出してくれ」

運転手はまた陸上競技チームの連中を見ると、〝どういうこと？〟というような表情を浮かべて、やっとタクシーを走らせた。

半ブロック走ったところで、彼がしゃべり出した。「するなよ」

おれは彼の後頭部を見た。「何をするなよ、なんだ？」

「結婚するなよ」彼が言った。「おれは結婚して、どうなったと思う？」

「結婚相手を選ぶときには慎重になるべきだ」おれは言った。

彼はルームミラーに映ったおれの顔をにらみつけた。「おれの女房をけなしてるのかい？」

こういう類《たぐ》いの会話では勝てないものだ。「いいや」とおれは言って、窓の外を見た。

もちろん、テンス・アヴェニューの信号で停車した。おれが六年のあいだタクシー運転手として過ごした経験から言うと、そのうち四年半は赤信号の前で過ごしている。リア・ウィンドウの外を見ると、連中の姿があった。うしろの角を曲がったところで、全速力で走っている。腕を振り、ネクタイをうしろになびかせ、ジャケットの前をあけていた。ほとんどはスーツ姿で、二人だけがオーヴァーコートを着ている。もし連中が走るスピードを落とすと、すごく寒くなるだろう。

信号灯が青に変わり、タクシーはテンス・アヴェニューを渡り、イレヴンス・アヴェニューへ向かった。そこの信号は赤だ。「あんたらはコートなしで出てきたのか」運転手が指摘した。おれが彼の女房についてひどいことを言ったことを赦《ゆる》してくれたようだ。

「おれたちは急いでたんだ」おれは言った。

「あんたらはマイアミまで駆け落ちするのか？」

「そのとおりよ」アビーはそう言うと、にやりとおれに笑いかけ、手を伸ばして、おれの手を握りしめた。

「おれもそこへ行きたいもんだ」運転手が言うと、信号が青に変わった。右に曲がり、一ブロック先の四十八丁目に着いた。そこの信号は赤だった。「飛行機に乗るのかい？」

「もちろんよ」アビーが言った。

「それが唯一《ゆいいつ》の方法だもんな」彼が言った。「そうだろ？　なっ？」

「そうよ」アビーが言った。

　信号が青になった。タクシーは八ブロック走り、五十六丁目でまた停止した。六十五丁目まで行くのに、あと三回信号が赤から青に変わるのを待たなければならなかった。それに、運転手はおしゃべりだった。おれたちの目的地に着くまでに、彼は飛行機に二度乗ったときの話や、マイアミの話、義理の弟がクイーンズ区のロング・アイランド・シティー地区で経営している洗車場の話をした。その洗車場に彼は半分の投資をするところだったが、そのときはニューヨークが水不足に見舞われていて、水を使用する事業に投資するのは危険すぎると考えた。今では、自分を蹴《け》り飛ばすほど責めてやりたいらしい。

　おれも彼を蹴り飛ばしてやりたい。タクシーを運転しているときのおれの考えは、乗客が会話を交わしたいかどうかを決めるべきだというものだ。もし乗客が運転手のおれに何かを言ったら、おれは答える。しかし、会話を交わしたくない乗客に、おれは会話を押しつけない。

　とにかく、おれたちはついにガレージに着いたが、ある質問が彼の頭に浮かんだ。

「どうしてここへ来たんだ？　航空会社の並ぶウェスト・サイド・ターミナルに行きたくないのか？」

「その前に結婚しないといけないんだ」おれは言った。

「そうか」彼が言った。彼の頭のゼンマイが回る速度では、その近くに教会とかそんなものがまったくないことに気づくのに、三、四日かかるはずだ。

おれは彼にタクシー代を支払い、チップをはずんだ。おれも乗客にチップをはずんでほしいからだ。でも、勝ち馬のチップ、つまり情報はもうたくさんだ。そして、おれたちはタクシーをおり、寒い車外に出た。彼はタクシーをガレージに入れた。おれはアビーに言った。「あそこのガソリン・スタンドが見えるかい？　そこの事務所で待っててくれ。あと二、三分で迎えに行くから」

「何するつもり？」彼女の歯がちがち鳴っている。

「車を取ってくる」

「タクシーを盗むつもりなの？」

「盗むだって？　おれはここの社員なんだぞ。一台を借り出すだけだ」

「そうか」彼女が言って、感嘆の笑みを浮かべた。「もちろんね。簡単だこと」

「急いであそこの事務所にはいるんだ」おれは言った。「顔が寒さで真っ青になってるぞ」

「ブーツをはいていて、よかったわ」彼女はそう言うと、向きを変えて、急ぎ足で向かった。おれは彼女が行くのを見守り、彼女のブーツが腰まで続いていればよかったのにと思った。彼女のミニスカートが彼女の腿《もも》までやっと届くぐらいの長さだったからだ。

おれはガレージの中にはいり、配車係と話をした。彼はおれがこの三、四日出勤しなかったことをとやかく指摘したが、おれよりもいい加減な社員がいることを彼もよく知っていた。おれは何も言わなかったので、彼も深く追及しなかった。おれはタクシーを借り出したあと、ガレージを横切って取りに行くと、おれたちをさっきまで乗せていた運転手がやって来た。彼のタイム・カードをタクシー会社の事務所に持ってきたのだ。

彼はおれの顔を見つめた。「あんたのガールフレンドはどこだい？」

「あんな女なんか構うもんか」おれは言った。「おれはあの女の家族が好きじゃないんだ」

おれはそのまま歩き続けたが、おれのうしろ姿を見つめる彼の視線をずっと体に感じていた。

28

ガソリン・スタンドで、アビーがおれのタクシーに跳び乗り、おれがすぐに走り去ると、給油しに出てきたそこの従業員がおれに不機嫌な一瞥《いちべつ》をくれた。彼女は前部座席にすわろうとしたが、おれは後部座席にすわるように促した。タクシーを出すと、おれは規則どおり料金メーターを倒した。この時点で警官に呼びとめられたくなかったからだ。

アビーが言った。「ガソリンは必要ないの？」

「あれはサノコ石油のスタンドじゃなかった」おれはそう言って、ガソリン・メーターを見た。「それに、ガソリンも必要ない」

「ここは凍えるほど寒いわ」

「二、三分で暖かくなるよ」

「これからどこへ行くの？」

「わからない」おれは言った。「まったくね。おれがよく行く大衆食堂がこの近くにある。そこへ行って、コーヒーでも飲んで、いろいろと考えよう」

「いいわ」

それで、おれたちは大衆食堂へ行った。その暖かい食堂で、二人とも少し落ち着き始めた。おれはデニッシュ二個とコーヒー二人分を注文した。注文品が来ると、アビーが言った。「それは太る原因よ、チェット」

「拳銃を持った誰かに追いかけられているときには」おれは言った。「ダイエットはあまり関係がないと思うね」そして、おれのデニッシュをもぐもぐと食べて、なかなかおいしいと思った。

「わかったわ」彼女が言った。「でも、この騒ぎが終わったら、ダイエットするのよ」

「この騒ぎが終わったら」おれは言った。「もしおれがまだ生きていたら、おれはすごくすごくやせてるだろうな。ダイエットの話はしないでおこう。これからするべきことの話をしよう」

彼女はコーヒーをすすった。「わからないわ」と言った。「何も考えられないの」

「もしおれたちが犯人を突きとめたら、どうなるだろう？」おれは尋ねた。「もしおれたちが事件を解決してから、おれたちが立ち聞きした内容を誰にも話さないと、あのギャング団に納得させたら……」

「あたしは何も立ち聞きしてないわ」

「あのアパートメントに戻って、連中にそう言いたいかい？」

「いいえ」

「おれたちが今もなんとか生きていられるのは」おれは言った。「たまたま運がよかっただけだ。二組のギャング団は頭があまりにも混乱していて、何か極端なことをしでかす前に、何が起こっているのか知りたかったんだ。だが、おれたちが邪魔になりそうなので、いなくなれば嬉《うれ》しいと考える可能性はずっとあった」

「あたしに理解できないのは」彼女が言った。「どうしてあなたが二組目のギャング団をアパートメントに入れたのかってことよ。ナポリとその子分どもをね。ドローブルとその子分たちがすでにいるのに」

「二組目を入れたときには何が起こるのか、まったく想像できなかった」おれは言った。「でも、入れなかったら何が起こるのかは想像がついた。連中はドアをぶっ壊して、はいって来ただろう。たぶん、拳銃をぶっ放しながら、はいって来ただろう。ドロープルの子分どもは、力ずくで乗り込んでくる連中を撃ち始めただろう。そして、おれたちのまわりでギャング抗争が始まっていただろう。おれたちをあいだにはさんでね。入れたら、混乱はしばらくのあいだ保たれる可能性があった。それに、ほかにどうすべきなのか考えつかなかったんだ」

「わかったわ」彼女が言った。「これからどうするの？　何かいい考えは？」

「一つある」おれは言った。「だが、気に入ってるのかどうかはわからない」

「何なの？」

「ゴルダーマン刑事だ」

彼女は理解できなくて、おれの顔を見た。

おれは言った。「彼は信頼できると思うんだ。彼は二度ほどおれと二人きりになったが、おれを痛めつけようとはしなかった。それに、彼が事件を捜査していることをおれは知っている。もしかしたら、おれたちが彼に話をしたら、知っていることをすべて話したら、彼は警察の捜査記録にその供述を付け加えて、何かを導き出してくれるかもしれない。そのあいだ、おれたちをどこかに匿《かくま》ってくれるだろう。おれときみは素人《しろうと》なんだ、アビー。おれたちはそろそろこの犯人捜しをプロに任せる潮時じゃないかな」

彼女を納得させたかどうかはわからなかったが、彼女に話している過程で、おれは自分を納得させた。頭の片隅にずっとあった考えだし、いい考えか悪い考えなのかも確信がなかったが、今ここで自分で考えを口に出してみると、素晴らしい考えだと思った。それで、おれは言った。「きみにすごく強い反対意見がなければ、おれはこれから彼に電話をかけて、どこかの中立地帯で会えないか尋ねてみるよ。例えば、このブースとか」

「わからない」彼女の額にしわが寄った。「誰も信頼できないわ」

「おれもだ。だが、今は誰かを信頼すべきときだ。さっき言ったように、ゴルダーマンはおれに話す機会が二度もあったのに、ひどい扱いはしなかった。彼がトミーを殺したり、おれを狙撃《そげき》したりしたやつではないことは確かだと思う。彼がその犯人でなければ、彼を信頼すべきだ」

「あなたの言うとおりだと思う」彼女が言った。「いいわ、さあ、電話をかけて来て。でも、電話でどんな話し方をするのか、とっても注意深く聞くのよ」

「心配は無用だ」おれは言った。「先週、おれもきみのように、パラノイアになったから」

「よかったわ」彼女が言った。「そのままいたら、あと四、五年は長生きできるかもよ」

「ふうむ」おれはそう言って、デニッシュをもう一口食べ、コーヒーを飲み、テーブルを離れた。公衆電話は奥にあるので、そこへ行き、十セント硬貨を取り出して、電話ブースにはいり、番号案内に電話をかけて、西四十六丁目を管轄《かんかつ》にしている警察分署の電話番号を尋ねた。そのあと、その番号に電話をかけて、刑事部屋につないでもらい、ゴルダーマン刑事と話がしたいと言った。

「きょうは来てませんよ」

「全然？　一日じゅう？」

「あしたの朝まで出勤しません。わたしにできることはありますか？」

「いいえ、ゴルダーマン刑事に話したいんです。彼に連絡を取る方法を知りませんか？」

「お待ちください」

　おれは待った。電話ブースがむっとし始めたので、ドアを少しあけると、ライトが消えた。おれはライトがつくところまでドアをしめたが、ブースがまたむっとし始めた。ライトか空気か選択しないといけないようなので、空気を選び、ドアを大きくあけた。

　すると、電話の相手が戻ってきたので、おれはプライヴァシーのほうを選んで、またドアをしめた。相手が言った。「彼は自宅にいます。番号を教えられます」

「よかった。感謝します」

「鉛筆をお持ちですか？」

「いいえ、覚えます。今は電話ブースの中なので」

「オーケイ。彼はロング・アイランドのウェストベリーに住んでいます。市外局番は５１６です」

「ええ、知っています」

「では、番号はＥＤ３の３８９９です」

「ＥＤ３の３８９９」電話のダイアルを見ると、ＥもＤも３と同じ番号だった。すると、番号は３３３８９９だ。「わかりました」と言った。「どうもありがとう」

「どういたしまして」

それで、おれはウェストベリーの番号にダイアルすると、交換手が二十セントを要求した。おれは二十五セント硬貨を投入口に入れた。すると、相手の電話が六回鳴ってから、女性が応《こた》えた。おれがゴルダーマン刑事と話したいと言うと、彼女が言った。

「主人はただ今昼寝をしております。重要なことですか？」

おれは言った。「ご主人が起きる頃に、あらためてかけ直します。いつがいい時間ですか？」

「六時に起こします」

「それで結構です」おれは言った。「六時すぎにかけ直します」

「誰からの電話だと伝えればよろしいでしょうか？」

「申し訳ございませんが」おれは言った。「わたしの口から話しますので」そして、電話を切った。無礼なことはしたくなかったが、前もって名前を教えたくもなかった。念のためだよ、念のため。

テーブルに戻ると、おれの電話口での冒険談をアビーに話した。彼女が言った。

「じゃあ、これからどうするの？　六時までここにすわってるの？」

「いや、違う。ウェストベリーまで車で行って、彼の自宅へ直行しよう」

「彼の住所は知ってるの？」

「彼の電話番号は知っている」

「それが何の役に立つのよ？」

「何人のゴルダーマンが電話帳に載ってると思う？」おれは尋ねた。「同じ電話番号で」

「そうか」彼女が言った。「ごめんなさい。よく考えてなかったわ」

「コーヒーを飲んでもいないぞ。飲み干して、出かけよう」

彼女は窓の外を見た。「また寒い外に出るのね。ぶるぶる」同意せざるを得なかった。

29

ゴルダーマン刑事の自宅はケイプコッド風の素敵な白い下見板張りの家で、ウェストベリーの閑静な脇道《わきみち》にあった。七時二十五分前にそこに着き、家の前にタクシーを駐車した。フォルクスワーゲンとポンティアックが続きガレージの前にある雪のない車寄せに横に並んでいる。ニューヨークの街では先週の吹雪の形跡が実際に何も残っていないが、この郊外では芝生や空地にまだたくさんの雪が残っていて、車寄せの左右には高く積まれていた。

もちろん、今ではもう暗い夜だが、ライトが玄関ドアの横で輝いていた。おれたちは暖かいタクシーからおりて、刺すような寒さの外気の中で震えながら、玄関ドアに続くアプローチを急いだ。おれがベルを鳴らし、おれたちはドアの前で両腕をばたばた動かした。すると、やっとドアがあいた。

三十代後半の愛想がよさそうな女性がウールのスウェターにストレッチ・スラック

ス、フリルのついたエプロンという格好で、外側の防風ドアのむこうから驚きの目でおれたちを見ている。そして、ドアをあけて言った。「凍えるほど寒そうですね。おはいりください」

「寒いです」おれは言った。アビーが言った。「感謝します」そして、おれたちは中にはいった。

　その女性がドアをしめた。おれは言った。「一時間ほど前に電話をかけた者です」

「そして、名前を告げなかった人ね」彼女が言った。「わたしとアーニーは不思議に思ってましたのよ」

「今ここで教えます」おれは言った。「チェスター・コンウェイです。そして、こちらはミス・アビー・マッケイです」

　彼女はしかめ面《つら》でおれたちを見た。「あなたたちのことを聞いたことがあるかしら？　アビーとチェットね。ボニーとクライドみたいな？」

「いいえ」おれは言った。「わたしたちは被害者のほうです」

「そうですか、謎《なぞ》めいていますね」彼女が言った。「中にはいって、おすわりください。アーニーを呼んで来ますから」

「ありがとうございます」

リヴィングルームは広く、現代的で、すごくすごくきれいだった。千ドルもらっても、この部屋で煙草《たばこ》に火をつけないだろう。ミセズ・ゴルダーマンがアーニーを呼びに行っているあいだ、おれたち二人はソファの縁にすわった。

アビーが小声で言った。「ここなら、あなたは安心していられるんでしょ？」

おれは彼女の顔を見た。「なぜだ？」

彼女は手を振って、部屋全体を示した。「ここ全体を見てよ。きれいで、見苦しくなく、中産階級的。ばい菌もなく、安定していて、頼りになる。わかるでしょ」

「きみの言う意味がわかったよ」おれは言った。「ああ、きみの言うとおりだ」

「あたしの部屋を見るべきだわ」彼女が言った。「ヴェガスの部屋を」

「これとは大違いかい？」

彼女は目玉を上のほうにまわした。「きえ〜。まるで売春宿で暴動が起こったみたいなの」

「おれの親父《おやじ》が家の中をかなりきれいにしておいてくれる」おれは言った。「もちろん、女性がするほどきれいじゃないけどね」

「それはどんな女性かによるわ」

おれは彼女の顔を見た。「つまり、もしおれがきみを家へ連れていっても、きみは家をきれいにしないだろうっていうことかい？」

「それはあたしを何のために家へ連れていくかによるわ」彼女はそう言ってから、おれのうしろのほうを見た。「こんにちは」

おれが首をうしろに向けると、ゴルダーマンが近づいてきた。彼は黄褐色《おうかっしょく》のスラックスに緑色のポロシャツ、白いスニーカーというやけに夏らしい格好で、くつろいで見えた。冬のニューヨーク・シティーで会ったときの冬にふさわしい皮肉っぽい刑事のようにはまったく見えない。

「きみだったのか」彼が言った。

「ええ、そうです」おれは立ちあがった。「長い話をしに来ました」

「すると、お酒がほしくなるだろうね」彼が言った。「来たまえ」とうしろを向いた。

おれとアビーは顔を見合わせ、肩をすくめると、彼のあとに続いた。おれたちは百貨店の展示物のように見えるダイニングルームを通り抜け、鴨撃《かもう》ちを描いた版画を数点壁に飾った玄関ホールにはいった。「待っててくれ」と彼は言って、廊下の端に行くと、黄色と白のぴかぴかにきれいなキッチンらしいところに首を入れて、「地下室にいるからね、メリー」と言った。そして、戻ってきて、ドアをあけ、先に階段をおりるように手ぶりで促した。

「これはわたしの誇りであり喜びだ」彼はおれたちのあとから階段をおりてきて、ドアをしめた。「去年の秋にできあがったんだ」

そこは地下のゲーム室だった。信じられるかい？　装飾的な節の多いパイン材の板を張った壁、防音を施したタイル張りの天井、緑色のインドア・アウトドア両用のラグを敷いた床。ダーツ盤。ピンポン台。ＴＶとラジオとレコード・プレイヤーのついたコンソール。その横の凹《くぼ》み棚には、百枚ほどのレコードを収めてある。そして、もちろん、もちろん、ホームバー。

おれがどういう類いのバーを説明したいのか、みんなもわかってくれるように願う。あらゆる物が揃っている類いのバーだ。酔っ払いがもたれかかれるような小さな街灯柱。跳ねたり、泡立ったり、点滅したりするネオンの電動ビール看板。漫画を描いたナプキン。酒樽《さかだる》のような形をした容器にはいった奇妙なマドラー。ドワーフのような形のマグ・カップ。

さらに続けられるが、やめておこう。壁にかかった金言、カウンター内部の壁に並んだグラスや置き物、灰皿……いや、列挙するのはやめよう。おれとアビーは顔を見合わせ、二人だけのあいだで意思を霊的に深く伝え合った。おれたちの二つの脳が一つになった。

「すわりたまえ」ゴルダーマンがバー・カウンターのうしろにまわった。「きみたちのお好みは何かね？」

バーのスツールは軽い木製で、座面は紫色だった。おれたちがそれぞれのスツールにすわると、おれは言った。「もしあれば、おれはスコッチ＆ソーダを」

「もちろん、あるよ。きみは何にするね、ミス・マッケイ？」

「サイドカーをお願い」彼女は可愛《かわい》らしく言うと、あどけなさを装《よそお》って、彼にほほえみかけた。

手間のかかるカクテルだ。おれは彼女の足首を蹴ってやろうかと考えたが、彼がどういう手際《てぎわ》で作るのかのほうに関心があった。

やけに手際がよかった。彼はほとんど顔色を変えずに、「サイドカーを一丁」と言った。そして、うしろを向くと、不平も言わずにバーのうしろの引き出しをあけた。普通ならおしゃべりをするべきなのだが、もしそうしていたら、彼がその引き出しにある小さな本のページをめくっているところか、その本の特定のページを広げたままにするために、引き出しのあけ具合を調整しているところにけっして気づかなかっただろう。

もちろん、その結果、彼はまずサイドカーを作り、おれの単純なスコッチ＆ソーダはあとまわしになった。

しかし、彼は材料を揃えている。カウンターの下の小型冷蔵庫からライム・ジュースのびんを出し、作業エリアに置いた。あたりを見渡してから言った。「一分後に戻ってくる」そして、一階にあがっていった。

おれはささやいた。「嫌味なことをしたね」

「わかってるわ」彼女が言った。「どうしようもなかったのよ」

「きみは我慢する気もなかったんだ」

「ねえ、チェット、わたしにも楽しませてよ。他人の愉《たの》しみをぶち壊さないでね」

「嫌味な女め」おれが言うと、ゴルダーマンが戻ってきた。なんと、彼はサイドカーを作るための卵の白身を入れた小さなボウルを持ってきたのだ。うん、本当だ。

やっとアビーの前に置かれたカクテルは、完璧《かんぺき》なサイドカーのように見えた。彼女が味わったとき、〝やりこめたつもりがやりこめられた〟ことがわかった。「おいしいわ」彼女が言った。「ほんとにすごい」

おれのソーダびんのふたをあけながら、彼はその褒め言葉に酔いしれた。「わたしは小さなレシピ本をときどき使わないといけないがね」と言った。「本物の仕上げをすることに誇りを持ってるんだ。オーケイのところでとめてくれ、チェスター」

「オーケイ」

彼はおれのスコッチ＆ソーダをカウンターに置くと、ソーダとライム・ジュースをしまい、すべてのびんを元の場所に戻し、ボウルをバーの流し台に置いて水を入れ、自分のブランディーを少し注ぎ、一口すすり、顔をしかめ、カウンターに両肘《りょうひじ》をつき、おれに言った。「さてと。きみはわたしに何かを話しに来たんだと思うね、チェスター」

「おれはあなたにすべてを話しに来たんです」とおれは言って、すべてを話した。

彼は静かに聞いていた。トミーを撃ったのと同じ人間がおれを狙撃したんだろうと言って、「同じ拳銃でね」と付け加えたとき、彼は一度だけ話をとめた。そして、言った。「いや、同じ拳銃ではない。マッケイが殺されたのと同じ日に、われわれはその拳銃を見つけた」

「見つけたって？」

「ああ、部屋の隅の小さなゴミ箱でね。当然のことながら、指紋はなかった」

「当然のことながらね」

「それが同じ拳銃でなくて、きみは運がよかった」彼はおれの傷口を手で示して言った。「同じだったら、それよりもずっとひどい傷になっていただろう。兇器《きょうき》は四十五口径オートマティックだった。その拳銃なら、きみの頭をかすっただけでも、きみは自分の頭《ず》蓋骨《がいこつ》を今もまだ捜していることだろうよ」

「そんな話をしないでくださいよ」おれはそう言って、自分の頭の上を手で押さえた。それがまだそこにあって、嬉しかった。

「とにかく」彼が言った。「先を続けてくれ」それで、おれは先を続けた。話し終えると、彼が言った。「チェスター、きみはどうして最初にわたしのところへ来て、本当のことを話さなかったんだね？　そうしたら、こんなひどい目には遭わなかっただろう」

「そうですね」おれは言った。

「今では、二組の犯罪組織に命を狙《ねら》われているだけではなく」彼が言った。「かなり凶暴なアマチュアの殺人犯にも命を狙われている」

　おれは言った。「アマチュアですって？」

「確かだ」彼が言った。「アマチュアの特徴がいっぱいだ。間違いなく、その男はマツケイを殺したとき、怒りにまかせて銃を撃ったんだ」

「でも、ダムダム弾はどうなんですか？」

「そのとおり」彼が言った。「プロはダムダム弾を使わない。射撃の腕がいいからな。

それに、プロは余計な血をさけたがる。それに、怒りだ。どっかの怒りっぽいやつがキッチン・テーブルの前にすわって、銃弾に刻み目をつけながら、自分自身につぶやいている。その銃弾を誰かにぶち込んでやろうかどうか確信が持てない」

「でも、どうして刻み目をつける方法を知ってるんでしょう？」

「きみはどうして知ってるんだね？」

おれは肩をすくめた。「わかりません。映画かＴＶだと思います」

「そのとおり」

「訊《き》きたいのは」アビーが言った。「あなたはあたしたちを助けてくださるのかどうかですわ」

「きみたちは殺人犯を見つけたい」彼が言った。「そして、二組のギャング団を追い払いたい」

「お願いします」おれは言った。

「できるだけのことはやってみる。マッケイ殺しの捜査がすでに中断されたことは知ってるかね？」

「知ってます」おれは言った。「木曜日の夜に。警察はあまり捜査に時間を費やしていませんね」

「警察は人手不足なんだ」彼が言った。「もし捜査が順調に進行しなければ、もし事件が本当に特別でもなく、異常でもなければ、未解決ファイルに行く」そして、アビーに言った。「申し訳ない、ミス・マッケイ。きみの兄上がきみにとって特別の存在だということは理解しているが、われわれにとっては、一件の殺人事件にすぎないんだ。それに、捜査はなかなか進行しなかった。しかし、きみたち二人がわたしに話してくれた内容を、われわれは知らなかった。それで、状況が変わるかもしれない。電話を一本か二本かけさせてくれ。すぐに戻るから」

アビーが言った。「上司にあたしたちの居所を教えるんじゃないでしょうね？　あたしたちは警察の保護はいらないんです。通常の警察の保護はね」

彼はアビーにほほえみかけた。「誰かが買収されてるんじゃないかと心配してるのかね？　きみの言うとおりかもしれない。心配はいらないよ、わたしが自分で面倒をみるから」

「ありがとう」彼女が言った。

「いいんだ」彼がカウンターのうしろからまわって来て言った。「お代わりがほしかったら、勝手にやってくれ。長くはかからないから」

おれは言った。「あなたが行く前にもう一つ質問」

「いいよ、チェスター」

「あなたがおれの家へ来たとき」おれは言った。「四人の名前を挙げましたね。それから、そのうちの三人に会いましたが、四人目にはまだです」

彼はうなずいた。「バグズ・ベンダーだ」

「それです」おれは言った。「何者ですか？」

「もう教えても構わんだろう」彼が言った。「フリーランスの殺し屋だとわれわれは考えている。ナポリとドローブルの両方に雇われたことがある。二、三カ月前に失踪《しっそう》したので、何が起こったのかと思っていたが、先週後半に見つかった」

「そうですか」おれは言った。

「ゴミ運搬船のゴミの中で見つかったんだ」彼が言った。「かなり長くそこに埋もれていたようだ」

「そうですか」おれは言った。

「きみはその男に会わなくてよかったわけだ」彼はおれに笑みを見せ、電話をかけに行った。

「素敵な話ね」アビーが言った。

「聞いておいて、よかった」

「まあ、そうね」彼女はスツールにすわったまま、体をまわして、その地下室の大きさを見た。「この地下室を信じられる？」

「賭《か》けてもいいが」おれは言った。「あの壁に穴をあけて、まっすぐそのままロング・アイランドを横切れば、海に出るまでに、三百回ほどここと同じような地下室に出るだろうよ」

「あたしは賭けないわ」彼女が言った。「でも、彼はどこでお金を作ったのかしら？ゴルダーマンはあと二十年分の給料をこの地下室に注ぎ込んだはずよ」

「四つ目の抵当に入れたんだろう」

「そう思うわ」

「この家を別にして、彼をどう思う？」

　彼女はカクテルのほうに体を向けた。「いい人だと思うわ」と言った。「とっても頭が鋭くて、とってもダンディーだというような顔の表情を作ってるけど、実際は全然そうじゃないと思う。すべて表向きよ」

「それはきみがこの地下室で彼の姿を見たからだ」おれは言った。「もし究極のクールを見たければ、金曜日の朝に彼がクロゼットのラルフを見つけたときに、その場にいるべきだったね」

彼女はにやっと笑った。「ええ、彼がどんなふうに振る舞ったのか想像がつくわ」

おれはバー・カウンターのうしろ側を細目で見た。「妙だな」

彼女はおれが見ているところに目をやった。「何が妙なの？　退廃的な一八九〇年代のランプに『バー』って書いてあること？」

「違う」おれは言った。「もしトミー殺人事件が木曜日の夜までに警察の未解決ファイルに入れられたのなら、ゴルダーマン刑事はどうして金曜日の朝におれに会いに来たんだろう？」

「わからないわ」彼女が言った。「もしかしたら、最後に一つか二つの質問を尋ねたかったのかもしれないわ」

「誰に尋ねたかったんだい？」

「あたしでしょうね。または、ルイーズに」

「じゃあ、どうしてきみやルイーズに尋ねなかったんだい？　それに、彼は葬式が執り行なわれる時間を知っていたはずだし、葬式に来たトミーの親類を見つけられることも知っていたはずだ。でも、そのとき、彼はトミーのアパートメントに来た。そこが留守だと思ったからだ」

彼女はおれの顔を見た。「何を言いたいの？」

「この事件の担当刑事の一人を雇っているとウォルター・ドローブルが言ったことを思い出した」

「つまり……ゴルダーマンのこと？」

「もしかしたら四つ目の抵当を入れなくてもよかったのかもしれない」

「でも……彼はアパートメントで何をしてたの？」

「わからない。もしかしたら、彼とドローブルの組織とを関連づける何かがそこにあるだろうと思ったのかもしれない。買収記録とかそんなものがね。防御態勢を破るようなものがないか、そこを調べるために、組織が彼をアパートメントに送ったのかもしれない」

アビーは不快な目でサイドカーを見た。「あたしたちのお酒に毒を盛ったと思う？」

「彼はトミー殺しの犯人じゃないよ」おれは言った。「犯人は組織外の誰かだ。今ではかなり確かだ。もしそいつが水曜日の夜におれを狙撃したやつなら、ラルフが金曜日の朝にアパートメントを出たあとで、おれに止《とど》めを刺す申し分のないチャンスがあった」

「じゃあ、何が問題なの？」

「問題は、彼が今誰に電話をかけているかだ」

「あらっ、大変！」彼女はスツールにすわったまま、体をまわした。「こういう場所ではいつもベージュ色の電話機があるものよ」

「おれはすでに捜したが」おれは言った。「この場合は例外だ」

「もしも……」彼女はスツールから飛びおりて、バー・カウンターのうしろを歩きまわった。「ときどきカウンターの下に……あったわ」そして、ベージュ色の電話機を持ちあげて、カウンターの上に置いた。

「そっと」おれは言った。

「当然よ」

ゆっくりと、少しずつ、彼女は受話器をつかみあげた。突然、ごく小さな声が聞こえた。アビーは受話器を耳にやって、送話口を手で押さえ、耳をすませた。だんだんと彼女の目がおれの顔を見つめながら、大きく開いた。

おれは手と首の切迫した動作で彼女に合図して、話相手が誰なのか、何の話をしているのか知りたいと要求した。彼女はしきりに首を横に振って、待つように促した。だが、おれが動作を続けると、彼女はついに大袈裟《おおげさ》な唇の動きで、声を出さずに伝えた。フランク・ターボック。

「えっ！」おれは言った。しかも、大声で。彼女は半狂乱で首を横に振った。おれは手で口をふさいだ。

だが、〝えっ！〟だ。えっ、えっ、えっ。考えながらも、確信していても、おれの考えが間違っていますようにと、わずかな望みをかけていた。というのも、もしおれの考えが正しければ、おれたちはまた逃げまわらないといけないからだ。しかも、今回はどこにも行くところがない。まったくどこにも。

アビーはたじろぎながら注意深く電話を切り、即座にカウンターの下に戻すと、急いでカウンターのうしろからまわってきて、カウンターの前のおれの横にすわった。そして、小声で言った。「彼はここで騒ぎを起こしたくないのよ。奥さんが何についても何も知らないから。彼はあたしたちを家から連れ出して、隠れ家へ連れていくことになってるわ。バビロン市にある家へ」

「それから、どうなる？」その必要がないのに、おれは尋ねた。

「波止場が手頃な場所だとか何とか、ターボックは言い始めたの」アビーが言った。「すると、ゴルダーマンは口をはさんで、何についても何も知りたくないと言ったわ」

少し前におれとターボックが厳格なパートナーとしての握手を交わしたことを思い出した。まあ、このデュエットはすぐに調子が狂うだろう。

階段の上でドアがあく音が聞こえた。スツールからおりると、おれは言った。「彼がすわるときに、注意をそらしてくれ」

「何をするつもり？」

答える時間はなかった。ゴルダーマンが階段をおりてくる。おれは首を横に振って、カウンターのうしろで走りまわった。スコッチ、スコッチ。あったぞ。ブラック＆ホワイト。いいブランドだ。封をあけていない新品のクオートびんだ。

ゴルダーマンは階段をおりきった。おれは自分のグラスに残ったスコッチ＆ソーダをごくっと飲み干して、もう一杯注ぎ始めるところだった。そのとき、ゴルダーマンがバーにやって来た。「おやおや」と言った。「きみが新しいバーテンダーかね、チェスター？」

「おれがそうです」おれは言った。「あなたは何を飲まれますか？」

彼はスツールにすわった。「よければ、そのブランディーを飲みたい」

「承知しました」おれは彼のブランディー・グラスを彼のほうへすべらせた。「どういう状況ですか？」

「まあ、担当はわたしの手から離れた」彼が言った。「警部はきみたち二人と話がしたいそうだ。朝にね。それまでのあいだ、きみたちをここにいさせることに反対した」

「ええい、まったく」おれは言った。

「今夜、警部はあたしたちにどうしてほしいの？」

「たまたまだが」彼が言った。「わたしの妻の兄が今留守中だ。彼はグラマン飛行機で働いていて、家族全員が三カ月ワシントンにいる。わたしは彼の家の鍵《かぎ》を持っているので、きみたちは今夜そこに泊まってもいいだろう」

「その家はどこにあるんですか？」おれは尋ねた。〝へえ、バビロンの家ですか？〟というような軽口めいたことをたたく衝動を抑えるのは簡単だった。ラルフがクロゼットに隠れていたときのように。だが、その時点からするべきことは、会話の内容を予想することだった。すると、衝動は抑えることができた。

「バビロン市だ」彼が言った。「ここからそれほど遠くない」

「行く道を教えてくれますか？」

「いや、わたしが車で送っていくよ」

「おれたちは家の前に車をとめてあるんです」おれは言った。

「今夜はきみの車をここにとめておくほうがいい。きみたち二人にまた消える機会を与えてはならないと、警部がはっきりと言った。わたしがきみたちをそこへ連れていくよ。全然厄介なことではないから」

「別に急ぐ必要がなければいいんですがね」おれはブラック＆ホワイトのびんを持ちあげた。「二杯目を飲もうと思ってたところでしたので」

「どうぞ飲みたまえ」彼が言った。

アビーはスツールからおりて、地下室の反対側のほうへ歩き始めた。「あれはカラーTVセットですか？」

ゴルダーマンがスツールにすわったまま、体をまわして、彼女のうしろ姿を見守った。「ああ、そうだ」彼がそう言うと、おれはブラック＆ホワイトのびんで彼の頭をぶん殴った。

30

「あたしたち、朝までここにいられないわ」アビーが言った。

おれは最後のキャビネットの扉をしめた。「ここにも拳銃《けんじゅう》はない」と言った。「携帯していない。警官はいつも拳銃を携帯してるもんだと思ってたよ」

「家にいるときは別よ」

おれはまたカウンターのうしろにまわり、彼を見た。手足は縛ってあるし、口には猿ぐつわをかましてあるし、意識を失っている。すべて当然の報いなのだ。でも、彼が拳銃を持ってくれていれば、助かるんだがなあ。

「こん畜生め」おれは言った。「きみの拳銃は豆鉄砲かもしれないがね、何もないよりもましだろう」

「拳銃のことを心配するのはやめてよ」アビーが言った。「あたしたちがバビロンの家に早く現われないと、ターボックやその子分たちが、何事が起こったのか調べに、ここへ来るわよ」

「ああ、そのうちの一人がたぶんきみの拳銃を持っていて、おれたちの近くに立ったまま、パンパンと撃つだろう。すると、おれたちは自分たちの命を守るためのものを何も持っていないので、すべてお仕舞いだ」

「そのうちの一人はどうやって拳銃を手に入れたのかしら？」彼女はしかめ面をおれに向けながら言った。

「きっとおれのポケットから取ったんだ」おれは言った。

「違う」

　どうしてアビーはそんなことでおれを困らせるんだ？　おれは腹を立てながら、彼女の顔を見て言った。「違うってどういう意味だ？」

「あの連中の誰も拳銃を取ってないわ」彼女が言った。「あなたがあのアパートメントに着いたとき、拳銃はすでになかったから」

「すでになかったって？」

「もちろんよ」彼女が言った。「あたしがいつあれを捜してたと思うのよ？」

「わからない」おれは言った。「おれがあのアパートメントで意識を失っていたときだと思ったよ」

「車の中でよ」彼女が言った。「あなたが狙撃されたときに。あたしはそこから車で逃げたわ。赤信号でとめられるたびに、あなたの持ち物を調べた。それで、あたしの手が血でべたべたしたのよ」

「その部分は省いてくれ」

「とにかく」彼女が言った。「そのとき、あなたは拳銃を持っていなかった。あなたがほんとのことを知りたいのなら、あたしはそのとき自分であなたを殺すこともできたのよ」

「拳銃がなくては殺せなかった。車のどこかにあるのかもしれない。おれのポケットから落ちたのかもしれない」

「あたしは捜したのよ、チェット。ほんとに徹底的に捜したわ。あの拳銃はなくなってた」

「ええい、畜生め」おれはバーへ行って、スツールにすわり、自分のスコッチ＆ソーダを飲んだ「じゃあ、いったい誰が取ったんだい？」

アビーが近づいてきて、横にすわった。「それで何が変わるというの？　問題は、これからどうするのかってことよ」

「問題はだ」おれは言い張った。「誰があのいまいましい拳銃を取ったのかってことだ。ポーカー・ゲームへ行ったときには、持っていた。あの階段をのぼるとき、ポケットに拳銃の重さを感じたことを覚えている」

彼女も興味を持ち始めた。「そのあとはどうだった？」

「覚えていない。でも、おれたちはどこへ行ったんだっけ？　おれはずっと車の中にいた。誰が盗めるだろう？」

「ポーカー・ゲームにいた誰かよ」

「ふうむ」おれは言った。「コートは玄関クロゼットにかかっていた。ポーカー・ゲームのみんなが一度はテーブルから離れた。そうだ、そのときに盗まれたんだ」

「そのときだけよ」

「それに、ほかのことも話すよ」おれは言った。「おれの頭を撃ったのはきみの拳銃だ」

「どうしてそんなことを言うの？」

「トミーを殺した拳銃は警察が見つけたと、ゴルダーマンが話してくれた。撃ったのはアマチュアだとも、こいつは言った。すると、そのアマチュアはもう一度殺そうと決心したとき、ほかの拳銃をすぐに手に入れた。しかも、標的からだ！」

「でも、どうして同じ拳銃だと思うのよ？」

「まず」おれは言った。「きみの拳銃は同じ夜に盗まれた。次に、犯行はいろいろな種類の拳銃を手に入れられないアマチュアによってなされた。第三に、おれを撃った拳銃はトミーを殺したものよりも小さくて、軽い拳銃だと、ゴルダーマンは話してくれた。それはきみの拳銃の正確な特徴だ」

「でも、あたしの拳銃はいつも左にそれるのよ。そいつの撃った弾はそいつの右手にいたあなたの左側頭部をかすめた」

「そうか！」おれは言った。「このことはずっと明白だったんだ」

「何がずっと明白だったの？」

「そいつはきみを狙撃したんだよ」

31

「ちょっと待ってよ！」

「アビー、よく考えてみろよ。おれたちはあのゲームでみんなに何て言った？　きみはトミーの妹で、トミーが死んだからニューヨークへ来たと言った。トミー殺しの犯人を見つけるはずの警察を信頼できないから、きみ一人で犯人を見つけるつもりだとね。おれではなく、きみ一人でだ。おれが言ったのは、自分の九百三十ドルを手に入れたいということだけだ」

　彼女は首を横に振った。「撃たれたのはあたしじゃないわ、チェット。あなたよ」

「それは、きみのいまいましい拳銃から飛び出した弾が左にそれたからだ」

「それがあたしの拳銃だってことさえ、あたしたちは確信してないのよ」

「おれはしている」おれは言った。「おれが確信している理由を話そう。おれがきみの拳銃で撃たれたことは確かだ。弾はおれじゃなく、きみを狙っていたことも確かだ。

そして、トミーを殺した犯人はあのポーカー・ゲームにいた連中の一人だということは百パーセント確かだ」

「ふうむ」彼女はスツールにすわったまま、自分のグラスに残ったサイドカーをくるくるまわした。「あなたの言うとおりだと思う」ついにそう言った。

「きみにはわからないだろうね」おれは言った。「そいつが狙っていたのはおれじゃなかったことがわかった、安心できた気持ちが」

「まあ、素敵だこと」彼女が言った。「そいつがあたしを狙っていたことがわかって、安心できたっていうの？」

「聞こえが悪いことはわかるが……」

「まあ、あたしを狙っているのは」彼女が言った。「一人の粗悪な拳銃を持ったアマチュアだけど、あなたを狙っているのはね、二組の軍隊よ」

「おいおい、それを言うなよ」おれは言った。「おれたちはあることを忘れてるぞ。その軍隊の一組がこっちへ向かっていることを」

「そうか！」彼女はサイドカーを飲み干して、おれたち二人はバーを離れた。

「音を立てないように」おれはささやいた。

「わかってる、わかってる」

おれたちは抜き足差し足で階段をのぼった。ゴルダーマンの女房は夫の違法行為に関わっていないかもしれないが、夫を気絶させて、手足を縛りあげ、体を地下のゲーム室の床に放置した二人の他人を不快に思うかもしれない。それで、おれたちはゆっくりと静かに階段をのぼった。のぼりきると、おれはドアをほんの少しあけて、隙間《すきま》からのぞいた。

　鴨撃ちの版画しか見えなかったが、ミセズ・ゴルダーマンがキッチンでハミングしている声が聞こえた。おれはアビーにうなずきかけると、ドアを大きくあけ、忍び出た。

　ミセズ・ゴルダーマンはメロディーのない一節をハミングしていた。単純な肉体作業に数時間熱中しているときによくハミングするようなやつだ。例えば、七面鳥の肉に詰め物をしたり、鳥小屋を作っているときに。ミセズ・ゴルダーマンが七面鳥の肉に詰め物をしているとか、鳥小屋を作っているとかいうわけではないが、その音声から察するに、しばらく熱中するような作業を続けているはずだ。

　おれたち二人は忍び足で玄関ホールまで出ると、うしろのドアを少しずつしめ、ダイニングルームとリヴィングルームをそっと抜けて、玄関ドアへ向かった。ドアノブに手を伸ばそうとしたとき、アビーがおれの腕をぐいと引いた。彼女の顔を見ると、彼女は廊下のクロゼットを指さした。

彼女は頭が混乱したのか？　おれは首を横に振り、玄関ドアを指さした。

彼女は首を横に振り、廊下のクロゼットを指さした。

おれは首を激しく横に振り、玄関ドアをやけに強く指さした。

彼女は髪の毛が乱れるほど激しく首を横に振り、廊下のクロゼットをやけにやけに強く指さした。

ええい、どうにでもなれ。彼女のほうが間違っていることを証明する必要がある。そうすれば、おとなしくついて来るだろう。それで、おれは廊下のクロゼットのドアをあけると、彼女は皮肉たっぷりの笑みを浮かべて、それが出口ではないことを指摘するような手ぶりを見せた。それはオーヴァーコートでいっぱいのクロゼットだった。

彼女はうなずいて、皮肉たっぷりの笑みを浮かべて、それがオーヴァーコートでいっぱいのクロゼットであることを指摘するような手ぶりを見せた。

オーヴァーコートでいっぱいの。

おれは瞬《まばた》きをして、クロゼットの中を見た。「わあ」おれは言った。大声で。

「しいっ！」

おれはうなずいて、口を閉じた。おれたち二人はしばらく耳をすました。家のこの部分ではハミングがやっと聞こえるぐらいだが、音量はそのままで続いた。

アビーはクロゼットの中を探って、黒と赤のチェックでウール地のマッキノー・ジャケットをおれのために出してきた。おれはそれを見て、彼女の顔を見て、それをまた見た。彼女は上体を寄せて、ささやいた。「一番暖かいわ。ジャケットがなければ、オーヴァーコートは役に立たないのよ」

おれは喜ぶことなくうなずき、マッキノー・ジャケットを羽織った。アビーはクロゼットの中をさらに探った。スタイル優先の女性が〈ロード&テイラー百貨店〉のあらゆるドレスを受けつけないときのようだ。ピュッ、ピュッ、ピュッとハンガーを次から次へと動かしている。

ついに彼女は黒い毛皮の襟がついた黒い布製コートに決めたが、ためらいがちに仕方なく決めたようだ。腰が細く、銀色のボタンがついていた。彼女が着ると、かなりよく似合っている。黒いブーツをはいているので、なんとなくロシア人に見えた。女性というよりもコサック兵のように見えるが、悪くない。彼女が黒い毛皮の帽子を棚の上に見つけて、頭にかぶると、おれはロシア・ダンスに飛び入りしたくなった。一節ごとに片腕を上にあげて、「ヘイ！」と叫ぶようなロシア・ダンスに。

彼女がおれの帽子を持って出てきたとき、おれは「ヘイ！」と叫んで、片腕を上にあげたくなったが、まったく同じような帽子ではなかった。その帽子はオレンジ色で、小さな鍔《つば》のほか、あごの下で結べる耳当てがついていた。ゴルダーマンはニューヨークの街で人狩りをしていないときは、森の中で動物狩りをして時間を過ごしているようだ。

おれはささやいた。「こんなもの、かぶらないぞ！」

彼女がささやいた。「じゃあ、耳が凍えてしまうわよ！」彼女は〝耳〟と言ったんだと思う。

おれはささやいた。「持っていて、本当に寒ければ、かぶるよ！」

彼女は首を横に振った。たぶん、男の虚栄とか、目くそが鼻くそを笑う以外の例えのことを考えているのだろう。おれはその邪魔な帽子をマッキノー・ジャケットのポケットに突っ込んだ。

帽子を見つけたのと同じ棚から、アビーは次に二人分の手袋を取り出した。彼女の手袋はなめらかで、黒くて、彼女の前腕の半ばぐらいの長さがあった。おれの手袋は茶色の皮革製で、千年ほど前に作られたように古く、右手の人さし指が抜けている。それに、少し小さすぎた。

アビーがささやいた。「準備はいい？」

　おれは皮肉たっぷりの返事を考えたが、とりあえずうなずいた。そして、ドアをあけてから、静かに外側の防風ドアをあけた。外に出ると、おれの耳が落ちそうになった。

「ぶるぶる」おれは感想を述べると、防風ドアを静かにしめて言った。「待ってくれ」

そして、可愛らしいオレンジ色の帽子を出して、頭にかぶった。しかも、あごの下で紐《ひも》を結んだのだ。

「可愛いわ」アビーが言った。

「何も言うな」おれは威《おど》した。「一言も」

「約束するわ」彼女が言った。「行きましょ」

　おれたちはアプローチを歩いてタクシーへ向かった。その半ばあたりに来たとき、二台の車が通りの真ん中できいっと急停車して、男どもがその車から噴きこぼれた。

32

あとは、ゴルダーマン刑事の裏庭が袋小路ではないことを祈るのみだ。おれはアビーの手をつかみ――最近よくそうしているように思える――家の横手をまわって、裏庭へ向かった。

世界のこの地域ではまだ雪が残っていた。多くはないが、おれの靴の上までの深さで、踝《くるぶし》のまわりで溶け、靴下と足を濡《ぬ》らし始めた。その時点ではそれほど気になったわけではない。

銃撃もないし、たいした叫び声もなかった。こういう閑静な地域では、連中は自分たちに注意を引かないで、おれたちをつかまえるほうを好むのだろう。

月のない曇った夜だったが、この家の裏窓から明かりが充分に漏れ出していたので、葉のない生垣に続く裏庭の雪が見えた。字をぎざぎざに書き消す鉛筆の跡のように見える生垣は、この家の裏庭とむこう側の裏庭を分けている。

選択肢はない。選択肢がない場合は、いろいろなことが単純になる。走る速度を落としてまで考える必要はない。ただその生垣を走り抜けるだけだ。生垣はおれのスラックスを引き裂き、皮膚に裂傷を負わせ、マッキノー・ジャケットのポケットをはがすが、ただ走り抜けるのだ。

そのうえ、生垣は連れの女性を引き離す。アビーの手がおれの手からもぎ取られた。時速五百マイルで走りながら、Ｕターンしようとしたときには、草をおおう雪の上ですべった。前進すると同時にうしろに倒れて、Ｕターンはできた。手袋をはめた両手と膝《ひざ》を雪の上について、目をあげた。火をつけられる寸前のジャンヌ・ダルクのように、アビーが生垣にはさまっている。

「チェット！」彼女が叫び、両腕をおれのほうへ伸ばした。

必要なときに、足はそこにないものだ。足で立とうとするたびに、すべってしまう。立ちあがる前に走り出すことで、やっとその問題を解決した。胴体の下で足を動かして、バランスが悪くて、あぶなっかしい場所を駆け抜けたが、また生垣にぶつかった。今回のそれはおれの行く手をとめる役目を果たした。

アビーが横にいた。ぴちぴちの黒いオーヴァーコートに黒い鍔の帽子姿の百人の男どもが家の角を曲がっている。おれはアビーの震える手をつかんで、引っ張った。何かが裂けて、アビーが生垣を抜けた。おれの足がまたすべり、雪の上に背中から倒れた。

アビーがおれの両手を引っ張り続け、おれが自力で立ちあがることを阻《はば》んでいる。

「立って！」彼女が叫んだ。「チェット、立つのよ！」

「手を放せ。立ちあがるから！」

アビーは手を放し、おれは立ちあがった。生垣を見ると、連中はそのむこう側にいた。じつのところ、その一人が両腕を伸ばしながら、生垣を跳び越えた。おれはなんとかうしろに跳びのいて、そいつの手から逃れた。幸いにも、そいつの足先が生垣を完全に跳び越えたわけではなく、額から先に雪の中に落ちたので、その素晴らしい跳躍は垂直落下という結果になった。最後に見たとき、そいつの足は生垣の上部に引っかかったままで、顔は雪の中に埋もれていた。仲間はそいつを無視して、そいつの左右から生垣を搔《か》き分け、獲物に追いつこうとした。獲物とはおれたちのことだ。

しかし、その獲物はもうそこにはいない。手に手を取って、おれたちは雪の積もった裏庭を駆け抜けると、裏手の家の角を曲がり、ゴルダーマン宅の前の通りとまったく同じ通りに出た。ただ、その通りにはおれのタクシーがとまっていない。

アビーがあえいだ。「どっち？」

「おれにわかるかよ」

「でも、速く決めたほうがいいわよ」彼女が言った。「やつらが来る」

やつらが来た。おれたちは走った。そっちの信号機のほうが近いという理由だけで、おれは右方向へ向かった。

今、何時だ？　日曜日の夜八時すこしすぎか？　みんなはどこにいるんだ？　自宅でＴＶを観《み》ている。たぶん〈エド・サリバン・ショー〉だろう。アメリカの問題はそれだ。アメリカ国民は無精で、怠惰で、活気を失った。表の歩道に出て、歩きまわり、神がお造りになった爽《さわ》やかで涼しい真冬の空気で肺を満たし、おれとアビーが心地よく安全に紛れ込めるような群集を作るべきなのだ。しかし、恩知らずの国民たちは家の中にすわって、ＴＶセットの前にビール缶を置き、おれとアビーがまったく通行人のいない表の通りで逃げまわっているというのに、肥満で軟弱になっていく。

本物のドラマを観たいかい、アメリカ国民諸君？　ＴＶの〈日曜映画劇場〉なんか忘れて、表の通りに飛び出し、ギャングスターどもが素敵な男女二人を追いかける場面を鑑賞したらいいのだ。

三ブロック走ると、あえぎ始め、そして、ふらつき始めた。幸いなことに、うしろのギャングスターどもはおれたちより体調がよいわけではなかった。アビーがついに足をとめて、あえぎながら、「もうこれ以上走れないわ」と言ったとき、おれはうしろを向いた。やつらは一ブロックうしろで落伍《らくご》していて、そのうちの一人もそれ以上走れなかった。先頭のやつは早歩きと遅走りの中間を続けていたが、ほかの連中はみんな歩いていて、最後尾のやつは足を引きずっている。

それで、おれたちは歩いた。おれは脇腹《わきばら》に激痛を感じ、しばらく走らなくてもよいことに喜んだ。おれたちは歩き、やつらのうちの一人が半ブロック以内に近づいてくるたびに、早歩きにした。だが、なんという逃走なのだ！

ついに、おれは言った。「ウェストベリーに中心地はないのかい？」おれたちは六、七ブロック逃げたが——そのうち三ブロックは走って、残りは歩いた——まだ同じ類《たぐ》いの上品な住宅地区にいる。車の流れもないし、通行人もいない。交差点ごとに左右を見まわすが、ネオン・サインも商業地区の徴候も見当たらない。遅かれ早かれ、あいつらはこれらの家々の住民たちの誰も気づかないようにと願いながら、おれたちに拳銃をぶっ放つ危険を冒すだろう。住民たちは誰もまったく気づかないはずだと、おれは確信している。

「どこかに何かがあるはずよ」おれの商業地区に関する質問に対して、アビーが答えた。「何もしゃべらないで。ただ歩き続けましょう」

「わかった」

それで、おれたちは歩き続けた。すると、驚くなかれ、次の角で左を向くと、むこうのほうに赤い信号灯と青いネオン・サインが見えたのだ。「文明だ」とおれは言った。「信号灯とバーだ」

「そっちへ行きましょう」

おれたちはそっちへ行った。さっきより速く歩いた。追跡者どもがうしろの角にのろのろと着かないうちに、おれたちは丸一ブロック歩いた。うしろを向くと、今では連中は四人しかいなかった。おれたちをさっきまで追いかけていたのは七人だった。つまり、おれたちは体力消耗によってやつらをずいぶん疲れさせたらしい。ずっと前に二人が落伍したのを見た。その二人は道端で倒れて、縁石にすわり、両手を両膝のあいだでぶらぶらさせていた。三人目は同じように落伍したのだろう。

いや、違う。おれたちが角を曲がる前に、五人は大丈夫だった。そいつらは三軍統合記念日パレードの海外戦争復員兵協会代表団のように闊歩《かっぽ》していた。では、五人目はどこへ行ったのだ？

もしかしたら、おれたちの先まわりをするつもりで、このブロックを反対方向にまわったのかもしれない。

「おっと」おれは急に足をとめた。

アビーはおれの顔を見た。「さあ、歩いてよ、チェット」と言って、引っ張った。

おれはまた歩き出して言った。「一人は車を取りに戻ったんだ」

彼女はうしろの連中を見て言った。「確かなの？」

「確かだ。追跡の勢いで連中はここまで走り続けたが、遅かれ早かれ、そのうちの一人がゴルダーマンの家の前に車をとめたことを思い出したはずだ。そして、その一人が車を取りに戻ったんだ」

彼女は前方遠くの赤い信号灯と遠くの青いネオン・ライトを見た。「時間はどれくらいあるかしら？」

「わからない。そいつは疲れている。歩いているだろう。七ブロックある。だが、おれたちに永久と言えるほど長い時間はない」

「あたしたちはジグザグに逃げるべきだったのよ」彼女が言った。「たくさんの角を曲がるべきだった。そうすれば、連中は今頃迷子になってたかもしれないし、車をとめた場所を見つけられなかったでしょうね」

「申し訳ない。もっと前には考えられなかった」おれは言った。「馬鹿《ばか》げてるとは思わないかい？」

彼女はおれの顔を見た。「何が馬鹿げてるのよ?」

「うしろに四人のやつらがいて、おれたちをどこか静かなところへ連れていき、殺したいと思っている」おれは言った。「そして、ほかの三人はそのうしろのどこかにいる。それなのに、おれたちは歩いている」

「やつらもよ」

「わかってる」

「それで、何がそんなに馬鹿げてるの?」

「おれたちは歩きながら、口論している」おれは言った。「馬鹿げてると思わないかい?」

「この時点であたしが走ろうとしたら、馬鹿げてると思うわ」

おれは肩越しにうしろを見た。「では、笑う準備をしろよ」と言った。「うしろの連中の一人が元気を取り戻したから、おれたちはこれから走ることになるぞ」

そいつはやけに近づいてきて、半ブロック以下しか離れていない。じつのところ、家三軒分ぐらいの間隔だった。あまりにも近くに来たので、おれたちが倒れそうになるほどよろよろしながら、生半可な早歩きを始めたとき、そいつがあえぎながら言ったのにもかかわらず、そいつの言葉がはっきりと聞き取れた。

おれたちは次の交差点まで走り、横切った。うしろを向くと、そいつは脇腹を押さえながら、また歩いていた。そして、拳《こぶし》をおれのほうに振った。

アビーが言った。「あいつがあたしたちに何をしたいのか聞こえた？」

「本気じゃないよ」おれは言った。「頭に一発弾を受けるぐらいのものだ」

「そう、それは安心ね」彼女が言った。彼女が皮肉を言ったのかどうか確かめるために、彼女の顔を見ると、皮肉を言ったことがわかった。

あのいまいましいライトまでどれほど遠いのだ？　あと四ブロックかもしれない。ありがたいことに、地面は平らだった。うしろの連中のことは知らないが、丘の坂道だったら、おれは間違いなくお仕舞いだっただろう。

あと一ブロック進むと、突然、鉄道線路にぶつかった。自動遮断機が両側であいている。おれは言った。「おい！　鉄道線路だぞ！」そして、足をとめた。

アビーはおれを引っ張った。「それが何なの？　さあ、歩いてよ、チェット」

「線路があるところにはね」おれは言った。「鉄道の駅がある。そして、列車も。そして、人間たちも」

「あそこにバーがあるわよ、チェット」

「それに、七人のやつらがうしろにいる。あいつらはおれたちをバーから連れ出そうと判断するかもしれない。だが、鉄道の駅はあいつらにとって目立ちすぎるはずだ」

左右を見まわすと、線路はただ左右の暗闇《くらやみ》の中にずっと続いていた。それに、駅の姿がまったく見当たらない。

「どっち?」アビーが言った。「間違っていると思うけど、駅を捜すべきでしょうね」

「こっちだ」おれはそう言って、左に曲がった。

おれたちが動くと、突然、うしろのほうで列車接近を警告する大声が聞こえた。おれたちはその声に促されて、急いだが、線路の枕木《まくらぎ》の上を歩くのはなかなか大変で、さっきほど速く進めなかった。おれたちは線路脇の砂利石の上を歩こうとしたが、斜面になっているので、溝に積もった膝までの深さの雪の中に何度もすべり落ちた。それで、結局、枕木の上を歩くことになった。

アビーは肩越しにうしろを見て、あえいだ。「やつらが来るわ」

「ずっとそう思ってたよ」

通りから離れているので、だんだん暗くなっていった。前方には別の通りがあるはずだが、今のところ見当たらない。暗闇では、枕木の上を歩くのはますます困難になってくる。

アビーが倒れ、もう少しでおれを引き倒すところだった。

おれは彼女のそばに上体を寄せた。悪党どもがうしろからずんずんと近づいてくることには大いに気づいていた。「どうしたんだい？」

「畜生」

「ああ、でも、どうしたんだい？」

「足首をくじいたの」

「おいおい、大変だぞ」おれは言った。「歩けるかい？」

「わからない」

遠くの明かりがちらっと目にはいったので、おれたちの来た方角を見た。「頑張れ」と言った。「列車が来るぞ」

33

おれたちは線路脇の溝で膝まで雪に埋まったまま、立っていた。アビーは体重のほとんどをおれの体に預けていた。列車がここまで来るのに永久に感じるほど長い時間がかかっている。まるで、とくに目的地もなく、近所を少しジョギングしているかのように、ぶらぶらと走っている。

少なくとも、悪党どもも足をとめて、溝の中に立ったまま、列車を見守っていた。四人全員が線路のこちら側にいる。

おれの足は凍えていた。アビーは彼女のブーツで保温されていたが、おれの膝から下は濡れて凍えていたし、膝から上は震えていた。そして、首から上は馬鹿だった。まっすぐバーへ行かずに、ここへ来るという過《あやま》ちを犯したからだ。バーへ行っていれば、地元警察に連絡するか、少なくとも手頃なタクシーを見つけられたかもしれない。今では、アビーはほとんど歩けないし、おれたちは深く深く暗闇の中に向かっている。

暗闇ではうしろの四人が難なくおれたちを永久に始末できる。さらにまずいことに、列車がその連中の横をがたがたと走るときに、そいつらは列車に飛び乗り、車輛《しゃりょう》のあいだか、車輛の乗客用ドアの外にある狭い連結部に立ったのだ。

「アビー！」おれは叫んだ。「あいつらはズルをしているぞ！」

　あいつらがやるつもりのことは明らかだった。あいつらは列車に乗ってから、おれたちが立っているところでおれたちに飛びかかるのだ。あいつら四人対おれたち一人半なので、結果は一目瞭然《りょうぜん》だ。

「ああ、チェット。チェット、あたしたちはどうすればいいの？」

　あいつらのうち誰も第一車輛か、第一と第二車輛のあいだの連結部に乗っていない。おれは言った。「ハニー、おれたちもあの列車に乗らないといけない。おれたちの唯《ゆい》一《いつ》のチャンスだ」

「あたしは歩けないのよ」

「歩かなきゃ！　さあ、歩けよ」

　おれが砂利の斜面の上まで彼女を半ば引っ張りあげると、列車の機関士が口をあけたまま、困惑の目でおれたちを見つめていた。その大きなディーゼル機関車ががたごと進むと、機関士はおれたちの頭頂部を見おろした。通りすぎたあとも、おれたちを見ているはずだ。それは確かだが、とくに確かめなかった。クローム製の手すりが近づいてきて、そのずっとあとの車輛に、拳銃を手に持った一人目の悪党が見えた。おれは片腕をアビーの腰にまわして、きつく抱えた。彼女は両腕をおれの首にまわしていた。おれは足枷《あしかせ》をつけた拘束服姿の男のように、動作がのろかったが、あのクローム製の手すりにうまくつかまらなければ、これで一巻の終わりだ。

その手すりが近づいてきた。そして、目の前に来た。

おれはもう一方の手を伸ばし、手すりをつかみ、握りしめた。すると、列車がおれを引っ張った。

おかしいことに、急に速く走っているように感じた。しかも、おれの両足は砂利石の上で引きずられていると同時に、片腕は引っ張られている。腕の関節を曲げて手すりを引っ張りに引っ張った。アビーはおれの耳元で数えきれないくらいに、いろいろなことを口走った。おれはついに右足を連結部の狭い縁に引っかけ、体を列車に引きあげ、そこに立つことができた。片手と片足で列車にしがみついているおれに、アビーはぶらさがっている。

何かがプシュッと音を立てた。

次の車輛にぶら下がっているシラミ野郎がおれたちを狙《ねら》って撃っているのだ！

「アビー！」おれは叫んだ。「あいつらがおれたちを狙い撃ちしているぞ！　車輛のあいだに隠れろ！」

「どうやって？」

「わからん！　とにかく隠れるんだ！」

　とにかく彼女は隠れた。どうやったのかは、わからない。彼女の肘《ひじ》をおれの鼻に片方ずつ押しつけ、おれの足の上に――おれと列車をつなぐ片足の上だ――体を長く置いたあと、やっと連結部の何かの上に立った。あえぎ、息を切らしてはいるが、生きている。

　今のところ、おれも生きている。そして、数回のプシュッという音と、一、二回のピーンという音が聞こえた。しかし、列車は前後に揺れているので、そいつがおれに命中させたら、奇蹟《きせき》だろう。おれは動く標的で、そいつは動く狙撃者《そげきしゃ》だ。おれたちは別々の車輛にいるので、それぞれの動きは同期しているわけではない。

　勝つ確率がどれだけおれに有利だとしても、おれに銃弾を撃っている誰かと一緒に外にいるのは、まったく嬉《うれ》しくなかった。こういう賭《か》けはしたくない。それで、おれは車輛の縁に体を振って、アビーのそばに行けた。

　そこはやけに妙なところだ。三方に壁があり、床はない。アコーディオンのような蛇腹状のものが二つの車輛の端をつないでいるので、列車内にはいれないが、幸いなことに、車輛の端にはつかまることができる手すりや円形ハンドル、梯子《はしご》などがある。それに、それぞれの車輛の端の下部にある縁には足をのせられるので、生き延びることはできるが、両脚のあいだを見おろして、枕木が踵《かかと》の下で時速二十から三十マイル過ぎていくのを見るのはやけに恐ろしい。見おろしたのは少しの時間だけだ。

じつのところ、それよりも見あげている時間のほうが長かった。金属製梯子が車輛の後部についていて、ここより車輛の屋根のほうが安全だろうかと思った。そして、アビーに大声で言った。「ここで待っててくれ！　おれは上にあがる」

彼女はうなずいた。疲れきっているように見えた。無理もない。

おれは梯子をのぼった。両腕と両脚がいやに重たく感じた。梯子をのぼりきると、車輛の屋根が車輛の下部よりもずっとひどく揺れていることに気づいた。おれが立つのは不可能だし、歩くのも不可能だ。それで、腹ばいになって少しずつ進んだ。どれだけ気温が寒くて、風が強くても、どれだけおれの脚が冷たくて濡れていても、どれだけおれの体じゅうが痛くても、どれだけ多くのやつらが拳銃を持って、おれを追いかけてきても、横たわるのは気持ちがいいと言わざるを得ない。

それでも、横たわる以上のことをするために、そこにいるのだ。少しずつ屋根の上を這《は》っていった。ここは安全に思えたので、うしろに這い戻って、あがってくるようにアビーに叫んだ。彼女はゆっくりとあがってきた。屋根の上にあがるときに、おれが手を貸した。彼女が屋根の上で手足を広げて横になると、おれは彼女の耳元で叫んだ。「偵察してくるぞ！　動くなよ！」

「心配しないで」彼女は目をとじると、組んだ両腕の上で頭を休ませた。

おれは口を彼女の耳元に近づけた。「眠って転げ落ちるなよ！」

彼女はうなずいたが、おれは納得したわけではない。おれは疑わしい気持ちで彼女の肩を軽くたたいてから、偵察に出かけた。

車輛の反対端に行くのにそれほど長くはかからなかった。そこでは、射撃下手な男が車輛のあいだで休んでいた。列車が駅にとまるのを待っているにちがいない。すると、こいつとほかのやつらがプラットフォームを駆けまわって、おれたちを見つけ、撃ち殺し、姿を消すのだろう。

まあ、そうかもしれないし、そうでないかもしれない。おれは縁から下がり、ゆっくりと体を起こした。濡れて冷たい靴を脱ぎたくはなかったが、ほかに選択肢はない。それで、片方の靴を脱ぐと、そっちの足はすぐに感覚を失った。いい徴候だとは思わなかったが、それまでずっと感じていた刺すような痛みよりもましだった。

　また腹ばいになり、車輛の端まで這って進んだ。そいつはまだそこにいて、外側を向きながら、脚を広げて、踏ん張っている。煙草《たばこ》に火をつけようとしているので、首を少し傾けている。

　完璧《かんぺき》だ。おれは片手で梯子の一番上の横木をつかんで、体を支えると、慎重に狙いを定めて、靴の踵を大きく振りおろして、そいつの後頭部を強く殴りつけた。

　素晴らしい。そいつはぶどうの実から種が飛び出すように、列車から外に飛び出し、雪だまりに落ちた。最後にそいつの姿を見たときは、両脚で空を蹴《け》っていた。灰色の雪を背景にした黒い影だった。

　一人倒した。あと三人だ。

　よし。

　おれは靴をはき直し、次の車輛を見て、どうやってそこまで行こうか考えた。すると、二輛先の車輛で、頭が見えた。頭のあとは、片腕だ。そして、その腕の先に拳銃。それが火を吐き、かすかに銃声が聞こえた。銃弾はおれに当たらなかったが、おれは思いとどまった。素早く体を小さくして、うしろのほうへ這い戻った。

　何かが右肘の近くでピシッと音を立てた。そこに目をやると、そこの屋根に新しいかすり傷が見えた。

そいつは近づきすぎている。おれは急いで洗濯物の山のように見えるアビーのほうに這い戻り、彼女の肩を揺さぶった。「おれたちはまたおりなきゃならないんだ！」

「なに？　なんなの？」彼女は揺れる首をあげて、とろんとした目でおれの顔を見た。

「やつらの一人がやって来る、うしろのほうから！　拳銃を撃ちながら！」

「ねえ、チェット、あたし、とっても疲れてるの」

「逃げるんだ、ハニー。逃げよう」

おれは彼女を梯子の前まで連れていった。彼女と一緒に二度落ちそうになったが、彼女は動けば動くほど、目が覚めてきた。ついに梯子の横木にのせた痛い足首に体重をかけると、彼女はぱっちりと目を覚ました。それに、元気そうな悲痛の声をあげた。

「よし、いいぞ」おれは言った。「さあ、下におりて、おれにもおりさせてくれ」

「ああ、わああ、痛いわ」

「そう思うよ。おりろ、おりるんだ」

彼女はおりて、おれはそのあとに続いた。おれの頭が屋根の高さまで下がると、うしろのやつが屋根の上に立った。おれはそいつの姿が見える高さのところにとどまった。これから、どうする？

そいつは覚悟を固めた。よく考えた。首を横に振り、ひざまずいた。拳を自分に向かって振り、また立ちあがった。覚悟を固めた。前に走った。そいつは自分がいる車輛の前端から次の車輛の後端まで跳んだ。うまく着地した。跳び移った車輛ががたがた揺れた。両腕を風車のようにまわして、左のほうへふらついた。車輛がまた揺れた。そいつは両腕を風車のようにまわして、右のほうへふらついた。車輛が小刻みに揺れ、そいつは両腕と片脚を風車のようにまわして、あちこちにふらついた。屋根に片膝をついて、両手と両膝をついた。なんとか、そこに踏みとどまった。すると、車輛が大きく揺れて、そいつは横に転がり、列車から落ちた。

「まったく、まいったなあ」おれはそう言って、車輛のあいだで眠っているアビーを見おろした。「上にあがるぞ！」と叫んだ。

「もう、嫌よお！」

「もう、嫌よおじゃないよお！　さあ、早く！」

彼女は不平を言い、愚痴を言い、むごいことを言ったが、上にあがった。屋根の上に着くと、おれは言った。「これから下におりるぞ」

彼女はおれの顔を見つめられるほど目を大きくあけた。「頭がおかしくなったの？　あなたなんか、やつらに殺されればいいのよ、このクレイジーな……」

「よく聞けよ。おれたちは反対側におりるんだ。残りの二人は列車のこちら側にいるから、反対側におりて、跳びおりても、やつらには見えない」

「いいわ」

「じゃあ、おりろ」おれは言った。

彼女はおりた。反対側には梯子がなかったが、窓枠があり、手すりや円形ハンドルがあり、つかんでのぼれるいろいろなものがあった。ビルディングから飛びおりるくらいに簡単だ。

それで、おれたち二人はまたおりた。おれはアビーに飛びおりる方法を教えた。体から力を抜くように、両腕両脚から力を抜くように、体に力を入れないように、着地したときに転がるように、雪だまりに着地するように、そういう類いの素晴らしい忠告を彼女に与えた。彼女は退屈そうにうなずき続けた。つまり、おれの言っていることを何も聞いていないという意味だ。おれにできることは、おれの言ったことが少しは彼女の潜在意識の中に染《し》みとおって、飛びおりたときに、いくらかの結果を見せてくれるように祈ることだ。

ついに、おれは忠告をあきらめ、車輛のあいだから外を見た。今、列車は陸橋を渡っていて、下の通りには車の往来がない。そのむこうの地面は鉄道線路から急な傾斜面になっていて、その下はスーパーマーケットやガソリン・スタンドの裏側だった。

「もうすぐ」おれは言った。「雪におおわれた斜面が来る。おれたちにとっては都合がいい。雪の下に古い空き缶が多くなければね。おれが跳べと言ったら、跳べ。角度をつけて跳ぶことを忘れるなよ。列車が進むのと同じ方向になるべく跳ぶんだ。そして、着地したら、力を抜け。そして、転がれ。わかったか？」

彼女はうなずいた。眠っているようだ。

その斜面がやって来た。「跳べ！」おれは叫んで、彼女を列車から突き落とした。そして、おれもあとから跳んだ。

一秒か二秒、気分が爽快《そうかい》だったことは認めざるを得ない。空中では、世界の上を飛んでいるような気分で、冷たい風がオレンジ色の帽子をかぶったおれの頭のまわりを吹き、ジュール・ヴェルヌの『八十日間世界一周』のような雰囲気を味わった。脚が雪の斜面に着地すると、その気持ちを体全体で感じ、時速三十マイル（約四十八キロ）で走っていることに気づいた。

おれは時速三十マイルで走れない。誰にもできない。自分にできることをした。顔から倒れて、何度か宙返りをして、斜面を半狂乱で転がり落ち、その下で誰かのゴミ箱にぶつかった。ゴロゴロローン。おれが上体を少し起こすと、アビーがおれにぶつかってきた。そして、おれはまたゴミ箱にぶつかった。

「おい、しっかりしろよ。ハニー」おれは言った。「全速力で走るときは前をよく見ろ」

「ガオ〜」男の声が吠《ほ》えて、手をおれの首にまわした。

それはアビーではなかったのだ。

34

そいつの手はおれの喉元《のどもと》を押さえつけていた。おれの手はそいつの喉元と思われるところを押さえつけている。おれのもう一方の手はそいつのもう一方の手首と思われるところを押さえつけている。もしそいつが拳銃《けんじゅう》を持っているとしたら、拳銃を持っていると思われるほうの手だ。おれの頭は地面にこすりつけられて、そいつの胸の下のどこかに埋められている。おれの脚がばたばた暴れまわった。おれたちはあちらこちらに転がりに転がり、あえぎ、息を切らしながら、相手の息をとめようとしたが、部分的にうまくいっただけだ。ときどき、おれたちは体のどこかをくそいまいましいゴミ箱にぶつけた。おれを殺そうとしているやつよりも、そのゴミ箱のほうを憎むようになった。本当に絞め殺したいのはそのゴミ箱のほうだった。

しかし、本当に絞め殺されそうなのは、おれのほうなのだ。おれたちはやっと落ち着き始めたようで、それ以上に転がりはしなくなった。不運にも、そいつがおれの上におおいかぶさっている体勢で落ち着いていた。そいつの手がおれの頸静脈《けいじょうみゃく》を絞め、おれの顔がそいつの脇の下で押しつぶされていると、おれはこれ以上あまり空気を吸い込めないように思える。おれにできることは踵で地面を蹴ることしかなく、何度もそうした。そのほか、体をくねらせようとしたが、あまりうまくいかなかった。

　おれの筋力は落ちていった。気を失いそうになっていることを、自分でもわかっていた。できるだけ強く踵で地面を蹴ったが、そいつはびくとも動かなかった。おれの頭は滝のように水の流れる音で満ちあふれた。黒い滝がおれの体の上に落ちてきて、どこかへ運び去り、忘却と失念の世界に洗い流し、渦の中に引き込む。それも黒い渦の中に。

　そいつがぐたっと倒れ込んだ。

　そいつの握る手がおれの喉元で弱くなった。

　そいつの体重がおれの頭の上で倍増した。

　どうしたんだ？　おれは試しに体をくねらせると、そいつはおれの体の上から転がり落ちた。突然、おれはまた息が吸えるようになり、また動けるようになり、また見えるようになった。目に見えたものは、アビーが両手にシャヴェルを持って、そこに立っている姿だった。

「おれを埋葬しないでくれ」おれは言った。「まだ生きてるんだ」

「これでこいつをぶん殴ったのよ」彼女が言った。「大丈夫かしら？」

「大丈夫じゃないように願うね」おれは上体を起こすと、頭がくらくらし、喉は痛かった。おれを襲撃したやつを見た。そいつは手足を広げて仰向けに倒れていて、安らかに眠っている。そして、呼吸をしている。もっと重要なことは、おれも呼吸をしていることだ。

　そいつの両脚はまだおれの脚の上にのっていた。「こいつは大丈夫だ」おれはそう言って、そいつの脚を突き飛ばして、立ちあがった。「もう一人はどこだ？」

「まだ列車に乗ってるんだと思うわ」彼女が言った。「あたしたちはこっち側に来ることで、こいつら二人から逃げられるはずだと思ったのに」

「こいつらはそれに気づいたんだろう」おれは言った。「それで、そのうち一人がこっち側にのぼって来た。二人で両側を見張れるようにね」

「それじゃあ、あたしはのぼったり、おりたりしなくてもよかったんじゃないの」

「おれにそんなことがわかるかよ。さあ、ここから離れよう」

「あなたの命を救ったあたしに感謝してくれないの？」

「何だって？」おれはシャヴェルを見たあと、意識を失った悪党を見て、またシャヴエルを見た。「うん、そうだな」と言った。「きみが救ってくれたんだね」

「ええ、救ったわ」

「そのシャヴェルを捨てたら、感謝するよ」

彼女はほほえんで、それを捨てた。おれは一足前に出て、両腕を前に伸ばした。彼女がその中に飛び込み、おれたちは唇を重ねた。彼女の息はすごく暖かく、甘かった。衣服を通しても、彼女の体はすごく柔らかく、細く、心地よく感じられた。

彼女が先に離れて、ほほえんだ。「素敵だわ」

「こっちへ来いよ」おれは言った。「まだ感謝が終わってない」

彼女はこっちへ来た。

おれはしばらくのあいだ彼女に感謝した。そして、ついに彼女が言った。「チェット、これは素晴らしいことだけど、ほんとのところ、あたしは寒くて、凍えそうなのよ。それに、あたしの足首は腫《は》れてると思うわ。それに、あたしはくたくたに疲れてる」

おれは言った。「いつラスヴェガスに戻らないといけないんだい？」

「いつでも好きなときに」

「このままずっと戻らないということは考えられるかい？」

「いつも素敵で暖かいわ。それに、好きなだけギャンブルができるし」

「あなたがヴェガスに来るのはどう？」彼女が言った。

「この近くに」

「ここにとどまるということ？」

「おれ向きじゃない」おれは言った。「おれが少しギャンブルしただけで、どれほどのトラブルに巻き込まれたのか見てみろよ。近くで見ていられる州にとどまっていたほうがいい。それに、ベルモント競馬場が五月に開場する」

「話し合うべきね」

「あとでいいだろ？」

彼女がうなずいた。「いいわ」

「今はきみがすわれるような、どこか暖かい場所に行く必要がある。そうだろ？」

「ええ、お願いよ」

「おれにもたれろ」

彼女はおれにもたれた。たぶん、もたれすぎたのかもしれない。おれたちは着地した酒屋の裏をまわり、正面の通りに出た。約一ブロック先の反対側に、『ＢＡＲ』と書いた大きな赤いネオン・サインが見えた。

「見てよ、モーゼ」アビーが言った。「約束の土地だわ」

おれは急ごうとしたが、アビーの足首はそれ以上彼女を支えられなかった。それで、ついにおれは言った。「オーケイ、簡単な方法で行こう」そして、彼女を両腕で抱きあげた。

「わあ、素敵なスタンドプレイね」彼女が言った。「バーの近くに来たから」

「歩きたいかい？」

「いいえ！」

「じゃあ、静かにしてろ」

おれは彼女を抱きあげたまま、通りを横切り、バーにはいった。バーでは、バーテンダーとカウンターにすわっている三人の客が、信じられないような無表情な顔でおれたちを見た。「彼女はおれの恋人だ」おれは説明して、アビーをブースまで運び、そこにすわるのに手を貸した。そして、彼女に尋ねた。「何を飲みたい？」

「あなたと同じものを」

「スコッチ＆ソーダだ」

「いいわ」

おれはカウンターへ行き、二人分のスコッチ＆ソーダを注文した。バーテンダーが二人分を注ぎ、おれの前に置いたので、おれは金を支払った。彼が釣り銭を用意するあいだ、おれはグラスをブースのテーブルに置いてから、カウンターに戻った。彼は釣り銭を出して言った。「あんたのシャッポが気に入りましたよ」

おれはカウンターのうしろの鏡に映った自分の姿を見た。おれがまだあのオレンジ色の帽子をかぶっているのに気づいた。ずっと忘れていたのだ。コメディアンのバディー・ハケットがクリスマスの小妖精《ようせい》になったように見えた。おれは言った。「華々しい武勇賞としてもらったんだ」

「たぶんそうだと思いましたよ」

おれは釣り銭を持って、ブースに戻り、すわった。ブースでは、アビーが口に手をやって、くすくす笑っていた。「きみはここでサイドカーを注文すべきだったんだ」

「あなた、ほんとに奇妙に見えるわ」

「これは頭を暖かくしておいてくれる。それに、親友からのプレゼントなんだ」

彼女は顔にやさしい表情を浮かべると、手を伸ばして、おれの手を握った。「そして、あなたは親友よ、チェット」と言った。「あなたなしでは、どうなってたのかわからないわ」

「たぶんもっと静かな人生が送れただろうよ」おれは言った。「でも、これだけは言わせてくれ。もしこれから一緒にいても、この数日ほどスリル満点の人生になることは約束できないぞ」

「あらっ、それは残念だこと」

　おれはスコッチ＆ソーダをごくっと飲んだ。「それに、この騒ぎはまだ終わっていない」

「どうして？　これからどうするの？」

「このアルコール飲料でおれがいくらかの元気を取り戻したら」おれは言った。「あそこへ行って、カウンターのうしろのすごく面白い男にタクシーを呼んでもらい、ニューヨークへ戻るんだ」

「どうして？」

「今晩ポーカー・ゲームがあるからだ」おれは言った。「あのいまいましいテーブルのまわりにすわっている連中の一人がきみの兄さんを殺したからだ。きみを殺そうと命を狙いながら、おれの側頭部にかすり傷を負わせたことは言うまでもない」

「かすり傷でよかったわ」

「かすり傷でもよくない」おれは言った。「とにかく、もう少しで死ぬところだったんだからな」

「たぶんそうだろうと思ったわ」彼女のしゃべり方はバーテンダーに似てきた。

「とにかく」話の腰を折られたくないので、おれは言った。「おれたちはポーカー・ゲームに行くんだ。おれときみと二人で。そして、あの楽しい連中のうちの誰が犯人なのか突きとめる。おれが立ちあがれるほど元気になったら、すぐにでも」

35

ジェリー・アレンのアパートメントで階段をのぼるのが、その週末で最悪の出来事だったとまでは言わないが、それに近かった。おれたちはタクシーの後部座席に丸四十五分間すわって、くつろいだあと、かなりいい気持ちになって、ジェリーのアパートメントの前でタクシーをおりた。そして、五階までずっと階段をのぼり続けて、また死にそうなほど疲れたのだ。

もちろん、おれよりもアビーのほうが死にそうだった。彼女のくじいた足首のせいだ。ウェストベリーからニューヨークまで来る途中で、おれは終夜営業のドラッグストアの前にタクシーをとまらせてから、店にはいり、エース印の包帯を買った。そして、彼女の足首に包帯を巻いたので、今の彼女は少なくとも歩けるが、それでも彼女の歩調を遅らせ、体力を消耗させる。

タクシーの中で、おれはアビーをどこか安全なところでおろして、一人でポーカー・ゲームに行くよと提案したが、彼女はこう言った。「あたしの目が黒いうちは、そうはさせないわよ、お馬鹿さん。あたしもフィナーレに立ち会いたいもの」そういうわけで、彼女もついてきて、おれと一緒に階段をふらふらとのぼっているわけだ。

　連中はみんないるのだろうか？　もちろん、ここへ来る途中で、連中について話し合った。連中四人、レギュラー四人のうちの誰が犯人なのか突きとめようとした。もしそのうちの一人が今夜来なければ、罪を認めたのと同じだと考えることにした。しかし、犯人はできるだけ普通どおりに振る舞おうとするだろうと思ったので、犯人は姿を見せる確率が高い。

　それでは、誰が犯人なのだろう？　ジェリー・アレン。シッド・ファルコ。フレッド・ステル。ダグ・ホールマン。そのほか、技術高等専門学校教師のレオ・モーゲンタウザーがいる。先週の水曜日に参加した準レギュラーで、今夜はきっと来ないだろう。彼は商売上のトミーを知っていたが、ほんの少しだけだ。レギュラーではないので、目当ての犯人だと思わないだけなのかもしれない。しかし、もしほかのみんなが今夜シロだと証明されたら、おれはあとでレオを訪ねることになるだろう。

　すると、あとに残るのは四人だ。今のところ、もっとも怪しいのは、組織に多少の関連があるシッド・ファルコだ。だが、おれもアビーもすぐに彼を外した。まず、彼はアマチュアではないし、トミー殺しはアマチュアの犯行だとゴルダーマンがおれたちに話している。次に、シッドはおれを撃つ拳銃を手に入れるために、おれからアビーの拳銃を盗む必要はなかっただろう。第三に、彼が犯人であってほしくないからだ。

そして、ホスト役のジェリー・アレンがいる。花屋の共同所有者で、たぶんホモセクシュアルで、ポーカー・ゲームでの着実なルーザーで、ひどいはったりの一つが見破られたときに悲しげで恥ずかしそうな笑いでごまかす。おれの知る限り、彼はトミーに会ったことがなく、彼がトミーを殺す動機を考えつかないし、彼が誰かを撃つ姿は想像できない。とくに、彼がキッチン・テーブルの前にすわって、ダムダム弾に刻み目を入れている姿を想像できないのだ。

もちろん、フレッド・ステルも同じだ。彼はコーラという女房がいるレギュラーだ。コーラは週一度か二度、数カ月のあいだゲームがある夜はいつも電話をかけてきて、フレッドがそこにいることを確かめようとした。毎年百四回、フレッドがコーラにどんな言い訳をつぶやくのか知らないが、コーラはどの言い訳も信じていないのだろう。フレッドはゲームでルーザーだが、それほどひどく負けているわけではない。彼のコイン・ランドリーはかなりよく儲《もう》かっているにちがいない。彼はトミーのノミ屋でしょっちゅう賭けているが、彼の動機は何なのだ？

四人のうちで、誰かに腹を立てたまま、キッチン・テーブルの前にすわって、ダムダム弾を作る姿を想像できる唯一の人間は、ダグ・ホールマンで、葉巻をくゆらせているガソリン・スタンドの経営者だ。しかし、ダグが実際に誰かを撃つ姿を想像できない。彼は叫び声やどなり声や大声で普段ははったりをごまかしている。真面目《まじめ》なときは、ずっと静かになる。もし彼が誰かを撃とうと決心したときは、単純で、鮮やかで、よく計画された犯行になるだろう。ダムダム弾ではなく、完璧に装塡《そうてん》されたまともな銃弾を使うだろう。少なくとも、おれにはそう思える。

　ということで、あんたも気づいたと思うが、結局、四人とも消去してしまった。しかし、畜生め、そのうちの一人がおれからアビーの拳銃を盗んだんだ。ほかの人間ではない。その事実は確かだ。おれが同じ拳銃で撃たれたという考えは推論だったが、多くの状況証拠によるものだ。例えば、犯人のアマチュア的な特徴と、警察がトミーを殺した兇器《きょうき》を発見した事実。犯人の狙いは外れたという事実。それで、おれの頭をかすった銃弾はたぶんアビーを狙っていたというのも、また別の推論だが、論理的に一つ目の推論から導かれている。最後に、おれを——もしくはアビーか、おれたちか、誰でもいい人間を——狙った人間は、トミーを殺したのと同じ人間だというのも、またまた別の推論だ。しかし、それを推論するのにためらいはなかった。一つの事実と三つの推論によって、先週の水曜日のポーカー・ゲームに出席していた連中の一人が殺人犯だという確信にたどり着いた。そして、おれたちは連中を一人一人検討して、全員を消去したのだ。

畜生め。

おれたちはタクシーの中でこのことを何度も何度も話し合って、何の結論にも達しなかった。話し合いが終わったあとも、おれはよく考えてみたら、それでも何の結論にも達しない。今、ジェリーのビルディングの五階に立ったまま、息を切らしながら、アビーが追いついてくるのを待っているあいだ、さらによく考えて、何の結論にも達しなかった。

そのほか、ほかのこともよく考えた。おれはアビーに言った。「メーターを倒したままだったかどうか、覚えてるかい？」

彼女はおれの顔を見あげた。あと三段のぼればいいだけだ。彼女の顔はやけに青白かった。しばらく息をついてから言った。「何ですって？」

「タクシー・メーターだよ」おれは言った。「おれが借り出したタクシーの。おれたちがゴルダーマンの家へ行くときに乗ったやつ。そのメーターを倒したままだったのかどうか疑問だ」

「それね」彼女は首を横に振った。「わからないわ」

「ええい、くそっ。倒したままにしてなければいいんだが」

彼女は最後の三段をのぼりきって、手すりにもたれた。「のぼれたわ」

「あしたあそこへあのタクシーを取りに行かないといけない」おれは言った。「もしあしたまでに何もかも解決できたらね。会社にいったい何て言えばいいんだろう？」

「わからないわ、チェット」

「中にはいる準備はできたかい？」

彼女はうなずいた。

「じゃあ、はいるぞ」

36

ジェリー本人がドアをあけた。「わあ、よく来てくれたな！　あんたは来ないんだと思ったよ。それに、プロもつれて来たんだね。ラッキーだ。さあ、はいってくれ。それは興味深い帽子だね」

おれはまたそれを忘れていた。あごの下で紐《ひも》を解き、そのいまいましい代物《しろもの》を脱いだ。「ちょっと手に入れたんだ」

「どこで？　興味があるかも」

「これをやるよ」おれは言った。「おれの目の色とは調和しない」

「ふざけてるんだろ」

「いや、ふざけてないよ。ほらっ」

おれが本気かどうか確信が持てず、彼はその帽子を受け取った。そして、言った。

「本気かい？」

「もちろん、本気だ」

「わあ、ありがとう。あんたのスラックスが裂けてるぞ」

おれが駆け抜けたあのいまいましい生垣のせいだ。「氷の上ですべったのでね」おれは言った。

「大変だったね。アビー、なんて素敵なコートなんだ！　でも、もらわないよ」

アビーが笑った。「どこかにかけてくれる？」

「うん、それなら……」

彼がおれたちのコートを受け取って、ハンガーにかけると、おれはジェリー・アレンの顔を見たが、彼が犯人だとは思わなかった。ジェリーじゃない。ジェリーは誰も殺さない。絶対に。彼は消去だ。もう一度。

おれたち三人はリヴィングルームに行った。そこでは、フレッド・ステルが一目見ると、「ひゃあ！」と叫んで、手に持ったカードを空中に投げた。

「拍手はなしだ」おれは言った。「派手な歓迎もなしだ」

フレッドは手を左胸に当てた。「コーラだと思ったんだ」

「コーラがこの前したことを思い出せよ」ジェリーが言った。「ぼくがコーラを中にいれると思うかい？」

「わかってる」フレッドが言った。「わかってるよ。でも、わあ、ほんの一瞬、わあ。アビー、きみはコーラに全然似てないからね、本当に」

「それは褒め言葉だと願うわ」アビーが言った。

「もちろんだ」ジェリーがアビーに言うと、フレッドが重々しくうなずいた。

フレッドか？　フレッド・ステル、女房の尻《しり》に敷かれたコイン・ランドリー経営者で、眼鏡をかけて、頭の禿《は》げた男か？　いいや。アンダーシャツ姿でビールを飲むタイプのフレッドは、ジェリーよりも殺人容疑者からほど遠い。

見まわすと、レギュラーたち全員が今夜そこにいた。ダグもシッドもそこにすわっていた。その二人のそばに五人目のレオ・モーゲンタウザーもいた。

レオか？　おれはしかめ面《つら》でレオの顔を見た。一週間に二度も、ここで何をしてるんだ？　彼はこれまでそんなことをしたことがない。怪しい、やけに怪しい。おれは言った。「レオ、驚いたな。あと二カ月は来ないと思ってたよ」

「ぼくが呼んだんだ」ジェリーが言った。「あんたが現われないので、二、三人に電話をかけると、レオが来てくれた」

「前回、おれは勝った」レオが言った。「まだそのときの金が手元に残ってるので、みんなに取り戻すチャンスをくれてやろうと思ったわけなんだ」

「へええ、それはいい」おれは言った。それで、彼が怪しいとは思わなくなった。当然のこと、参加者は四人でゲームをプレイしたくない。それはひどいゲームになる。それで、当然のこと、参加者はレオに電話をかける。レオが先週の水曜日に勝ったので、今夜来るのを承知しても不自然ではない。それに、貧しくても正直な技術高等専門学校の教師が何のためにケチなノミ屋を撃つんだ？　レオはかつて珍しい二ドルの賭けをトミーのノミ屋で頼んだが、トミーは誰にも絶対に高額な賭けをさせないことをおれは知っている。どうしても扱えないほど高額な賭けを誰にもさせないのだ。レオがどうしてトミーを撃ったりなんかするのだ？　レオがどうして誰かを撃ったりするのだ？　いや、レオじゃない。

テーブルには二つの隣り合った空席があったので、おれとアビーはそこにすわった。アビーがおれの左手なので、ダグがおれの右手にくる。ダグが言った。「何をしてたんだい、あんた？　強盗にでも遭ったみたいだな」

「氷の上ですべったんだ」おれは言った。「今夜の調子はどうだい？」

彼は口に例のひどい葉巻をくわえていて、おれの質問に答えるときに、かなりのくさい煙を吐いてから、こう言って強調した。「素晴らしい手だし、すごい手だ。もしローボール・ポーカーをしてたら、今頃おれはニューヨーク州を所有していることだろう」

おれはにやっと笑いかけて、彼がトミーを撃っている姿を想像してみた。彼はほかのみんなと同じように、ノミ屋としてのトミーを知っていたが、それだけだ。彼がいつも卑劣にプレイするので――汗と油だらけのタフなガソリン屋で、大柄で毛深くて、葉巻を口にくわえている――彼が手に拳銃を持ってバーンと撃つ姿を想像することはできるが、彼がそういうことをする理由は想像できない。まったくありえない。彼の名前の横にすごく大きなチェック・マークをつけたが、その横にやけに小さなクエスチョン・マークをつけた。

ダグのむこうにいるのはレオで、レオのむこうがシッド・ファルコだ。おれたちがはいってきたとき、シッドは誰の顔も見ていないが、そこにすわったまま、自分の前に積まれたチップの小さな山を凝視した。そして、レオがカードをつかみあげて、「プレイする準備はいいか?」と言うと、突然、シッドが「おれをゲームから外してくれ」と言って、立ちあがった。「すぐに戻ってくる」まだ誰の顔も見ないまま言った。

「待ってくれ、シッド」おれは言った。

シッドはおれの顔を見た。彼が怖がっているのを見て、おれは驚いた。シッドが言った。「どうしたんだ、チェット？」

「すわれよ、シッド」おれは言った。

シッドが言った。「トイレに行かないといけないんだ」

おれは言った。「つまり、キッチンへ行って、ジェリーの電話でナポリに連絡し、おれとアビーがここにいると知らせるわけだ。すると、おれたちが帰るときに、ナポリは部下どもを外で待たせておくわけだな」

首を左右に振って、やけに神経質でばつの悪そうな表情を浮かべ、しきりに瞬《まばた》きをして、例の〝教則本に書いてあるとおりに〟はったりをかまそうとするときの仕草をした。「あんたはおれを誤解してるぞ、チェット。おれはただトイレに行きたいだけなんだ」

「すわれよ、シッド」おれは言った。「四、五分後に電話をかけられるからな。でも、今はすわってくれ」おれはほかのみんなに見つめられているように感じた。アビー以外のみんなに。アビーはまた眠ってしまっているように見えた。無理もない。おれも眠りたいところだ。そして、言った。「すわれよ、シッド。おれが今ここにいる理由をあんたやみんなに話すからだ。おれがこんな格好をしている理由を、そして、そこですわっているアビーがエース印の包帯をブーツの外に巻いている理由をな。シッド、あんたに何もかも話すから、そのあとなら、あんたは好きなだけトイレに行けるぞ」

シッドはすわった。

おれは言った。「おれがここにいる理由はだな、シッド、この部屋にいる誰かがトミー・マッケイを殺したからだ」

シッドは瞬きをやめた。冷徹な目でおれの顔を見つめた。ほかのみんなは一瞬ショックを受け、「何だって？　ふざけてるんだろう」とか何とか一斉に言った。おれはみんなが落ち着くのを待ってから、こう言った。「シッド、あんたがあとでトイレに行ったときには、おれとアビーがここにいるということよりもずっと多くのことをボスに話すことになるぞ。誰がトミー・マッケイを殺したのか、おれが街に戻る途中で会いに行った弁護士のこととか、おれがその弁護士に書き取らせた手紙のこととか、ボスの子分どもやドローブルの子分どもが永久にずっとおれやアビーに手を出すべきではない理由をボスに話すんだ。この話はやけに興味深くなるぞ、シッド」

「そうなるかもな」シッドが言った。いやに真剣で、まったくはったりをかましていない。

おれは言った。「よし、トミー殺しの犯人から始めよう。犯人はこの部屋にいる」

ジェリーが言った。「チェット、それはナンセンスだ。何の話をしてるんだい？」

おれはシッドに話すのをやめ、ジェリーに話した。「先週の水曜日の夜、ここに来たとき」おれは言った。「おれはコートのポケットに拳銃を入れていた。それはアビーの拳銃で、その日の午後、預かってほしいとアビーがおれに渡したものだ」

「あなたが奪ったのよ」アビーが眠たそうに言った。

「わかった」おれは言った。「おれが奪った。要点は、おれがここに来たとき、それはあった。おれがここを出たとき、それはなくなっていた。それに気づいたのはずっとあとだが、おれのポケットから取られたと考えられる唯一《ゆいいつ》の場所はこのアパートメントだ。おれのコートが廊下のクロゼットにかけられていたあいだにね。誰かがおれの拳銃を取った。いや、アビーの拳銃だ。この部屋にいる誰かが取った」

ダグが言った。「チェット、本当の話かい？」

「まったく本当の話だ」おれはそう言って、側頭部の傷を指さした。「これが見えるかい？　その拳銃で狙撃《そげき》されたんだ」

シッドが言った。「あんたは勘違いしてるぞ」

おれはシッドの顔を見た。「勘違いだって？　何が？」

「おれはあんたのコートから拳銃を取った」シッドが言った。「おれはゲームのあと、あんたを二、三人の男に引き渡すことになっていた。あんたが丸腰かどうか確かめることにもなっていた。連中はあんたにいくつかの質問をしたいと言っていた。あんたを消す話なんてしなかった」

「でも、連中は消したかったんだ」おれは言った。

「おれはあとでそれを知った」シッドが言った。「最初に質問をしたいと言ったのは、おれたちがどれだけ親しいのか知らなかったからだ」

「それほど親しくはなかった」おれは言った。

「とにかく、あんたは彼女と一緒に帰った。おれはあんたたちのあとを尾《つ》けた。あんたたちが彼女の家へ行くかどうか知らなかったからだ。だが、あんたは口をすべらせた。それで、ボスに電話をかけると、ほかの方法を考えると言われたので、おれはあんたの自宅の住所を教えたんだ」

「思慮深いよな」おれは言った。

「ボスが知りたがったんだ。だが、要点はあんたが拳銃を取り戻したと、おれが思ったことだ。おれはあんたのコートのポケットから拳銃を取って、おれのコートのポケットに入れた。ゲームのあとに調べると、拳銃がなくなっていたので、あんたが取り戻したと思ったんだ」

「おれは取り戻してない」おれは言った。あたりを見まわすと、みんなは今シッドの顔を凝視している。おかしな話をしているのはおれだけなので、みんなはずっと驚愕《きょうがく》する見物人のままだったが、今度はシッドが会話にはいってくると、話が現実味を帯び、みんなも話の中に加わっていることに気づき始めた。そして言った。「先週の水曜日の夜、ここは盗人《ぬすっと》だらけになったみたいだな。誰か何か言うことはあるか？」

　レオが言った。「おれは今夜自宅にいるべきだったと思う」彼はまだ手にカードを持っていて、今そのカードを見ると、無気味な笑みを浮かべ、テーブルに置いた。

　ダグがおれに言った。「この話をちゃんと整理させてくれ。あんたはどういうわけかトミー殺しに関わり、狙撃された。そして、その拳銃は先週の水曜日にゲームがここであったときに盗まれたやつだというんだな」

「そのとおりだ」

「どうしてその拳銃はトミーを撃ち殺したのと同じものじゃないんだ？　もしかしたら、ここにいた誰かがあんたの拳銃をくすねたかもしれないが、あんたを狙撃したこととは無関係なのかもしれない」

「おれが狙撃された二日前に、トミーを殺した拳銃が発見されたんだ」おれは言った。

「警察が見つけたのか？」

「そうだ」

「その話はもういい」ダグが言った。そして、首を横に振った。「おれはパスする。犯人はおれじゃないし、犯人が誰なのか知らない」

ジェリーが言った。「あんたじゃないのか、ダグ？　あんたはときどきかなりひどい癇癪《かんしゃく》を起こす。それに、あんたはトミーを知っていたと思う。あんたはあることでトミーに腹を立てて……」

「あんたに腹を立てるかもしれないぞ」ダグがジェリーに言った。「おれは腹を立ててだな、ジェリー、あんたの首を引っこ抜いてやれるが、拳銃は撃たない」そして、両手を体の前に出して言った。「もしおれが誰かを殺すならな、ジェリー、おれはこれを使うんだ。あんたが真っ先にそのことを実感するだろう」

レオが言った。「ダグの言うとおりだ、ジェリー。あんたはダグよりも気分をくるくる変えるタイプだ。機嫌が悪くなり、拳銃で誰かを撃つかもしれない」

「ぼくが？！」ジェリーがわめくような甲高い声で言った。「ぼくは拳銃を持ってもいないんだぞ！　殺された男を知ってさえいないんだ！　あんたは知っていた！」

ダグが言った。「待て！　お互いに非難のやり合いはやめようじゃないか。そんなことをしても、何の役にも立たない。お互いに怒り狂うだけだ」

「おれは反対するね」おれは言った。「何かがわかるかもしれない。みんな考えていることをすべて口に出そうじゃないか。そして、言い争って、何が出てくるか見てみよう。つまり、本当のことを言うと、おれには容疑者を絞り込む方法がまったくわからないからだ。この部屋にいる誰かだとはわかっているし、この部屋にいない人間ではないこともわかっているが、わかってるのはそれだけだ。ただ、シッドは消去した。だが、ほかのみんなは……」

　シッドは薄い笑いを浮かべたが、ほかのみんなはすぐに反対した。レオが真っ先に口を出した。「どうしてシッドを消去するんだ？　あんたら二人の話し方から考えると、シッドはこの騒ぎについてあんたと同じほどよく知っているじゃないか。それに、シッドはどこかで裏社会の連中と関係しているようだ。あんたら二人の会話からそれだけはわかった。どうしてそれがシッドをおれたちより先に重要容疑者から外す理由になるんだよ？」

「シッドにはおれを狙撃する必要がなかった」おれは言った。「シッドが今何を言おうが、ボスがおれを殺すために子分どもを送り出したことを、シッドは知っていた。プロの殺し屋たちだ。だから、どうしてシッドがわざわざおれを撃つんだ？　それに、トミーが殺されたとき、ボスはひどく不機嫌になったので、シッドはボスをわざわざ不機嫌にすることなどしなかっただろう。そうだろ、シッド？」

「かなり近い」シッドが言った。

レオが首を横に振った。「おれたちみんなはそんなことをまったく知らないんだぞ、チェット。おれたちがどうやってそのことを論理的に話せるというんだ？　おれたちの一人が提案を一つ出すと、あんたは自分が知っていて、おれたちの知らない事実を五つ話す。つまり、出した提案は間違っているということだ。無駄なんだ。あんたがすべきことは、自分の疑惑を警察に話すことなんだ」

「もちろんだ」ジェリーが言った。「ここへ来て、みんなを混乱させるかわりに、どうして警察へ行かないんだい？　あんたの考えてることや、知ってることを警察に話して、警察に捜査させればいいんだ」

次に答えたのはアビーだった。「あたしたちは警察に行けないのよ」

ダグが言った。「どうして？」

「だって」アビーが言った。「二組の犯罪組織があたしたちを追いかけてるからよ。一組じゃなくて、二組がね。一組があたしたちをつかまえなくても、もう一組がつかまえるわ。連中があたしたちを追いかけているあいだ、あたしもチェットも普通の生活を送れない。連中が興奮して動揺している理由は部分的にトミー・マッケイ殺しなのよ。もしあたしたちがその事件を解決できれば、それに、チェットがさっき言った弁護士に依頼した問題を解決できれば……」その話題はおれが勝手にでっちあげた嘘《うそ》で、タクシーの中でも話し合ってはいないのに、彼女がその話題に気づいてくれて嬉《うれ》しかった。「……連中はあたしたちを放っておいてくれるでしょう」

フレッドは顔に心配そうな表情を浮かべて、上体を前に倒して言った。「あんたたちの命が危ないというのかい？」

「そんなに生やさしいもんじゃないぞ」おれは言った。「おれたちは狙撃されたり、首を絞められたり、威《おど》されたり、追いかけられたり、いろいろとされたんだ。今、連中は手に拳銃を持って、おれとアビーを捜している。おれたちを殺したがっているんだ。そして、このシッドは電話をかけて、おれたちがどこにいるのか一組の組織に伝えたいんだ」

フレッドが首を横に振った。「おれにはわからない」と言った。「あんたはどうしてこんなに深く関わったんだい？」

「おれは自分の九百三十ドルを受け取ろうとしただけだ」おれは言った。「アビーは兄のトミーの仇《かたき》を討つとか何かをしたかった。トミーは彼女のたった一人の親戚《しんせき》だったから」

ダグが言った。「あんたはその金を手に入れたのか？」そして、おれの借用証の一枚を見せた。

「いいや」おれは言った。「じつのところ、支払いを拒否された」

「それはひどいな」ダグが言った。

フレッドが言った。「こんなときに、どうして金のことを考えられるんだい、ダグ？　チェット、連中は本当にあんたを殺したいのかい？」彼はそのことを理解できないようだった。

「ああ」おれは言った。「本当におれを殺したいんだ。アビーも。シッドに訊《き》いてくれ」

フレッドは首をまわして、シッドの顔を見た。シッドが言った。「チェットの言うとおりだ」

フレッドがシッドに言った。「チェットがトミー・マッケイ殺しの犯人を突きとめたら、彼は助かるのかい？」

シッドは肩をすくめた。「可能性はある。確かなことはわからない」

おれは言った。「興味深いことに、おれは誰が犯人なのかわかったような気がする。でも、信じられないんだ」

みんながおれの顔を見た。アビーが言った。「誰なの？」

レオが言った。「どうして信じられないんだ？」

おれはレオの質問に答えた。「おれがここでやりたかったことの一つは、このごたごたの話をテーブルでぶちまけて、みんなの反応を観察することだった。みんながそれぞれどう振る舞うのかをね。犯人はほかのみんなと違う振る舞いをするかもしれないので、犯人を見つけられると思ったんだ」

レオが言った。「それで、振る舞いの違うやつがいたのか？　あんたはそいつを見つけたのか？」

「ああ」おれは言った。「でも、信じられないんだ。何かがおかしい」

アビーが言った。「もう、お願いだから言ってよ、チェット。誰なの？」

「フレッドだ」おれは言った。

37

誰も何も言わなかった。フレッドは顔をしかめた。困ったような、心配そうな、悲しそうな表情を浮かべたが、なんとなく殺人犯らしくは見えなかった。ほかのみんなはフレッドとおれを交互に見た。

レオがついに沈黙を破った。「どうしてフレッドだと思うんだ？」

おれは言った。「おれたちがここへ来たとき、フレッドは跳びあがって驚いた。そのあと、アビーのことをコーラと思ったからだと言って、ごまかした。しかし、アビーは全然コーラに似ていない。フレッドはアビーを四日前に見たばかりで、今晩も来るだろうことを知っていた。コーラが先週の水曜日に電話をかけてこなかったので、今夜もかけてこないはずだと、おれは思った。コーラは何があったのか知っているし、まるで何もなかったかのように、事実をごまかすために、フレッドに普通の生活を送らせてやったからだ」

レオが言った。「それはたいした説明じゃないぞ、チェット」

「あまり事実を知らないからだ」おれは言った。「それは認める。だが、もう少しある。おれが話し始めると、みんなが興奮した。フレッド以外のみんなだ。ジェリーはダグを非難して、レオはジェリーを非難し、ダグは腹を立て、レオはシッドを非難した。みんな、質問と興奮と疑惑で頭がいっぱいだった。フレッド以外のみんなだ。フレッドはただそこにすわって、長いあいだ何も言わなかった。それも、おれとアビー自身が殺しの標的になって、間接的にトミー殺しの犯人に責任があると、おれが明確にするまでのことだ。そのあと、フレッドは事態をそれほど厄介にしないような答えを聞こうと願いながら、質問をした。フレッドは困ったような、心配そうな、悲しそうな様子だったが、ほかのみんなは興奮して、いらいらして、驚いていた」

アビーが言った。「でも、どうして何かがおかしいと言ったの？」

「わからない」おれは言った。「腑《ふ》に落ちない何かがあるからだ。フレッドの反応は無実にしてはおかしい。だが、犯人としてもおかしい。フレッドが犯人ならもっと手《て》強《ごわ》いはずだ。理解できない」

フレッドがおれに弱々しい笑みを見せた。「あんたはかなり有能だよ、チェット。どうやったのかは知らないがね、いまいましいほどかなり有能だ」

　ジェリーがぽかんと口をあけて、フレッドに見とれた。「あんたがやったということかい?」

「いや、違う」フレッドが言った。「おれはトミーを撃ち殺していない。だが、あんたを狙撃はしたよ、チェット。すまない。誰にも当てたくなかったんだ。あんたとアビーのあいだを狙《ねら》った。弾があんたに当たったとき、おれは死にそうになった。畜生、おれはいつも射撃がうまかった。どうして当たったのかわからない」

「あの拳銃は弾が左にそれるんだ」おれは言った。「射撃場でしばらく練習するべきだったな」

「ひどく左にそれたはずだ」フレッドが言った。

「そうよ」アビーが言った。

　シッドがフレッドに言った。「あんたはおれのコートのポケットから取ったのか?」

　フレッドはうなずいた。「おれはチェットとアビーのポケットを探ったんだ」と言った。「その二人が話さなかった手がかりとか、証拠とか、殺人事件の詳細を知っているのかどうか知りたかったんだ。あんたのポケットで重いものが手に触れたので、何なのか調べるために、出してみると、拳銃だった。あんたが裏社会と少しの関わりがあることを知ってたので、あんたの拳銃だと思って、盗んだ。これがあんたのものだとは知らなかったんだよ、チェット」

「あたしのものよ」アビーが言った。「どこにあるの？」

「ハーレム河の底だ」フレッドが言った。「おれはチェットを殺したものだと思ったので、すぐにその拳銃を処分したんだ」

おれは言った。「だが、あんたはトミーを殺さなかった」

フレッドは首を横に振った。「ああ、殺さなかった」

「じゃあ、どうして誤解されるようなことをしたんだよ？　真犯人をかばうようなことを？　でも、真犯人はいったい誰なんだ？」

フレッドはただ悲しげな笑みをおれを見せた。

おれたちはみんなフレッドを見つめた。すると、おれたちみんなが同時に閃《ひらめ》き、六人の声が一斉に叫んだ。「コーラだ！」

フレッドがうなずいた。「うん、コーラだ」と言った。「チェット、コーラが殺人を終えたあと、あんたはコーラを見ている」

おれは言った。「いや、見てないぞ」

「見たはずだ。あんたがビルディングにはいるとき、コーラはそこを出るところだった」

おれは何も思い出せないので、顔をしかめていたが、突然思い出した。「ベビーカーの女か！」

「そうだ」フレッドが言った。「コーラは頭のいい女なんだよ、チェット。コーラはガラス越しにあんたの姿を見たが、顔を見られたくなかった。一階の廊下にベビーカーがあったので、手頃な小道具になると思った。あんたとコーラがドア口ですれ違うときに、ベビーカーが邪魔になるので、あんたはドアをあけたまま押さえていた。コーラは顔を下に向けていて、顔を見られなかった。コーラはドアをすり抜けたが、あんたは何も気づかなかった」

おれは言った。「その一日か二日後に、あそこの入口付近で盗難ベビーカーの貼《は》り紙を見たが、おれは関連性にまったく気づかなかった」

アビーは怒りの口調で言った。「コーラですって？　誰のことかもわからないわ」

「フレッドの女房だ」おれは言った。

「でも、フェアじゃないわ」アビーが言った。「殺人犯を知らないのに、一度も会ったこともないのに、どうやって殺人事件を解決すればいいのよ？　この女性は一度も姿を見せなかったのに」

「姿は見せたよ」おれは言った。「コーラはベビーカーを押して、おれの目の前を通りすぎた」

「でも、あたしの目の前を一度も通りすぎなかったわ」アビーは言い張った。「フェアじゃないと言いたいわ。探偵小説の中では許されないことよ」

おれは言った。「どうしてだい？　夜に吠《ほ》えなかった犬の話を覚えてるかい？　まあ、これも同じようなことだ。夜に電話をしてこなかった女房の話だ」

「ふん」アビーがそう言って、腕を組んだ。「フェアじゃないと言いたいわ。もうこれ以上やってられない」

ジェリーが言った。「そんなことに構うことはないよ。フレッド、いったいコーラはどうしてそんなことをしたんだい？」

「あんたの鼻にパンチを食らわせたのはコーラだ」フレッドが思い出させた。「非常に暴力的な女なんだ、コーラは。おれから賭《か》けの注文を受けつけないようにと、トミーにうるさく言っていた。だが、おれがまだトミーに賭けの注文をしていることを突きとめると、トミーと真剣な話し合いをするつもりで、コーラはあそこへ行った。トミーを威すために拳銃を持っていった。トミーに拳銃を見せるかどうかは、コーラも確信はなかった。だが、トミーは頭の中で何か思うことがあり……」

「それは控えめな言い方だな」おれは言った。「トミーの女房はほかの男と浮気をしていて、トミー自身はほかのボスと商売をしていた」

「まあ、とにかく」フレッドが言った。「コーラはトミーに拳銃を見せた。すると、怖がるかわりに、トミーはコーラに飛びかかり、コーラは撃ち始めた」そして、おれに言った。「おれの古い拳銃だ。おれが陸軍にいた頃からのものだ。おれはときどきそれで射撃の練習をする。だから、このあいだの夜にあんたに弾を当てたのが信じられなかった。おれはそれよりも射撃の腕がいいことを知ってるからだ」

「どうしてそんなことをしたんだ」おれは言った。

「これはギャング同士の抗争だと、あんたたちに思わせたかったからだ」フレッドが言った。「あんたたち二人が調べ続けると、本当のことを突きとめるんじゃないかと思ったんだ。もしあんたがこの事件についてずっと考え続ければな、チェット、突然ベビーカーの女のことを思い出すかもしれない。わからない。もしおれがあんたを狙撃して、的を外したら、あんたは怖《おそ》れて、手を引くかもしれない。もしくは、組織がトミー殺しの黒幕だと思い込むかもしれない」

そのあと、誰も一分か二分何も言わなかった。そして、レオが言った。「今、あんたの女房はどこにいるんだ、フレッド？」

フレッドは恥ずかしそうな表情を浮かべた。「信じてくれないだろうな」

ダグが言った。「言ってみろよ」

「修道院にいる」フレッドが言った。

みんなが言った。「何だって？」

「このことでコーラは心を痛めた」フレッドが言った。「そして、金曜日の夜、身のまわりのものを荷作りして、修道院へ行った。戻ってこないと言い残してね」

アビーが言った。「そんなに罪悪感を覚えたのなら、どうして警察へ行かなかったの？」

「おれはコーラにそんなことをしてほしくなかったからだ」フレッドが言った。「おれがこの騒ぎの責任を感じているからだよ、くそっ。コーラがおれのギャンブル好きを嫌がっていることを知っていたが、おれは構わずにギャンブルを続けた。それで、ついにコーラは堪忍袋《かんにんぶくろ》の緒が切れて、あんたの兄さんが殺された。だが、おれもコーラと同じほど責められるべきなんだ。おれはただコーラが刑務所へ行く姿を見たくなかった」

アビーが言った。「修道院のほうがいいの？」

「ああ」フレッドが言った。「信じてくれ。おれは最後の二回ここへ来たくなかったが、来るべきだと思った。世間体を繕うためにね。これはおれの最後のゲームになると思った」フレッドはおれの顔を見た。「チェット、おれにしてほしいことは何でも」と言った。「おれはするよ。警察へ行って供述してほしいかい？　このことで、あんたとアビーには殺されてほしくない。すでに充分なほどの騒ぎが起こってしまった」

「充分すぎるほどだ」おれは言った。そして、アビーの顔を見た。「どう思う？　修道院の罰で充分かい？」

「あたしには充分だわ」アビーが言った。

おれは言った。「とにかく、おれたちは警察なんかどうでもいい。組織の連中のほうが心配の種だ。連中が本当のことを知れば、おれたちも満足だ。いいかい、アビー？」

アビーはためらったが、すでに修道院にはいった女性に復讐《ふくしゅう》をしてやりたいという熱い欲望をずっと持ち続けられないはずだ。「いいわ」アビーが言った。

「よし」おれはシッドのほうを向いた。「話をちゃんと聞いたかい？」

「よくわかった」シッドが言った。

「よし。あんたはこれから電話をかけに行けよ。まず最初に、トミー・マッケイに何が起こったのか連中に伝えるんだ。それから、おれがここへ来る前に立ち寄って会った弁護士の話をしろ。おれかアビーが死んだときに開封される長い手紙を弁護士に書き取らせたことを話せ。その弁護士はニューヨーク市長のジョン・リンゼイと同じ法律学校へ行ったことも伝えろ。今からおれたちは百パーセント放っておいてほしいと話せ。おれたちは波風を立てるつもりがないことも言え。そして、おれたちのほうにどんな波風も立ててほしくないことを伝えてくれ。どういう意味かわかってるよな」

「わかった」シッドが言った。

「それから、これも伝えてくれ」おれは言った。「ゴルダーマンともちゃんと話し合って、ケリをつけてほしいと」

シッドは顔をしかめた。「おれはゴルダーマンを知らない」

「知る必要はない。ただ連中に話してくれ。そして、ドローブルとその子分の道化野郎どもが事態を悪化させないうちに、同じメッセージを伝えるように言ってくれ。それから、おれがいまいましい九百三十ドルをもらいたがっていると伝えてくれ」

シッドはそのポーカー・フェイスのうしろでにやっと笑っているのだろうか？　おれにはわからない。「伝えておく」とシッドが言った。

「考えさせてくれ」おれは言った。「そうだ、まだある。ゴルダーマンにこう伝えるように言ってくれ。家の外に出て、おれがタクシー・メーターを倒したままにしているかどうか調べてくれ。もし倒したままなら、元に戻しておいてくれ。それから、おれがあしたタクシーを取りに行くと伝えておいてくれ」

「あんたがあしたタクシーを取りに行く、だな」

「みんな覚えられるかい?」

「もちろんだ」シッドが言った。

「それから、おれが忘れないでいることが何なのか教えよう」おれはシッドに言った。「おれを殺すつもりの連中に、あんたがおれを喜んで引き渡そうとしたことは絶対に忘れない」

シッドは首を横に振った。「おれが嫌だと言ってたら、どうなったと思う、チェット?　連中はかわりにおれを殺してただろう。あんたはいいやつだし、おれはあんたのことを気に入っているが、あんたがいなくても、おれはやっていける。おれ自身がいないと、おれは一分もやっていけない」そして、立ちあがった。「これから電話をかけに行く」そう言って、立ち去った。

少しの沈黙があり、フレッドが言った。「おれはどうなるんだ、チェット?」

「あんたは好きなことをすればいいよ、フレッド」おれは言った。「あんたに恨みはない。あんたの狙いがあれよりもひどくなくて、よかった。だが、あんたを警察に引き渡すつもりはない。あんたは帰ってもいい、ここにいてもいい。あんた次第だ」

「じゃあ、おれは帰るよ」フレッドはそう言うと、だるそうに立ちあがった。「おれはここにそれほどチップを残してない」と言った。「次のポットに放り込んでおいてくれ」そして、テーブルをまわって、おれの前で立ちどまった。「すまなかった、チェット」と言った。「本当にすまなかった」

「わかってる」

ためらいがちに、フレッドは手を差し出した。ためらいがちに、おれはその手を握った。そして、フレッドはアビーにうなずきかけ、テーブル全体にうなずきかけてから、肩を丸めながら立ち去った。

レオは手にカードのデッキを持っていた。「まわりで重要な事態が起こっていることはわかっているが、おれはそんなにしょっちゅうポーカーをやらないんだ。始める準備はできてるか？」

「おれたちはできている」おれは言った。

「いいぞ」レオが言った。「アビーに敬意を表して、ファイヴカード・スタッドだ」そう言って、カードを配り始めた。そして、シッドの席に来たときに言った。「シッドはどうしよう？」

「ゲームから外してやれ」おれは言った。

解説　殺しと恋とギャンブルと

木村仁《じ》良《ろう》

本書『ギャンブラーが多すぎる』*Somebody Owes Me Money* のオリジナル・ハードカヴァーはランダム・ハウス社から一九六九年に刊行された。そして、七一年に当時ＮＡＬ（ニュー・アメリカン・ライブラリー社）の一部であったシグネット・ブックスからペイパーバック版で再刊された。

ハードカヴァー版やペイパーバック版の著作権ページにこういう但《ただ》し書きがついている。A condensed version of this novel was serialized in *Playboy*（この小説の短縮版は《プレイボーイ》に連載された）。調べてみると、当時非常によく売れていた男性雑誌の《プレイボーイ》六九年七月号と八月号に短縮版が二回にわたって分載されていたのだ。

本書は著者がドナルド・Ｅ・ウェストレイク名義で発表した長篇第十一作に当たるコミカル・ミステリーである。一九六〇年代後半のアメリカ文化（あるいはニューヨーク文化）に詳しくない読者の皆さんに理解していただくために、まず簡潔な説明を付け加えることにしよう。

＊

献辞は、「本書を肩書きの付いた男／ジョー・ゴールドバーグに捧《ささ》げる」（３頁）とあるが、このゴールドバーグ（一九三二〜二〇〇九）はジャズ批評家であり、ウェストレイクの古くからの友人だった。これだけでは短すぎて愛想がないので、あとで改めてかなり長くこの興味深い人物を紹介しよう。

第一章で、「（競馬新聞である）《テレグラフ》の欄外のスペースで複雑な割り算をした。きっちりと二十二対一、つまり二十三倍のオッズだ」（13頁）とある。日本とアメリカ及びイギリスのオッズの計算方法が異なるので、注意していただきたい。二十二対一のオッズで的中したときには、［一（購入単位）＋二十二（配当）÷一（購入単位）］×一（賭け金）で合計二十三が払い戻される。これが日本のオッズでは、百円の購入額で二十三倍の二千三百円が払い戻されることになる。

第六章で、「アーヴィング・ファルコね」とチェットがターボックに言ったあと、「だが、おれたちがあいつをシッドと呼ぶのは、ある映画の中で……」（57頁）と説明するが、そこで黙らせられる。ここの〝ある映画〟とは、たぶんダシール・ハメット原作、ジョン・ヒューストン監督の《マルタの鷹》（原題の The Maltese Falcon はだいたい〝マルティーズ・ファルコン〟と発音）ではないだろうか。その映画では、シドニー・グリーンストリートがガットマン役を演じる。〝あいつ〟の姓〝ファルコ〟から〝マルティーズ・ファルコン〟を連想し、そのあと、シドニー・グリーンストリートを連想し、シドニーの愛称〝シッド〟を連想したと見当をつけたのだが、見当外れかもしれない。

　第十一章で、レオは「ディーラー役を務めて、ガッツ・ポーカーのカードを配った」（１３０頁）とあるが、この〝ガッツ・ポーカー〟にはいろいろなヴァリエーションがあり、ここでは〝二枚ずつ裏向きに配る〟もっともポピュラーなゲームだろう。プレイヤーがまずアンティ（参加料）をポット（テーブルの中央）に出す。ディーラーがプレイヤーに二枚ずつ裏向きに配る。ワンペアが最高の役になる。

ポーカー・ゲームでよく使うほかの用語を簡単に説明しておこう。

スート（またはスーツ）：組札、カードの種類。ハート、ダイアモンド、クラブ、スペードの四種類。

ディール：カードを配ること。

ベット：賭《か》け金を出すこと。
コール：相手方のベットと同額の賭け金を出すこと。
レイズ：賭け金を吊り上げること。
フォールド：おりること。
アップ・カード：表向きにしたカード。
ダウン・カード（もしくはホール・カード）：表を伏せた裏向きのカード。
ショウダウン：持ち札をすべて見せること。

……まあ、これだけわかれば、本書は楽しめるだろう。

第十二章で、「じつのところ、おれはサニー・ダラーズくじをやってるんだ」（137頁）とチェットがアビーにためらいがちに言う。この〝サニー・ダラーズくじ〟は現在存在しないので、複数のわずかな情報から見当をつけてみる。六〇年代後半にサノコ石油（サン・オイル・カンパニー Sun Oil Company の略）のスタンドで客たちに配った〝くじ〟で、〝サニー〟と書いた左半券と〝ダラーズ〟と書いた右半券（いずれも中身がすぐに見えないように密閉されていた）を客たちに配っていたのだろう。折り畳んだサニー半券かダラーズ半券には、一ドル、二ドル、五ドル、百ドル、千ドルのいずれかの金額が書いてあった。同じ金額を書いたサニー半券とダラーズ半券をスタンド従業員に見せれば、その金額を獲得できるという〝くじ〟だが、なかなか揃《そろ》うことはなかったという。

第二十一章で、チェットとアビーは週末に「ジン・ラミーやオーヘルをやり、得点を記録するクリベッジ盤を見つけると、クリベッジを」（２３１頁）やる。ジン・ラミーは人気のあるカード・ゲームなので、説明は不要だろうが、〝オーヘル〟（ほかに〝オーヘック〟とか、ワイセツな卑《ひ》猥《わい》語の別名もある）と〝クリベッジ〟についても簡潔に説明できると安易に考えたが、門外漢の解説子には無理だと実感した。申し訳ないが、興味のある方はネットか専門教則本で調べていただきたい。

第二十二章で、チェットは「自分がネロ・ウルフになったような気分だよ。おれはこのアパートメントから一歩も出る必要がなくて、遅かれ早かれ、このいまいましい騒ぎの関係者全員がおれを訪ねてきてくれる」（２４０頁）と言う。ネロ・ウルフはレックス・スタウト（一八八六〜一九七五）が創造した巨漢のグルメ探偵で、ニューヨークのウエストサイドに住み、屋上で蘭を育てている。アーチー・グッドウィンが秘書兼外勤調査員を務め、ウルフ自身はめったに自宅のビルディングから外出せず、ほとんどの作品の最後で関係者を自宅に集めて、優れた推理力で真犯人を突きとめる。

第二十五章で、「（チェットが拳銃を悪党どもに）見せたら、あなたは鉛の弾をたくさん撃ち込まれるから、あたしたちはあなたの体に黄色のペイントを塗って、あなたを巨大な鉛筆として使えるわね」（２８８頁）とアビーは言う。大部分のアメリカ人にはわかっても、日本人にはわかりにくいだろう。アメリカ人の使う鉛筆のほとんどは鉛筆の芯《しん》を保護する木の外側を黄色く塗ってあるのだ。芯の材料である良質の黒鉛が中国で採れ、中国では黄色が高貴な色と見なされているからだという。もちろん、すべての鉛筆が黄色いわけではないし、中国産の黒鉛が最良だとは限らない。

黒鉛（石墨ともいう）は純粋に炭素でできた物質で、かつては鉛からできていると考えられていた。そして、鉛筆の芯はかつて有毒性のある鉛でできていた。一方、銃弾のほとんどは安くて重い鉛でできているので、銃弾を人体に撃ち込んでも、鉛筆にはならないが、これは誤解に基づく冗談なので、寛容な気持ちでにやっと笑って忘れてくだされ。

第三十六章で、「もしローボール・ポーカーをしてたら、今頃おれはニューヨーク州を所有しているだろう」（３９１頁）とダグが言う。〝ローボール・ポーカー〟とは、最弱のカードを持ったプレイヤーが勝つポーカーの変則形なので、ダグがその前に、「素晴らしい手だし、すごい手だ」と言ったのは、冗談のはずだ。

第三十七章で、「夜に吠《ほ》えなかった犬の話を覚えてるかい？」（４０９頁）とチェットがアビーに尋ねる。そう、この〝夜に吠えなかった犬の話〟とは、ネタバレをさけるために教えられないが、ある有名な作家の有名な作品を指しているとだけ言っておこう。

疑問箇所の説明がいちおう終わったので、最初の説明に戻ろう。

本書の献辞を贈られたジョー・ゴールドバーグは、五〇年代半ばにライターを志望してニューヨークに移り、有名レコード店〈サム・グディー〉で働きながら、ジャズ雑誌《ジャズ&ポップ》やクラシック雑誌《アメリカン・レコード・カタログ》などの音楽雑誌に記事を寄稿していた。初めて依頼されたレコードのライナーノートは、たぶん五七年録音のソニー・ロリンズ《ニュークス・タイム》だろう。そのほか、チャーリー・パーカー《ウィズ・ストリングズ》やマイルズ・デイヴィス《スティーミン》など、多数のジャズ・レコードにライナーノートを書いた。

生活費を稼ぐのに苦労しているときに、男性雑誌にポルノ小説に関する記事を寄稿した。ちょうど同じ頃、ウェストレイクやローレンス・ブロックやハル・ドレズナーが生活費を稼ぐために、それぞれエドウィン・ウェストやシェルドン・ロードやドン・ホリデイのペンネームでソフトポルノ小説を書き殴っていた。その三人のうちの誰かが、ウェストとロードとホリデイの三人を文才のあるポルノ作家として褒める記事が載った男性雑誌（ドレズナーによると《スワンク》、ブロックによると《ナゲット》）を見つけてきて、ほかの二人のうちの一人が書いたものとばかり思っていた。三人ともその記事を書いたことを否定し、筆者の〝ジョー・ゴールドバーグ〟が本名かどうか確かめてみることにした。ニューヨーク市マンハッタン区の電話帳で調べてみたあと、ゴールドバーグに電話で連絡して知り合い、長年の友人になった。

六五年に、ゴールドバーグはジャズ・ファンの必読書とされる*Jazz Masters of the 50s*（五〇年代のジャズの巨匠たち）を発表し、少しは名の知れた批評家になった。しかし、六七年に、ジョン・コルトレーンが亡くなり、ザ・ビートルズなどのブリティッシュ・ロック・グループがアメリカに進出してきて、アメリカのジャズがすたれ、ジャズ・クラブが次々に閉店し、ジャズマンたちの多くが仕事を捜すために、ヨーロッパに渡った。フリーランスのゴールドバーグはニューヨークで生活の糧を失い、西海岸のハリウッドへ移り、《パラマウント映画》や《二十世紀フォックス》で持ち込み脚本を閲覧・判定する仕事に就いた。そこで、やっとフリーランス・ライターから組織の一員として「肩書きの付いた男」になったわけだ。紹介が長くなったが、なかなか面白い話なので書いてみた。

九〇年代には、映画会社を退職して、ジャズ批評とライナーノート執筆を再開した。

母親の実家があるニューヨーク市ブルックリンで生まれたゴールドバーグは、二〇〇九年に故郷のウェスト・ヴァージニア州エルキンズで亡くなった。七十六歳だった。ウェストレイクが亡くなって九カ月十日後のことだった。

＊

著者のドナルド・エドウィン・ウェストレイクについては、ミステリー愛読者ならよくご存じなので、今更堅苦しい紹介など必要ないだろう。しかし、新潮文庫に登場するのは、なんと本書で初めてだというので、簡潔に紹介しよう。

ウェストレイクは一九三三年七月十二日にニューヨーク州ニューヨーク市ブルックリン区で生まれ、ヨンカーズや州都オルバニーで育った。オルバニーにあるカトリック系の高校を卒業したあと、ニューヨーク州立大学のプラッツバーグ校、トロイ校、ビンガムトン校に通ったが、三年生で中退し、二年半ほどアメリカ空軍に入隊した。除隊後、ニューヨークにある〈スコット・メレディス文芸代理店〉の閲読係、《ミステリー・ダイジェスト》の編集者をしながら、ミステリーやSFを書き、専門雑誌に投稿を始めた。

ウェストレイク名義の長篇第一作である六〇年刊の『やとわれた男』は、MWAエドガー新人賞部門にノミネートされた。ウェストレイクは〝ダシール・ハメットの再来〟と称され、将来を期待されたハードボイルド作家だった。しかし、六四年刊の第五作『憐れみはあとに』は心理サスペンスで、六五年刊の第六作『弱虫チャーリー、逃亡中』では、突然、コミカル・ミステリーを書き始めて、読者を戸惑わせた。このあと、ウェストレイクはコミカル・ミステリーの第一人者と見なされた。

その一方で、六二年にポケット・ブックスから『悪党パーカー／人狩り』をリチャード・スターク名義で発表した。それが悪党パーカーが活躍するハードボイルド強奪小説の第一作である。現在、ロバート・ダウニー・ジュニア主演、シェイン・ブラック監督・共同脚本でシリーズの映画化が進行中。

そのあとのウェストレイクの執筆活動について書くとかなり長くなるので、このあとに続く著作リストを参考にしていただきたい。

〝アメリカ探偵作家クラブ〟といちおう邦訳されている Mystery Writers of America（ＭＷＡ）が主催するＭＷＡエドガー賞には何度もノミネートされたが、受賞したことが三度ある。六七年刊の『我輩はカモである』で長篇賞と、八九年発表のドートマンダーもの「悪党どもが多すぎる」（短篇集『泥棒が1ダース』に収録）で短篇賞と、九〇年公開の映画《グリフターズ／詐欺師たち》（原作はジム・トンプスン）で映画脚本賞の三度である。そして、九三年にはMWAからグランド・マスター賞（巨匠賞）を受賞した。

二〇〇八年十二月三十一日、休暇先のメキシコで大晦日のディナーを食べに行く途中、心臓発作のために亡くなった。七十五歳だった。

本書に登場するアビーは三番目の妻アビゲイル・アダムズがモデルだろうと推測する人もいるが、たぶん違うだろう。本書を執筆していた六八年には、二番目の妻サンドラと結婚をしていて、タッカー・コウ名義のトビンもの全五作は妻のサンドラに捧げられている。サンドラと離婚したのは七五年で、アビー・アダムズと結婚したのは七九年なので、本書を書いているときに、アビー・アダムズのことは念頭になかったと推測する。

それでは、これからウェストレイクの著作リストを見ていただいて、彼の多才多芸な筆力に驚いていただこう。

（二〇一二年五月、ミステリー研究家）

ドナルド・E・ウェストレイク著作リスト

木村仁良＝編

【単行本】

All My Lovers（1959）アラン・マーシャル名義

Backstage Love（1959）別題*Apprentice Virgin*　アラン・マーシャル名義／俳優フィル・クロフォード・シリーズ＃1

Sally（1959）アラン・マーシャル名義

Man Hungry（1959）アラン・マーシャル名義

All the Girls Were Willing（1960）別題*What Girls Will Do*　アラン・マーシャル名義／クロフォード＃2

The Wife Next Door（1960）アラン・マーシャル名義

Virgin's Summer（1960）アラン・マーシャル名義

A Girl Called Honey（1960）※アラン・マーシャル名義のウェストレイクとシェルドン・ロード名義のローレンス・ブロックとの共作

So Willing（1960）※アラン・マーシャル名義のウェストレイクとシェルドン・ロード名義のローレンス・ブロックとの共作

All About Annette（1960）アラン・マーシャル名義

Young and Innocent（1960）エドウィン・ウェスト名義

No Longer a Virgin（1960）別題 *Born To Be Bad*　ジョン・デクスター名義

The Mercenaries（1960）別題 *The Smashers*『やとわれた男』丸本聰明訳（ハヤカワ・ポケット）※二〇〇九年の復刊時に著者指定の *The Cutie* に改題

Off Limits（1961）アラン・マーシャル名義

Call Me Sinner（1961）別題 *Less Than an Angel*　アラン・マーシャル名義（別題はアラン・マンスフィールド名義）

Campus Doll（1961）エドウィン・ウェスト名義

Brother and Sister（1961）エドウィン・ウェスト名義

Elizabeth Taylor: A Fascinating Story of America's Most Talented Actress and the World's Most Beautiful Woman（1961）ノンフィクション　※ジョン・B・アラン名義の女優エリザベス・テイラー評伝

Killing Time（1961）別題 *The Operator*『殺しあい』永井淳訳（ハヤカワ・ポケット）

Sin Hellcat（1962）別題 *A Piece of the Action*　アンドルー・ショー名義（ローレン

ス・ブロックの筆名で共作）

The Sin Drifter（1962）アラン・マーシャル名義

Strange Affair（1962）エドウィン・ウェスト名義

The Hunter（1962）『悪党パーカー／人狩り』小鷹信光訳（ハヤカワ・ポケット）リチャード・スターク名義／悪党パーカー初登場作#1　※一九六七年にPoint Blank（邦題『殺しの分け前／ポイント・ブランク』）の題で映画化の際に映画題に改題、一九九九年にPayback（邦題『ペイバック』）の題で再映画化の際にも映画題に改題、二〇〇六年にPayback: Straight Upの題で再編集版ＤＶＤが販売

361（1962）『３６１』平井イサク訳（ハヤカワ・ポケット）

Sin Prowl（1963）アラン・マーシャル名義／クロフォード#3

Campus Lovers（1963）エドウィン・ウェスト名義

Killy（1963）『その男キリイ』丸本聰明訳（ハヤカワ・ポケット）

The Man with the Getaway Face（1963）別題 *The Steel Hit*『悪党パーカー／逃亡の顔』青木秀夫訳（ハヤカワ・ポケット）リチャード・スターク名義／パーカー#2

The Outfit（1963）『悪党パーカー／犯罪組織』片岡義男訳（ハヤカワ・ポケット）リチャード・スターク名義／パーカー#3　※一九七三年に同題（邦題『組織』）で映画化

The Mourner（1963）『悪党パーカー／弔いの像』片岡義男訳（ハヤカワ・ポケット）リチャード・スターク名義／パーカー#4

Lust Trail（1964）ドン・ホリディ名義（ハル・ドレズナーの筆名で共作）

The Pleasures We Know（1964）バーバラ・ウィルスン名義（ローレンス・ジャニファーとの共同筆名）

Passion Doll（1964）アラン・マーシャル名義

The Score（1964）別題 *Killtown*『悪党パーカー／襲撃』小鷹信光訳（ハヤカワ・ポケット）リチャード・スターク名義／パーカー#5　俳優強盗アラン・グロフィールドと共演　※一九六七年に Mise à Sac（別題 Pillaged、邦題『闇をつきぬけろ／真夜中の大略奪』）の題で映画化

Pity Him Afterwards（1964）『憐れみはあとに』井上一夫訳（ハヤカワ・ポケット）

The Sin Losers（1965）アラン・マーシャル名義

The Fugitive Pigeon（1965）『弱虫チャーリー、逃亡中』志摩隆訳（ハヤカワ・ポケット）

The Jugger（1965）『悪党パーカー／死者の遺産』笹村光史訳（ハヤカワ文庫）リチャード・スターク名義／パーカー#6　※一九六六年に Made in U.S.A.（邦題『メイド・イン・USA』）の題で映画化

The Seventh（1966）『汚れた7人』小菅正夫訳（角川文庫）リチャード・スターク名義／パーカー#7 ※一九六八年にThe Splitの題で映画化の際に映画名に改題

The Handle（1966）別題 *Run Lethal*『カジノ島壊滅作戦』小鷹信光訳（角川文庫）リチャード・スターク名義／パーカー#8 ※アラン・グロフィールドと共演

Kinds of Love, Kinds of Death（1966）『刑事くずれ』村上博基訳（ハヤカワ・ポケット）タッカー・コウ名義／元刑事ミッチ・トビン初登場作#1

The Busy Body（1966）『忙しい死体』木村浩美訳（論創海外ミステリ）※一九六七年に同題（邦題『間抜けなマフィア』）で映画化

The Spy in the Ointment（1966）

Murder Among Children（1967）『刑事くずれ／ヒッピー殺し』工藤政司訳（ハヤカワ・ポケット）タッカー・コウ名義／トビン#2

The Damsel（1967）『俳優強盗と嘘つき娘』名和立行訳（ハヤカワ・ポケット）リチャード・スターク名義／アラン・グロフィールド#1

The Rare Coin Score（1967）『悪党パーカー／裏切りのコイン』大久保寛訳（ハヤカワ・ポケット）リチャード・スターク名義／パーカー#9

The Green Eagle Score（1967）『悪党パーカー／標的はイーグル』木村二郎訳（ハヤカワ・ポケット）リチャード・スターク名義／パーカー#10

God Save the Mark（1967）『我輩はカモである』池央耿訳（角川書店）※アメリカ探偵作家クラブ賞受賞

Philip（1967）D・E・ウェストレイク名義　児童書

Anarchaos（1967）カート・クラーク名義　SF冒険小説

Who Stole Sassi Manoon?（1968）『誰がサッシ・マヌーンを盗んだか?』小林宏明訳
※「ミステリマガジン」一九八二年十月号と十一月号に前後篇で分載

The Black Ice Score（1968）『悪党パーカー／漆黒のダイヤ』木村二郎訳（ハヤカワ・ポケット）リチャード・スターク名義／パーカー#11

The Curious Facts Preceeding My Execution and Other Fictions（1968）短編集
初期の短篇15篇を収録

The Sour Lemon Score（1969）『悪党パーカー／怒りの追跡』池上冬樹訳（ハヤカワ・ポケット）リチャード・スターク名義／パーカー#12

The Dame（1969）『俳優強盗と悩める処女』沢万里子訳（ハヤカワ・ポケット）リチャード・スターク名義／グロフィールド#2

The Blackbird（1969）『黒い国から来た女』石田善彦訳（ハヤカワ・ポケット）リチャード・スターク名義／グロフィールド#3　※パーカー#14『殺人遊園地』（1971）とリンクした作品

Somebody Owes Me Money（1969）本書

Up Your Banners（1969）

The Hot Rock（1970）『ホット・ロック』平井イサク訳（角川文庫）※一九七二年にロバート・レッドフォード主演同題で映画化。悪党パーカー・シリーズとして執筆予定だった泥棒ジョン・ドートマンダー初登場作#1

Adios Scheherazade（1970）『さらば、シェヘラザード』矢口誠訳（国書刊行会）※ポルノ小説の執筆経験から書かれた単発作品

Wax Apple（1970）『刑事くずれ／蠟のりんご』大庭忠男訳（ハヤカワ・ポケット）タッカー・コウ名義／トビン#3

A Jade in Aries（1970）『刑事くずれ／牡羊座の凶運』大井良純訳（ハヤカワ・ポケット）タッカー・コウ名義／トビン#4

Ex Officio（1970）別題 *Power Play*　政治サスペンス小説　ティモシー・J・カルヴァー名義

Lemons Never Lie（1971）『レモンは嘘をつかない』沢万里子訳（ハヤカワ・ポケット）リチャード・スターク名義／グロフィールド#4

Deadly Edge（1971）『悪党パーカー／死神が見ている』桐山洋一訳（角川文庫）リチャード・スターク名義／パーカー#13

Slayground（1971）『悪党パーカー／殺人遊園地』石田善彦訳（ハヤカワ・ポケット）リチャード・スターク名義／パーカー#14 ※一九八三年に同題（邦題『スレイグラウンド』）で映画化、グロフィールド#3『黒い国から来た女』（1969）とリンクした作品

I Gave at the Office（1971）

Under an English Heaven（1972）ノンフィクション ※一九六九年の英国によるアンギラ侵攻作戦の実話

Bank Shot（1972）『強盗プロフェッショナル』渡辺栄一郎訳（角川文庫）ドートマンダー#2 ※一九七四年に同題（邦題『悪の天才たち／銀行略奪大作戦』）で映画化

Cops and Robbers（1972）『警官ギャング』村社伸訳（早川書房）※一九七三年公開の同題映画の脚本を脚本家自身が小説化（小説出版のほうが先）

Don't Lie to Me（1972）『刑事くずれ／最後の依頼人』木村二郎訳（ハヤカワ・ポケット）タッカー・コウ名義／トビン#5

Plunder Squad（1972）『悪党パーカー／掠奪軍団』汀一弘訳（ハヤカワ・ポケット）リチャード・スターク名義／パーカー#15 ※ジョー・ゴアズ『死の蒸発（*Dead Skip*）』（1972）とリンクした作品

Comfort Station（1973）J・モーガン・カニンハム名義

Gangway!（1973）※ブライアン・ガーフィールドとの共作

Butcher's Moon（1974）『悪党パーカー／殺戮の月』宮脇孝雄訳（ハヤカワ・ポケット）※俳優強盗アラン・グロフィールドと共演　リチャード・スターク名義／パーカー#16

Jimmy the Kid（1974）『ジミー・ザ・キッド』小菅正夫訳（角川文庫）ドートマンダー#3　※リチャード・スターク作の架空の長篇小説 *Child Heist* からの引用数章を含む、一九八二年に同題で映画化

Help I Am Being Held Prisoner（1974）

Two Much（1975）『二役は大変！』木村仁良訳（ミステリアス・プレス文庫）※一九九五年に同題（邦題『あなたに逢いたくて』）で映画化

Brothers Keepers（1975）『聖者に救いあれ』小林宏明訳（角川文庫）

Dancing Aztecs（1976）『踊る黄金像』木村仁良訳（ミステリアス・プレス文庫）※英国版 *A New York Dance*（1979）は短縮版

Nobody's Perfect（1977）『悪党たちのジャムセッション』沢川進訳（角川文庫）ドートマンダー#4

Enough（1977）『殺人はお好き？』沢川進訳（早川書房）※中篇 A Travesty（「殺人はお好き？」）と短篇 Ordo（「オードウ」）を収録。A Travesty は一九九九年に A

Slight Case of Murder（邦題『テリーの災難』）の題でTV映画化。二〇二〇年に*Double Feature*と改題して復刊

Just One of Those Days and Other Stories（1978）『ウェストレイクの犯罪学講座』小鷹信光編／小沢瑞穂他訳（ハヤカワ文庫）※日本オリジナル短篇集、短篇13篇を収録

Castle in the Air（1980）『空中楼閣を盗め！』井上一夫訳（ハヤカワ文庫）

Kahawa（1981）

Why Me（1983）『逃げだした秘宝』木村仁良訳（ミステリアス・プレス文庫）ドートマンダー＃5　※一九九〇年に同題（邦題『ホワイ・ミー？』）で映画化

A Likely Story（1984）『ニューヨーク編集者物語』木村仁良訳（扶桑社ミステリー文庫）

Levine（1984）老刑事エイブラハム・レヴィンもの中篇集、6篇収録

High Adventure（1985）

Good Behavior（1985）『天から降ってきた泥棒』木村仁良訳（ミステリアス・プレス文庫）ドートマンダー＃6

One of Us Is Wrong（1986）『殺人シーンをもう一度』広瀬順弘訳（二見文庫）サミュエル・ホルト名義／俳優探偵サム・ホルト初登場＃1

I Know a Trick Worth Two of That（1986）サミュエル・ホルト名義／ホルト#2

What I Tell You Three Times Is False（1987）サミュエル・ホルト名義／ホルト#3

High Jinx（1987）※ミステリー・イヴェント用に妻アビーと共作したゲームの小説化作品

Transylvania Station（1987）『アルカード城の殺人』矢口誠訳（扶桑社ミステリー文庫）※ミステリー・イヴェント用に妻アビーと共作したゲームの小説化

Trust Me on This（1988）『嘘じゃないんだ！』木村仁良訳（ミステリアス・プレス文庫）新米記者サラ・ジョスリン・シリーズ#1

Sacred Monster（1989）『聖なる怪物』木村二郎訳（文春文庫）

The Fourth Dimension Is Death（1989）サミュエル・ホルト名義／ホルト#4

Tomorrow's Crimes（1989）ＳＦミステリー作品集　※前出のカート・クラーク名義のＳＦ長篇*Anarchaos*（1967）のほかＳＦ短篇9篇を収録

Drowned Hopes（1990）ドートマンダー#7　※ジョー・ゴアズ『32台のキャディラック（*32 Cadillacs*）』（1992）とリンクした作品

Horse Laugh and Other Stories（1990）フィンランドで限定出版された短篇集、短篇6篇収録

The Perfect Murder（1991）『完璧な殺人』ジャック・ヒット編／宮脇孝雄他訳（ハヤカワ文庫）※ウェストレイク、ローレンス・ブロック、サラ・コードウェル、トニイ・ヒラーマン、ピーター・ラヴゼイがそれぞれ完全殺人方法を提案したあとでほかの4名の提案を批判（それぞれ2章分担当）

Humans（1992）

Don't Ask（1993）『骨まで盗んで』木村仁良訳（ハヤカワ文庫）ドートマンダー#8

Baby, Would I Lie?（1994）ジョスリン#2

Smoke（1995）

What's the Worst That Could Happen?（1996）『最高の悪運』木村仁良訳（ミステリアス・プレス文庫）ドートマンダー#9　※二〇〇一年に同題（邦題『ビッグ・マネー』）で映画化

The Ax（1997）『斧』木村二郎訳（文春文庫）※二〇〇五年に同題（邦題『斧』）で映画化

Comeback（1997）『悪党パーカー／エンジェル』木村仁良訳（ハヤカワ文庫）リチャード・スターク名義／パーカー#17

Backflash（1998）『悪党パーカー／ターゲット』小鷹信光訳（ハヤカワ文庫）リチャード・スターク名義／パーカー#18

A Good Story and Other Stories（1999）短篇18篇収録

The Hook（2000）英国題 *Corkscrew*『鉤』木村二郎訳（文春文庫）

Flashfire（2000）『悪党パーカー／地獄の分け前』小鷹信光訳（ハヤカワ文庫）リチャード・スターク名義／パーカー#19 ※二〇一三年の映画公開時に *Parker* と改題

Firebreak（2001）『悪党パーカー／電子の要塞』木村二郎訳（ハヤカワ文庫）リチャード・スターク名義／パーカー#20

Bad News（2001）『バッド・ニュース』木村二郎訳（ハヤカワ文庫）ドートマンダー#10

Put a Lid on It（2002）

Breakout（2002）リチャード・スターク名義／パーカー#21

The Scared Stiff（2002）『弱気な死人』越前敏弥訳（ヴィレッジブックス）ジャドスン・ジャック・カーマイケル名義（英国と日本ではウェストレイク名義）

Money for Nothing（2003）

Nobody Runs Forever（2004）リチャード・スターク名義／パーカー#22

Thieves' Dozen（2004）『泥棒が1ダース』木村二郎訳（ハヤカワ文庫）ドートマンダーもの短篇集、11篇収録

The Road to Ruin（2004）ドートマンダー#11

Watch Your Back!（2005）ドートマンダー#12
Ask the Parrot（2006）リチャード・スターク名義／パーカー#23
What's So Funny?（2007）ドートマンダー#13
Dirty Money（2008）リチャード・スターク名義／パーカー#24
Get Real（2009）ドートマンダー#14
Memory（2010）※一九六〇年代初めに脱稿、没後出版
The Comedy Is Finished（2012）※一九八〇年代前半に脱稿、没後出版
The Getaway Car: A Donald Westlake Nonfiction Miscellany（2014）ノンフィクション　※リーヴァイ・スタール編、序文／ローレンス・ブロック、未発表の自伝からの抜粋を含むウェストレイクの雑文集
Forever and a Death（2017）※一九九八年脱稿、没後出版
Call Me a Cab（2022）※一九七〇年代後半に脱稿、没後出版　短縮版が《レッドブック》一九七九年六月号に掲載　〝最後の遺作〟？

【映画脚本】（TV映画やTV番組を省く）

Cops and Robbers（1973）『警官ギャング』監督／アラム・アヴァキアン、脚本／ドナルド・E・ウェストレイク　※一九七三年公開の同題映画の脚本を脚本家自身が小

説化（小説出版のほうが先）

Hot Stuff（1979）『ホットスタッフ』監督・主演／ドム・デルイーズ、共同脚本／マイケル・ケイン

The Stepfather（1987）『W／ダブル』監督／ジョゼフ・ルーベン、原案／ブライアン・ガーフィールド

Why Me?（1990）『ホワイ・ミー？』監督／ジーン・クインターノ、原作／ドナルド・E・ウェストレイク〔一九八三年〕、同題、共同脚本／レナード・マース・Jr.

The Grifters（1990）『グリフターズ／詐欺師たち』監督／スティーブン・フリアーズ、原作／ジム・トンプスン〔一九六三年〕、同題

Ripley Under Ground（2005）『リプリー／暴かれた贋作』監督／ロジャー・スポティスウッド、原作／パトリシア・ハイスミス『贋作』〔一九七〇年〕、共同脚本／ウィリアム・ブレイク・ヘロン

＊編纂書と短篇を省く。日本の出版社名は日本語版初版だけを明記。混乱をさけるための略語として、ハヤカワ・ポケット＝ハヤカワ・ポケット・ミステリ、ハヤカワ文庫＝ハヤカワ・ミステリ文庫とした。

本作品中には、今日の観点からは差別的表現ともとれる箇所がありますが、作品の時代背景に鑑み、原書に忠実な翻訳をしたことをお断りいたします。

（新潮文庫編集部）

L・ホワイト
矢口 誠訳

気狂いピエロ

運命の女にとり憑かれ転落していく一人の男の妄執を描いた傑作犯罪ノワール。あまりに有名なゴダール監督映画の原作、本邦初訳。

W・テヴィス
小澤身和子訳

クイーンズ・ギャンビット

孤児院育ちのベスはチェスの天才。薬と酒への依存と闘いながら男性優位のチェス界で頂点を目指す。世界的大ヒットドラマの原作。

J・グリシャム
白石 朗訳

冤罪法廷（上・下）

無実の死刑囚に残された時間はあとわずか――。実在する冤罪死刑囚救済専門の法律事務所を題材に巨匠が新境地に挑む法廷ドラマ。

J・ノックス
池田真紀子訳

堕落刑事
―マンチェスター市警
エイダン・ウェイツ―

ドラッグで停職になった刑事が麻薬組織に潜入捜査。悲劇の連鎖の果てに炙りだした悪の正体とは……大型新人衝撃のデビュー作！

J・ノックス
池田真紀子訳

笑う死体
―マンチェスター市警
エイダン・ウェイツ―

身元不明、指紋無し、なぜか笑顔――謎の死体〈笑う男《スマイリー》〉事件を追うエイダンに迫る狂気の罠。読者を底無き闇に誘《いざな》うシリーズ第二弾！

J・ノックス
池田真紀子訳

スリープウォーカー
―マンチェスター市警
エイダン・ウェイツ―

癌で余命宣告された一家惨殺事件の犯人が病室内で殺害された……。ついに本格ミステリーの謎解きを超えた警察ノワールの完成型。

T・ハリス
高見浩訳

羊たちの沈黙（上・下）

FBI訓練生クラリスは、連続女性誘拐殺人犯を特定すべく稀代の連続殺人犯レクター博士に助言を請う。歴史に輝く〝悪の金字塔〟。

T・ハリス
高見浩訳

ハンニバル（上・下）

怪物は「沈黙」を破る……。血みどろの逃亡劇から7年。FBI特別捜査官となったクラリスとレクター博士の運命が凄絶に交錯する！

T・ハリス
高見浩訳

ハンニバル・ライジング（上・下）

稀代の怪物はいかにして誕生したのか――。第二次大戦の東部戦線からフランスを舞台に展開する、若きハンニバルの壮絶な愛と復讐。

T・ハリス
高見浩訳

カリ・モーラ

コロンビア出身で壮絶な過去を負う美貌のカリは、臓器密売商である猟奇殺人者に狙われる――。極彩色の恐怖が迸るサイコスリラー。

T・R・スミス
田口俊樹訳

チャイルド44（上・下）

CWA賞最優秀スリラー賞受賞

連続殺人の存在を認めない国家。ゆえに自由に凶行を重ねる犯人。それに独り立ち向かう男――。世界を震撼させた戦慄のデビュー作。

J・M・ケイン
田口俊樹訳

郵便配達は二度ベルを鳴らす

豊満な人妻といい仲になったフランクは、彼女と組んで亭主を殺害する完全犯罪を計画するが……。あの不朽の名作が新訳で登場。

新潮文庫最新刊

朝井リョウ著
正欲
柴田錬三郎賞受賞

ある死をきっかけに重なり始める人生。だがその繋がりは、〝多様性を尊重する時代〟にとって不都合なものだった。気迫の長編小説。

伊与原新著
八月の銀の雪

科学の確かな事実が人を救う物語。二〇二一年本屋大賞ノミネート、直木賞候補、山本周五郎賞候補。本好きが支持してやまない傑作！

織守きょうや著
リーガルーキーズ！
—半熟法律家の事件簿—

走り出せ、法律家の卵たち《リーガル・ルーキーズ》！「法律のプロ」を目指す初々しい司法修習生たちを応援したくなる、爽やかなリーガル青春ミステリ。

三好昌子著
室町妖異伝
—あやかしの絵師奇譚—

人の世が乱れる時、京都の空がひび割れる！妻にかけられた濡れ衣、戦場に消えた友。都の瓦解を止める最後の命がけの方法とは。

はらだみずき著
やがて訪れる春のために

もう一度、祖母に美しい庭を見せたい！孫の真芽《まめ》は様々な困難に立ち向かい奮闘する。庭と家族の再生を描く、あなたのための物語。

喜友名トト著
余命1日の僕が、君に紡ぐ物語

これは決して〝明日《きみ》〟を諦めなかった、一人の小説家による奇跡の物語——。青春物語の名手、喜友名トトの感動作が装いを新たに登場。

Title : SOMEBODY OWES ME MONEY
Author : Donald E. Westlake

ギャンブラーが多《おお》すぎる

新潮文庫　ウ－26－1

Published 2022 in Japan
by Shinchosha Company

令和四年八月一日発行
令和五年五月三十日三刷

訳者　木《き》村《むら》二《じ》郎《ろう》
発行者　佐藤隆信
発行所　株式会社 新潮社

郵便番号　一六二—八七一一
東京都新宿区矢来町七一
電話 編集部(〇三)三二六六—五四四〇
　　 読者係(〇三)三二六六—五一一一
https://www.shinchosha.co.jp

価格はカバーに表示してあります。

乱丁・落丁本は、ご面倒ですが小社読者係宛ご送付ください。送料小社負担にてお取替えいたします。

印刷・株式会社光邦　製本・株式会社大進堂

ISBN978-4-10-240231-3 C0197